桐华
TONGHUA' S CLASSIC
经典

大漠谣

上

桐华 著

江苏凤凰文艺出版社
JIANGSU PHOENIX LITERATURE AND ART PUBLISHING LTD

今夕何夕兮，

搴舟中流。

今日何日兮，

得与王子同舟。

山有木兮木有枝，

心悦君兮君不知。

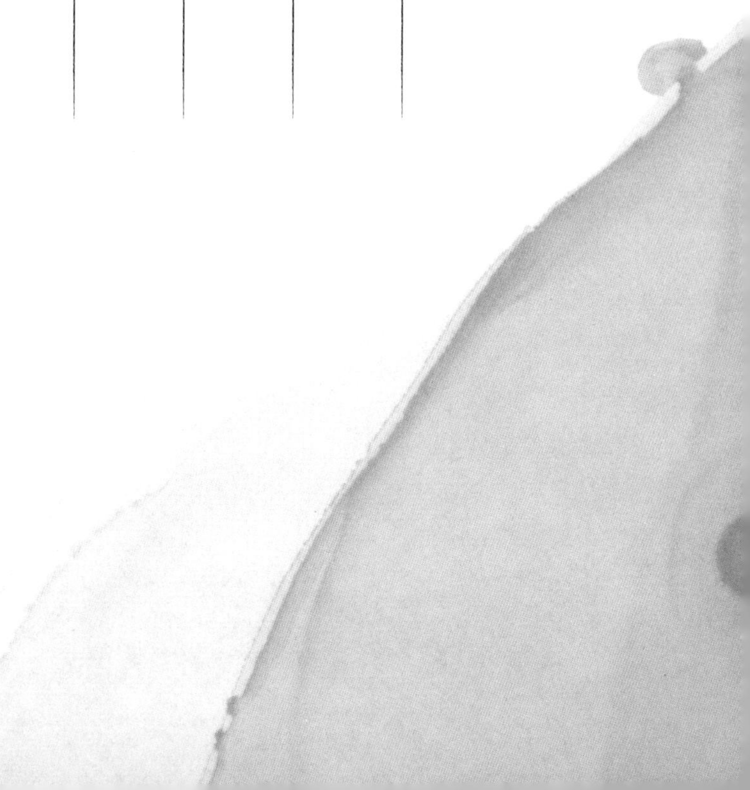

第九章 ❖ 心曲 143
第十章 ❖ 刺杀 163
第十一章 ❖ 送帕 175
第十二章 ❖ 请客 187
第十三章 ❖ 落花 197
第十四章 ❖ 赏星 209
第十五章 ❖ 相约 227
第十六章 ❖ 离去 245
番外 ❖ 盼双星 259

目录

第一章 ❖ 往事 007

第二章 ❖ 初遇 023

第三章 ❖ 重逢 039

第四章 ❖ 美人 061

第五章 ❖ 窗影 077

第六章 ❖ 沉醉 097

第七章 ❖ 身世 111

第八章 ❖ 惊遇 125

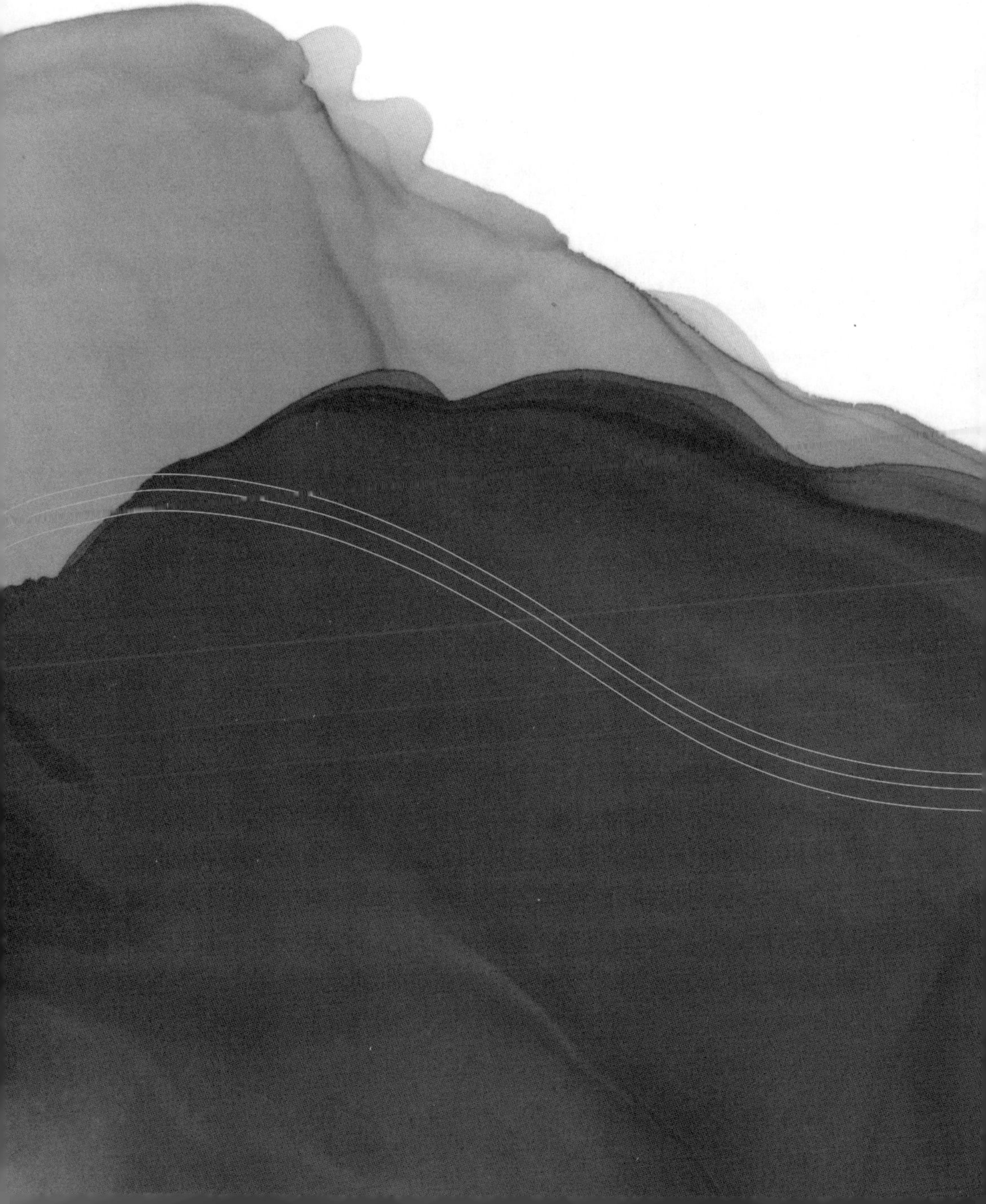

第一章

往事

日子轻快一如沙漠中的夜风，瞬间已是千里，不过是一次受伤后的休息，草原上的草儿已经枯萎了三次，胡杨林的叶子黄了三次。三年多时间，一千多个日日夜夜，随着狼群，从漠北流浪到漠南，又从漠南回到漠北。打闹嬉戏中，我似乎从未离开过狼群，与阿爹在一起的六年似乎已湮没在黄沙下，可惜……只是似乎。

沉沉黑夜，万籁俱寂，篝火旁，我和狼兄一坐一卧，他已酣睡，我却无半丝睡意。白日，我再次看到了匈奴军队——三年中的第一次。措手不及间，隆隆马蹄声惊醒了尘封多年的过去。

九年前，西域，沙漠。

一个人躺在黄沙上。

我盯着他的眼睛，他也盯着我。有蜥蜴从他脸上爬过，他一动不动，我好奇地用爪子轻拍了拍他的脸颊，他依旧没有动，但微不可见地扯了下嘴角，好像在笑。

我从太阳正中研究到太阳西落，终于明白他为什么躺着不动，他快要渴死了！

直到现在，我依旧不明白为什么要救他。为什么把自己很费力、很费力捉住的小悬羊给了他？为什么莫名其妙地给自己找了个阿爹？难道只因为他的眼睛里有一些我似乎熟悉，又不熟悉的感觉？

饮过鲜血、恢复体力的他，做了据说人常做的事情——恩将仇报。他用绳子套住了我，把我带离了狼群生活的戈壁荒漠，带进了人群居住的帐篷。

他喝了小悬羊的鲜血，可是他却不准我再饮鲜血、吃生肉。他强迫我学他直立行走，强迫我学他说话，还非要我叫他“阿爹”，为此我没少和他打架，他却无所畏惧，每一次打架都是我落荒而逃，他又把我捉回去。

折磨、苦难、煎熬，我不明白他为什么要如此对我，他为什么非要我做人？做狼不好吗？他和我说，我本就是人，不是狼，所以只能做人。

当我开始学写字时，我想明白了几分自己的身世：我是一个被人抛弃或者遗失的孩子，狼群收养了我，把我变成了小狼，可他又要把我变回人。

·——·——·——·——·

“不梳了！”我大叫着扔掉梳子，四处寻东西出气。折腾得我胳膊都酸了，居然还没有编好一条辫子，本来兴冲冲地想在湖边看自己梳好辫子的美丽样子，却不料越梳越乱，现在只有一肚子气。

天高云淡，风和日丽，只有一头半大不小的牛在湖边饮水。我鼓着腮帮子看了会儿黑牛，偷偷跑到它身后，照它屁股上飞起一脚，想把它赶进湖中。牛“哞”地叫了一声，身子纹丝不动。我不甘心地又跳起给了它一脚，它尾巴一甩，扭身瞪着我。我忽然明白事情有点儿不妙，找错出气对象了。应该欺软不欺硬，这头牛是块石头，我才是那个蛋。

我决定先发制牛，弓着腰猛然发出了一声狼啸，希望能凭借狼的威势把它吓跑。往常我如此做时，听到的马儿羊儿莫不腿软奔逃，可它居然是“哞”的一声长叫，把角对准了我。在它喷着热气、刨蹄子的刹那，我一个回身，“嗷嗷”惨叫着开始奔跑。我终于明白为什么骂固执蠢笨的人时会用“牛脾气”了。

狼和牛究竟谁跑得快？我边“啊啊”叫着，边琢磨着这个问题，等我屁股堪堪从牛角上滑过时，我摸着发疼的屁股，再没有空胡思乱想，专心地为保命而跑。

左面，急转弯，右面，再急转弯，左面……

“牛大哥，我错了，你别追我了，我再不敢踢你了，我以后只欺负羊。”我已经累得快要扑倒在地上，这头牛却蹄音不变，嗍嗍狂奔着想要我的命。

“臭牛，我警告你，别看现在就我一只狼，我可是有很多同伴的，等我找到同伴，我们会吃了你的。”蹄音不变，威胁没有奏效，我只能哭丧着脸继续跑。

我大喘着气，断断续续地道：“你伤……了我，我……我……我阿爹会把你煮着吃了的，别再追……追……我了。”

话刚说完，似乎真起了作用，远处并肩而行的两个人，有一个正是阿爹。我大叫着奔过去，阿爹大概第一次看我对他如此热情，隔着老远就大张双臂扑向他怀中，脑子一热，竟然不辨原因，只赶着走了几步，半曲着身子抱我，等他留意到我身后的牛时，急着想闪避却有些迟了。这时，阿爹身旁的男子一个箭步拦在他身前，面对牛而站。

我大瞪着双眼，看着牛直直冲向他，眼看着牛角就要触碰到他，电光石火间，他双手同出，握住了牛的两只角，黑牛愤怒地用力向前抵，蹄子踏得地上草碎尘飞，他却纹丝不动。我看得目瞪口呆，脑子里唯一冒出的话是：他如果是狼，肯定是我们的狼王。

阿爹抱着我避开几步，笑赞道：“常闻人赞王爷是匈奴中的第一勇士，果然名不虚传。”那个少年侧头笑道：“一点儿蛮力而已，所能降伏的不过是一头小蛮牛，哪里能和先生的学识比？”

阿爹看我挣扎着要下地，放了我下去：“我所懂的不过是书上的死道理，王爷早已经从世事中领会。”

我走到少年身旁，照着牛腿就是一脚：“让你追我！还追不追？追不追？踢你两脚，竟然敢追得我差点儿跑死。”

本来已经被少年驯服了几分的牛忽然蛮劲又起，摇头摆尾地挣扎着。阿爹一把拽回我，对少年抱歉地说：“这是小女，性格有些刁蛮，给王爷添麻烦了。”转头跟我说：“快些给王爷行礼。”

我立着未动，眼睛一眨不眨地望着他。彼时的我还不懂如何欣赏人的美丑，可那样的英俊却是一眼就深入人心的。我痴看了他半晌，叫道：“你长得真好看，你是匈奴人中最好看的男人吗？不过於单也很好看，不知道等他长得和你一样高时，有没有你好看。”

他轻咳两声，欲笑未笑地看了阿爹一眼，扭转头专心驯服小牛。阿爹面色尴尬地捂住我的嘴巴：“王爷见谅，都是臣管教不当。”

黑牛戾气渐消，他谨慎地松开手，放黑牛离去。转身看见阿爹一手捂着我嘴，一手反扭着我的两只胳膊，而我正对阿爹又踢又踹。

他颇为同情地看着阿爹道：“这可比驯服一头蛮牛要费心血。”

把我和蛮牛比？我百忙之中还是抽空瞪了他一眼。他微怔一下，摇头笑起来，对阿爹道：“太傅既然有事缠身，本王就先行一步。”

他一走，阿爹把我夹在胳膊下，强行带回帐篷中。我看到过草原上的牧民用鞭子抽打不听话的儿女，阿爹是否也会如此？正准备和阿爹大打一架时，阿爹却只是拿了梳子出来，命我坐好。

“披头散发！左谷蠡王爷不一定是匈奴长得最好看的男人，但你一定是草原上最丑的女人。”

我立即安静下来，一把拽过铜镜，仔细打量着自己：“比前一日我们看到的那个牙齿全掉光的老婆婆还丑吗？”

“嗯。”

“比那个胖得路都快走不动的大妈还丑吗？”

“嗯。”

我噘嘴看着镜中的自己，头发乱蓬蓬的，中间还夹着几根青草，鼻尖和脸颊上还染着几点黑泥，说多狼狈有多狼狈，唯独一双眼睛光华闪动。

阿爹替我把脸擦干净，细心地把草捡去，用梳子一点点把乱发理顺：“我们编两根辫子，我先编一根，你自己学着编另一根，等编好了辫子，你肯定是我见过的最好看的小姑娘。”阿爹一面替我编辫子，一面笑说……

·——·——·——·——·

篝火中的枯枝爆开，飞起几点火星，惊醒了我的回忆，身旁的狼兄慵懒地撑了一个懒腰后又趴回地上。我拍拍狼兄的背，思绪又滑回过去。

那年我七岁或者八岁，刚到阿爹身边一年。那日我第一次自己编好辫子，也第一次见到伊稚斜——阿爹的好友，太子於单的小王叔，军臣单于的幼弟，匈奴的左谷蠡王。因为他经常来找阿爹，我们熟稔起来，他只要出去打猎都会带上我。

帐篷内。

“玉谨，如果还不能背出《国策》，即使头发全揪光，今晚也不许你参加晚宴。”讨厌的阿爹低着头写字，头未抬地说。

我想起伊稚斜曾说过，我的头发像刚剪过羊毛的羊，怏怏地放弃了揪头发，盯着面前的竹简，开始啃手指：“为什么你不教於单呢？於单才是你的学生，或者你可以让伊稚斜去背，他肯定乐意，他最喜欢读汉人的书，我只喜欢随伊稚斜去打猎。”话刚说完就看见阿爹锐利的眼睛紧紧盯着我，我不服气地说：“於单没有让我叫他太子，伊稚斜也说我可以不用叫他王爷。他们既然可以直接叫我的名字，我为什么不可以？”

阿爹似乎轻叹了口气，走到我面前，蹲下道：“因为这是人世间的规矩，他们可以直接叫你的名字，但是你必须对他们用敬称。在狼群中，没有经验的小狼是否也会对成年狼尊敬？不说身份，就是只提年龄，估计於单太子比你大四五岁，左谷蠡王爷比你大了七八岁，你应该尊敬他们。”

我想了会儿，觉得阿爹说得有些许道理，点点头：“那好吧！下次我会叫於单太子，也会叫伊稚斜左谷蠡王爷。不过今天晚上我要吃烤羊肉，要参加晚宴，我不要背《国策》。於单才是你的学生，你让他去背。”

阿爹把我的手从嘴里拽出来，拿了帕子替我擦手：“都快十岁的人，怎么还长不大？左谷蠡王爷在你这个年龄都上过战场了。”

我昂着头，得意地哼了一声：“我们追兔子时，他可比不过我。”忽地想起我和伊稚斜的约定，忙后悔地掩住嘴，闷着声音说：“我答应过王爷不告诉别人，否则他以后就不带我出去玩了，你千万别让他知道。”

阿爹含笑问：“《国策》？”

我懊恼地大力擂打着桌子，瞪着阿爹道：“小人，你就是书中的小人，我现在就背。”

单于派人来叫阿爹，虽然他临出门前一再叮嘱我好好背书，可是我知道，他更知道，他所说的话注定全是耳旁刮过的风。阿爹无奈地看了我一会儿，摇头离去。他刚一出门，我立即快乐地跳出屋子，找乐子去！

僻静的山坡上，伊稚斜静静地躺在草丛中，我蹑手蹑脚地走到他身旁，刚欲吓他一跳，没想到他猛然起身捉住了我，反倒吓我一跳。我哈哈笑着，搂住了他的脖子：“伊……王爷，你怎么在这里？”

伊稚斜搂着我坐到他腿上：“又被你阿爹训话了？和他说了几百遍，我们匈奴人不在乎这些，他却总是谨慎多礼。”

我吐吐舌头，笑问：“我听说你要娶王妃了，今天的晚宴就是特意为你举行的。”

“是要娶王妃了。”

我看了看他的脸色：“你不开心吗？王妃不好看吗？听於单说是大将军的独女，好多人都想娶她呢！要不是於单年纪小，单于肯定想让她嫁给於单。”

他笑道：“傻玉谨，好看不是一切。我没有不开心，只是也没什么值得特别开心。”

我笑说：“阿爹说，夫和妻是要相对一辈子的人，相对一辈子就是天天要看，那怎么能不好看呢？等我找夫君时，我要找一个最好看的人，嗯……”我打量着他棱角分明的脸，犹豫着说，“至少不能比你差。”

伊稚斜大笑着刮了我的脸两下：“你多大？这么急着想扔掉你阿爹？”

我的笑容僵在脸上，闷闷地问：“是不是你和於单都知道自己多大？”他轻点下头。我叹了口气说：“可是我不知道呢！阿爹也不知道我究竟多大，只说我现在大概九岁或者十岁，以后别人问我多大时，我都回答不上来。”

他笑着握住我的手：“这是天下最好的事情，你居然会不高兴？你想想，别人问我们年龄时，我们都只能老老实实说，我们都只有一个选择，你却可以自己选，难道不好吗？”

我的眼睛亮起来，兴奋地说：“是呀！是呀！我可以自己决定几岁呢！那我应该是九岁还是十岁呢？嗯……我要十岁，可以让目达朵叫我姐姐。”

他笑着拍了我脑袋一下，看向远方。我拽了拽他的胳膊：“我们去捉兔子吧！”他没有如往日一般爽快地答应我，而是眺望着东南方，默默出神。我伸着脖子使劲地看向远处，只有牛羊，还有偶尔滑过天际的鹰，没什么和往常不一样：“你在看什么？”

伊稚斜不答反问：“往东南走有什么？”

我皱着眉头想了会儿：“会遇到牛羊，然后有山，有草原，还有沙漠戈壁，再继续走就能回到汉朝，阿爹的故乡，听说那里非常美。”

伊稚斜眼中闪过一丝惊疑：“是你阿爹给你讲的吗？”

我点点头。他嘴角微翘，笑意有些冷：“我们的草原、湖泊、山川也很美。”

我赞同地点头，大声道：“我们的焉支山最美，我们的祁连山最富饶。”

伊稚斜笑道：“说得好。一直往东南方走就是汉朝，汉朝没什么大不了，可是现在汉朝的皇帝很是不一般。”

“他比你长得好看？”我好奇地看向东南方。

“可恨生晚了许多年，竟只能看着汉朝的逐渐强大。一个卫青已经让我们很头疼，如果将来再出几个大将，以现在汉朝皇帝的脾性，我们只怕迟早要为我们的焉支山和祁连山而战，到时我们就不能坐在这里看我们脚下的这片土地了。可恨部族中人被汉朝的繁华富足和汉朝皇帝的厚待吸引，亡族之祸就在眼前，却还一心亲汉。”他双眼盯着前方，似淡漠似痛心地缓缓而说。

我看看远处，再看看他，下意识地又把手伸到了嘴里，一面啃手指，一面眼睛一眨一眨地盯着他。他轻轻摸过我的眼睛，手指在我唇上印了一下，摇头笑起来：“希望再过几年，你能听懂我的话，也仍旧愿意坐在我身旁听我说话。”

他拽出我的手，用自己的袖子把我的手擦干净，拖我站起：“我要回去了，今日的晚宴是为我举行，总要打扮一下，虽是做样子，可是这个样子不做，不高兴的人却会不少。你呢？”

我环顾了四周一圈，有些无聊地说：“我去找於单，下午有骑射比赛，我去看热闹，只希望别撞上阿爹。”

草原，晚宴。

本来气氛轻松愉悦，却因为我陷入死寂。

我双手捧着装着羊头的托盘，跪在伊稚斜面前，困惑地看看强笑着的单于，看看脸带无奈的阿爹，再看看气鼓鼓的於单，最后望向了伊稚斜。他眉头微锁了一瞬，慢慢展开，脸上没有任何表情，眼中却似乎带着暖意，让我在众人的各色眼光下发颤的手慢慢平复下来。

伊稚斜起身向单于行礼：“我们的王，玉谨没有看过单于雄鹰般的身姿，竟然见了大雁当苍鹰。臣弟想，今日所有在场的人心中的英雄肯定是於单太子，太子下午百发百中，马上功夫更是不一般，日后定是草原上的又一只头狼。”他俯身从我手中取过托盘时，快速地朝我笑眨了下眼睛，转身走到於单面前，屈了一条腿跪在於单面前，低下头，将羊头双手奉上。

众人哄然笑着鼓掌欢呼，纷纷夸赞於单大有单于年轻时的风范，各自上前给於单敬酒。

於单站在跪在地上的伊稚斜面前，取过奴役奉上的银刀，在托盘中割下羊头顶上的一块肉，丢进了嘴中，从头至尾，伊稚斜一直身姿谦卑、纹丝不动地跪着。

单于嘴角终于露出了满意的一丝笑，举着酒杯上前扶伊稚斜起身，伊稚斜笑着与单于共饮了一杯酒。

我大概是场中唯一没有笑的人，难受地靠在阿爹身旁看着眼前我似懂非懂的一幕。如果不是我的鲁莽冲动，伊稚斜不用在这么多人面前弯下他的膝盖，低下他的头，跪年龄比他小、辈分比他低、个子没他高的於单。

阿爹笑着拍了拍我的脸颊，小声道："乖女儿，别哭丧着脸，笑一笑。有懊恼的工夫，不如审视一下所犯的错误，杜绝以后再犯。用心琢磨一下你做错了什么，再琢磨一下王爷为何要这么做。背着《国策》的权谋术，却还做出这样的举动，看来我真是教女失败，我也要审视一下自己了。"

晚宴之后，我就被阿爹禁足了，他要我好好反思。

我不会骑马，不能去远处玩。能不理会阿爹的约束，愿意带我出去玩的两个人，一个因为我闯了祸，不敢去见他，一个却生了我的气，不来见我，我只能一个人在营地附近晃悠。

转到湖边时，看到於单在湖边饮马，我鼻子里哼了一声，自顾到湖另一边玩水。於单瞪了我半晌，我只装作没看见。於单叫："你不会游水，别离湖那么近，小心掉进去。"

我往前又走了两三步，小心地试探着水可深，能不能继续走。於单冲了过来，揪着我的衣领子，把我拽离了湖边。我怒道："你自己不会游水，胆子小，我可不怕。"

於单气笑道："明明该我生气，你倒是脾气大得不得了。"

想起当日的事情，我心里也确有几分不好意思。於单选我去敬献羊头，我没有奉给单于，却奉给伊稚斜。结果既开罪了单于，又给伊稚斜惹了麻烦。我低着头，没有说话。

於单笑着拉起我的手道："如果不生气了，我们找个地方玩去。"

我抿着唇笑着点点头，两人手拉着手飞跑起来。我迎着风，大声说："你为什么不喜欢伊稚斜呢？要不然，我们可以一起去捉兔子。"

於单冷笑着说："只要他不想吃羊头，我自然可以和他一起玩。"

我刚想说伊稚斜当然可以不要吃羊头肉，忽然想起了狼群捕获猎物后，都是让狼王吃第一口，羊头是不是也只有人的王才能吃呢？伊稚斜真的不想吃羊头顶的那片肉吗？已经到了嘴边的话被我吞了回去……

那一年，我十岁。因为一个羊头，开始第一次认真思索阿爹每日叫我背诵的文章，也第一次审视单于、伊稚斜和於单，开始约略明白他们虽然是最亲的亲人，可是他们也很有可能成为汉人书中描写的骨肉相残的敌人。

我心事重重地走到帐篷旁，耳边响起於单说的话，迟疑着没有进去。

伊稚斜的王妃梳好头后，侧头笑问伊稚斜："王爷，这个发髻是跟阏氏新学，我梳得可好？"

正在看书的伊稚斜抬头没有表情地看着王妃的发髻，王妃脸上的笑容渐褪，正忐忑不安间，伊稚斜随手折了一朵摆在案头的花，起身走到王妃身旁，把花簪在她的发侧，手搭在王妃肩头，含笑道："如此才不辜负你的娇颜。"王妃脸颊晕红，抬头笑瞅了伊稚斜一眼，身子软软地靠在了伊稚斜身上。

我皱着眉头舒了口气，转身就走，身后传来娇斥声："谁在外面偷看？"

伊稚斜扬声道："玉谨，进来。"

我在帐篷外站了一会儿，扯扯自己的脸颊，逼自己挤出一个甜甜的笑容后才走进帐篷，向王妃行礼。伊稚斜眼中掠过一丝惊诧，随即只是浅笑着看我和王妃一问一答。

王妃笑问："王爷怎么知道是玉谨在外面呢？"

"就她在各个帐篷间自出自入惯了，士兵见了她也不多管。除了她，还有谁能悄无声息地在外偷看？"伊稚斜走到案前坐下，又拿起了竹册。

王妃站起道："玉谨，陪我去见阏氏吧！她是汉人，会很多有趣的玩意儿，我们学着玩去，给你梳个好看的发髻，好不好？"

我笑摇摇头："那些发髻要手很巧、很聪明的人才能学会，我太笨了，学不会，我只喜欢追兔子。"

王妃笑起来，弯身在我脸上亲了一下："好一张乖嘴，怎么先前听人都说你脾气刁蛮呢？我却是越看越喜。你既不去，我只好自己去了，不过王爷今日恐怕也没时间陪你骑马打猎呢！"

王妃向伊稚斜微欠了下身子，掀帘而去。我这才举起衣袖用力擦王妃刚才亲过的地方，伊稚斜看着我，用手遥遥地点点我，摇头而笑。我轻叹口气，转身要走，伊稚斜起身道："等等我。"我扭头看向他，他快走了几步，牵起我的手："出去走走的时间还有。"

他拖着我沿着山坡，直向高处行去：“好长一段日子没见你，去见你阿爹时也不见你的踪影，你和於单和好了？”我刚点了下头，又立即摇摇头。

“你们又吵架了？你要肯把刚才那假模假式的功夫花上一点儿对於单，肯定能把於单哄得开开心心。”伊稚斜打趣地说。

自从大婚后，你对王妃的宠爱整个草原都知道，我因为不想让你为难，所以刻意讨好王妃，可你又是为何？难道真如於单所说，你对王妃百般疼爱只因为王妃的阿爹重兵在握？或因为你只想让她高兴，所以是否是你喜欢的发髻根本不重要？我郁郁地看着前方，没什么精神地说：“你也假模假式，明明不喜欢王妃梳汉人发髻，却说喜欢。”

伊稚斜一掀袍子坐在了地上，拖我坐在他身边。他瞅了我一会儿，轻叹口气：“玉谨，你开始长大了。”

我抱着膝盖，也叹了口气：“那天晚上你心里难受吗？都是我的错，我已经听阿爹的话仔细反省了。”

伊稚斜望着远处浅浅而笑，没说难受，也没说不难受。我定定地盯着他的侧脸，想看出他现在究竟是开心还是不开心。

“这次又是为什么和於单吵？”他随口问。

我嘟着嘴，皱着眉头，半晌都没有说话。他惊疑地回头，笑问道：“什么时候这么扭捏了？”

我咬了咬嘴唇：“於单说，你是因为阿爹才肯带我出去玩，你接近我是有所图谋，是真的吗？”

伊稚斜低头笑起来，我眼巴巴地看着他，焦急地等着答案，他却只是笑了又笑。我怒瞪着他，他轻声咳嗽一下，敛了笑意，凝视着我的眼睛好一会儿，突然俯在我耳边低声道：“因为你的眼睛。”他凝视着我时，极其专注，仿佛一些被他藏在心里的东西慢慢渗出，汇聚到眼中，浓得化不开，我却看不懂。

我的眼睛？我疑惑地摸了摸自己的眼睛，凝神想了会儿，还是一点儿都不明白，不过压在心中的一块大石却已落下，咧着嘴呵呵笑起来。只要不是因为阿爹就好，我只想别人因为我而对我好。

我心中一酸，脸俯在膝盖上轻轻叹了口气。傻玉谨，为什么要到事后才明白，伊稚斜既然当日能哄着王妃开心，怎么就不可以哄你这个小姑娘呢？於单的话也许都对，只是我没有听进去，而阿爹也误信了伊稚斜。原来，看着冲动的於单才是我们中间最清醒的人。於单，於单……月儿即将坠落，篝火渐弱，发着耀眼的红光，却没什么热度，像於单带我去掏鸟窝那天的夕阳。

·——·——·——·——·

《尚书》《春秋》《国策》《孙子兵法》……我惊恐地想，难道我要一辈子背下去？阿爹究竟有多少册书要我背？我干吗要整天背这些国家怎么争斗、臣子怎么玩弄权谋？

“玉谨。”於单在帐篷外向我招手。我把竹册往地上一砸，蹿出了帐篷：“我们去哪里玩？”问完后，才想起我又忘了向他行礼，匆匆敷衍着补了个礼。

於单敲了我脑袋一下：“我们没有汉人那么多礼节，别跟着先生学成个傻女人。”

我回打了他一拳：“你的娘亲可是汉人，她也是傻女人吗？”

於单牵着我手，边跑边道：“她既然嫁给了父王，早就是匈奴人了。”

於单拉我上了马，两人共用一骥：“先生怎么还不肯让你学骑马？”

“头两年我老是逃跑，怎么可能让我学骑马？你还帮阿爹追过我呢！现在大概觉得我不会也无所谓，有那时间不如多看看书。”

於单笑说：“父王说明年我可以娶妻，问我右贤王的女儿可好。我想和父王说，让你做我的王妃。”

我摇头道：“不做，等我再长高点儿，功夫再好一些时，我要去游览天下，到各处玩。况且单于和我阿爹都肯定不会答应你娶我，你是太子，将来要做单于，右贤王的女儿才和你般配。”

於单勒住马，半抱着我下马：“父王那里我可以求情。你嫁给我，就是匈奴将来的阏氏，想到哪里玩都可以，没有人会管你，也不会有人敢逼迫你背书。”

我笑着反问：“可是你娘亲没有到处玩呀！我看她很少笑，似乎不怎么快乐。汉人的书上早写了，就是贵为国君，依旧不能为所欲为。”

於单不屑地说：“那是他们蠢，我可不会受制于人。”

我摇头笑道：“左谷蠡王爷笨吗？可他也和我说过，人生在世总免不了一个忍字，夸赞汉人讲的话有道理呢！”

於单气得瞪了我一眼，低着头快步而行：“伊稚斜，伊稚斜，哼！”

我朝着他的背影做了个鬼脸，一蹦一跳地跟在他身后：“他是你的小王叔，你即使是太子，也不可以直接叫他的名字，被我阿爹听见该说你了。”

於单没好气地问：“为什么你们每一个人都夸赞他？左谷蠡王英勇善战，左谷蠡王诚挚豪爽，左谷蠡王聪明好学……”

我拍着手掌，哈哈笑道：“有人的眼睛要变红了。”

於单冷笑了几声道：“我眼红什么？我是太子，迟早他要一见我就跪拜。”

我心中猛然一颤，忙握住他的手道：“别生气，我可没说他比你好，他虽然有他的好，可你自然也有你的好，现在一点儿不比他差，将来肯定会比他好。”

於单转怒为笑：“不提他了，我带你是来看鸟玩，可不是讲什么王爷。”

两人弯着身子在灌木丛中潜伏而行，尽量不发出任何声响。静静行了一段路，听到侧面有细微的响动，我们交换了个眼神，悄悄掩了上去，所见却让我和於单一动不敢动。

於单的娘亲和我的阿爹并肩而坐，两人都是面色苍白，於单的母亲眼泪纷纷而落，忽地靠在阿爹肩头，压着声音哭起来。

我正纳闷谁欺负了她，为什么不去找单于哭诉，於单握着我的手一抖，拖着我就要离开。阿爹闻声跳起，喝问道：“谁？”我害怕地想赶紧跑，於单此时却奇怪地不肯走，拽着我走出树丛，脸色铁青地静静立在阿爹和阏氏面前。

阿爹眼中有几分痛苦地看着於单和我。阏氏却是神色平静，冷淡地看了一会儿，居然从我们身旁扬长而过，再未回头。

我看看阿爹，再看看於单，起初莫名的害怕早已不见，此时只剩不耐烦，跺着脚道：“你们看什么看？又不是斗蛐蛐，你盯着我，我盯着你。於单，你想知道什么就问，阿爹，你想解释什么就说。”

阿爹张了张嘴，刚想说话，於单忽然甩开我的手，一溜烟地人已经跑没影了。阿爹轻叹口气，沉默地站了一会儿，牵起我向外行去：“让你好好背书，怎么又跑出来？”

我挽着他的胳膊，身子半吊在他的身上，只用一只脚一跳一跳地走着：“背书背得不耐烦，太子正好找我来玩，我就来了。刚才为什么阏氏要靠在你身上哭？太子为什么那么生气？”

阿爹苦笑起来：“这些男女之事，现在讲了你也听不懂。”

“你不讲，我更不可能懂，你不是老说我不通人情吗？现在正是你现身教我的机会呀！”

阿爹揉了揉我的头发，拉着我走到湖边坐下，目光投注在湖面上，但眼睛内却是一片空无苍凉：“我和阏氏少年时就已经相识，那时她还不是什么公主，只是普通官宦人家的女儿，我也不是现在的我，是一个一心想着建功立业的少年，我和她……我和她……”

我小声替他说道：“‘维士与女，伊其相谑，赠之以芍药’，你和她互相赠送了芍药。”

阿爹拍了下我的背说：“《诗经》还是读懂了，我们互相赠送的虽不是芍药，但意思是一样的。”

“那她怎么如今做了单于的妻子？为什么不做你的妻子？不是送了芍药就该‘共效于飞’吗？”

阿爹轻声笑起来：“为什么？该从大处说，还是从小处说？”他虽然在笑，可我却听得有些害怕，往他身边靠了靠，头埋在他的膝盖上。

“从国家民族大义来说，因为当年的汉朝打不过匈奴，为了百姓安宁，少死人，皇家就要和匈奴和亲，却又舍不得自己的女儿，所以从臣子的女儿中选容貌秀丽、才德出众者封为公主，嫁给匈奴。从我们自己来说，我胆小怯懦，不敢抗旨带着她流亡天涯，她也不能弃父母于不顾，所以她只能做了单于的妻子。若单于待她好，即使匈奴野蛮落后，不知礼仪，那也罢了，可单于却是一个不懂赏花的人。她哭只是因为对自己命运的无奈。太子生气是想多了，因为他毕竟是匈奴人，很多事情无法体谅，无法明白他母亲的痛苦。”阿爹轻叹一声，“如果我们再晚生几年，赶上当今皇帝亲政，也许一切都会不一样。”

我觉得这话似乎听着耳熟，想了好一会儿，才想起两年前伊稚斜定亲那天，他在山坡上感叹自己没有早生几年，不能和汉朝的皇帝一争长短，只能看着汉朝西扩。一个汉朝的皇帝居然让阿爹和伊稚斜一个想晚生，一个想早生。

阿爹看我凝神思索，问道：“听懂了吗？”

“一半一半，你讲的皇帝、单于，大汉、匈奴的事情我听懂了，可我还是不懂於单为什么那么生气，回头我再慢慢琢磨，我会劝於单不要生气。阿爹，你让我背那些书册，是不是不想让我只做花？”

“嗯，没有找人教你纺线织布、裁衣刺绣，也没有教给你煮饭洒扫，我也不知道对不对。所有这些东西，她都会，但她却在受欺负，朝堂上我可以尽力帮於单争取利益，后宫之事我却有心无力。”

我摇了摇阿爹的胳膊，仰头看着他道：“我不做娇柔的花，我要做高大的树，不会让人欺负。”

阿爹揉了揉我的头发：“你的性子的确不像，可正因为你这个性子，我才更要你心思机敏，体察人心，能谋善断，否则只是一味好强，受不了他人的气，却又保护不了自己，那可真是不如把你丢回狼群中了。”

我低声嘟囔道：“谁又想做人了？”

阿爹笑道：“又在腹诽我，你现在已经是人，再回不到过去，就安心努力地做人吧！”

我默默想了会儿，忽然一喜：“等於单做了单于，阏氏是不是可以嫁给你？”

阿爹凝视着湖面，缓缓摇了摇头：“等於单做了单于，我就带你回中原，你既是我的女儿，就是汉人，自然不能在匈奴处长待，我只教你写汉字读汉书，不肯让你学匈奴的文字也就是这个原因。她……她会做太后，於单是个善良孝顺的孩子，她会过得很好。”

我纳闷地问：“为什么不娶阏氏？你不想娶她吗？匈奴可没有汉人那么多规矩，匈奴的阏氏可以再嫁的呀！”

“一时的错过，就是一生的错过，人生中很多事情都没有回头的机会。”阿爹近乎自言自语，我摇摇他的胳膊：“为什么不可以回头？”

“等我们回到中原，你长大时再来问我。”阿爹牵着我站起，“回吧！今天要做的功课一点儿都不许差，否则休想吃饭。”

之后，不到一年，军臣单于意外去世，伊稚斜发动政变……

我突然站起，深吸一口气，凝视着东方初升的太阳，一直憋到胸口疼痛，才缓缓吐出。

原来，我还是不能坦然回忆已经过去的一切，还是会被刺痛。

过去已如地上燃烧殆尽的篝火，只剩乌黑的灰烬，可若想立即把灰烬扫去，又会一不小心就烫到手，不过总有冷的一天。

阿爹自尽前叮嘱的话再次回响在耳边："玉谨，阿爹对不起你，以为可以一直看着你嫁人生子，可是如今……如今阿爹不能陪你回中原，你自己回去。这次你是兔子，他人是狼，你要逃，拼命地逃，逃回中原你就安全了。你一定要活着，答应阿爹，不管遇到什么都要努力活着，快快乐乐地活着，阿爹唯一的心愿就是你过得好。"

太阳快活地跃上大地，我迎着明丽的阳光轻声道："阿爹，我会过得很好、很快乐，你也要和阏氏快快乐乐的，於单，你也是。"

阿爹总是不愿意我做狼，总是心心念念想让我回汉朝，其实我不用逃到中原也很安全。在西域大地，没有人能捉住如今的我，即使是伊稚斜，匈奴帝国现今的单于。

第二章

初遇

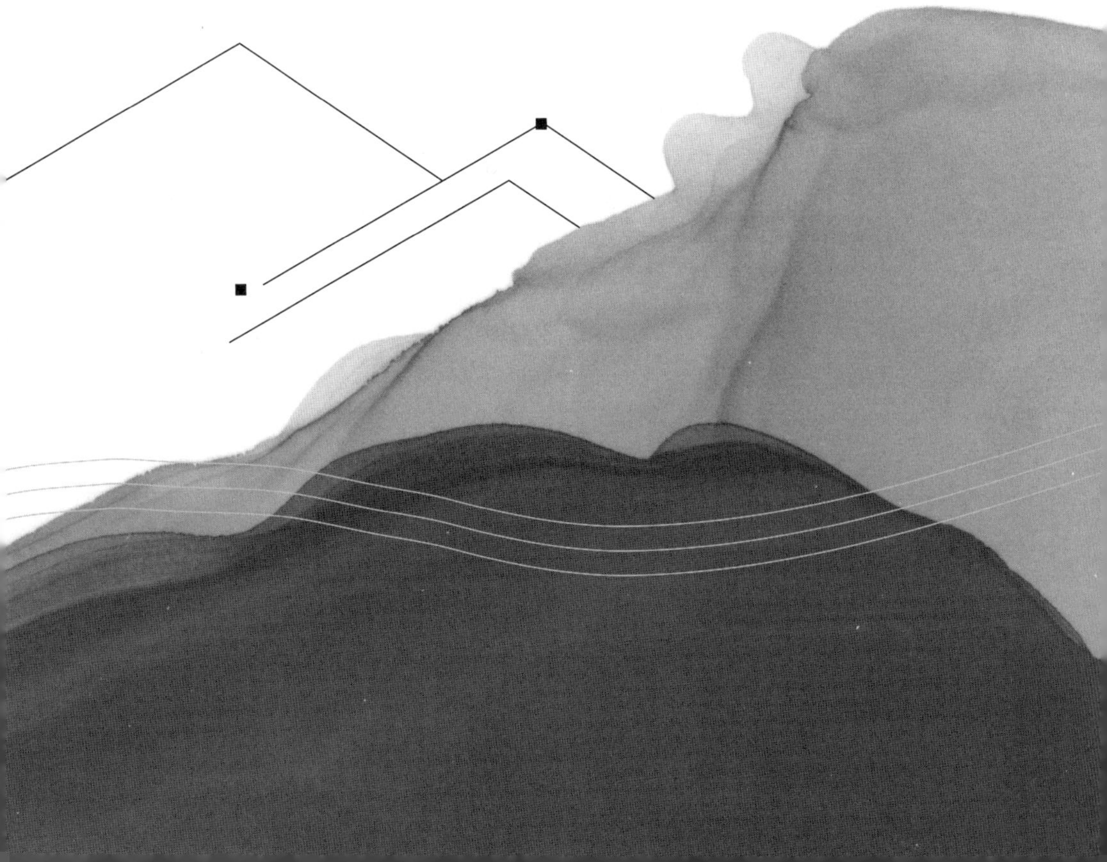

狼兄迎着朝阳站起，一身银毛在阳光下闪烁着千万点微光。他昂着头，引颈而啸，长长的啸声回荡在天地间。我也伴随着狼兄呼啸起来，高举起双手，仿佛拥抱朝阳，拥抱新的一天。

林间的鸟儿扑棱棱地腾起，惊叫着直冲向蓝天。薄雾轻寒中，晨曦伴着落叶在林间欢舞，彩云随着鸟儿在天空飞翔。我哈哈笑着踢了狼兄一脚："看谁先到月牙泉边。"啸声未落，人已直冲出去。

三年的时间，狼兄已长得和我齐腰高。我称呼他狼兄并不是因为他比我大，狼兄只是我随口起的敬称。实际上我重回狼群时，他还不到一岁，是只刚能独自捕猎的小狼，可他现在已是我们的狼王。虽然在背狼处，我经常对他连踢带踹，其实我还是很尊敬他的。

狼兄似乎感觉到我在想什么，不满地哼了几声。狼兄一直认为自己英俊天下第一、勇猛举世无双，雄狼一见就臣服，雌狼一见即倾倒，奈何碰上我这只不买他账的狼，只能感叹既生他，何生我。

为了容易辨别，我也曾尝试给其他各位大大小小、男男女女的狼起名字，分别是狼一、狼二、狼三……以此类推，直到无限。我刚到时，只需命名到"狼九十九"，如今随着我和狼兄远交近攻的纵横之术，我已经完全混乱，只记得最后一次命名是"狼一万九千九百九十九"，那已经是将近两年前的事情。在我发现看见一只狼要想半天他的名字时，我无奈地放弃了我的命名尝试。我毕竟还是一个人，鼻子远比不上狼兄，记忆狼貌对我还真有些困难。

当年秦朝靠着“远交近攻”的纵横之术，最终“九合诸侯，一匡天下”，我估计我和狼兄“一匡狼族”的霸业，只是迟早的问题。

阿爹如果知道我竟然把他教给我的权谋之术首先应用到狼群中，不知道会笑还是会愁？如果当年我能早点儿懂事，早点儿明白这些，能够助阿爹一臂之力，一切是否会不一样？

不一会儿，我和狼兄就奔到了月牙泉边。月牙泉是沙漠中的一处奇景：无垠的大漠中，一弯月牙一般的泉水，四周是连绵起伏的沙山，只它碧绿如玉，静静地躺在鸣沙山的怀抱中，任凭再大的沙暴，它都终年不会枯竭，是牧民眼中的神迹。

天上一弯月
地上一弯泉
天上月照地上泉
地上泉映天上月
……

我一边哼唱着从牧民处听来的歌谣，一边以水为镜，开始梳理头发。懒懒卧于一旁的狼兄冷冷地横了我一眼，打了个响亮的喷嚏后又不屑地闭上了眼睛，正如我不认为他英武不凡，狼兄也从不认为我长得有些微好看，和毛皮油光水滑的母狼比起来，我只怕丑得难以入狼目。

我气呼呼地瞪了他一眼，一面编着辫子，一面继续唱歌：

哥心好似天上月
妹心就像地上泉
月照泉，泉映月
哥心妹心两相映
……

临水自照，波光映倩影。三年时间，从阿爹口中的小姑娘变成了窈窕少女，虽然不能夸自己是淑女，但我知道自己是美丽的。我朝着水面的影子做了个鬼脸，满意地点点头，打个呼声，示意狼兄可以回去了。狼兄伸了个懒腰，起身在前慢跑而行。

我们立在鸣沙山高处，看着远处蜿蜒而行的一小支商队，看他们的样子应该准备扎营休息。想着快要用完的盐以及已经破烂的裙子，我蹲下身子，用无比谄媚的笑容看向狼兄，狼兄却不领受我的谄媚，一副见了怪物被吓到的表情，猛退了几步，皱着整张脸，带着几分不耐烦瞪着我。

我向他呜呜低叫几声，请他先回去，我打算去偷商队。他无奈地看了我一会儿，估量着我绝对没的商量，最后示意陪我一块儿去。我扑上前搂着他的脖子笑起来，他闭着眼睛，状似勉为其难地忍受着我，身子却紧紧挨着我。

自从离开阿爹，再没有人会张开双臂抱我入怀。幸运的是我有狼兄，虽然他不可能抱我，不过我抱他是一样的。

我们两个偷偷摸摸地潜伏着接近商队的扎营地。这是支非常小的商队，估计也就十个人。我微感诧异，以前从没有见过这么小的队伍，他们是买卖什么的呢？我只顾着自个儿琢磨，狼兄等得有些不耐烦，从背后轻轻咬了下我的屁股，我又羞又怒，回头猛拧了下他的耳朵。

他看我真生气了，歪着脑袋，大眼睛忽闪忽闪，一脸不解。我无奈地叹口气，堂堂狼王陪我在这里偷鸡摸狗，我就小女子不记大狼过，放他一次。恶狠狠地警告他不许再碰我的屁股，否则不再为他烤肉吃，说完转头又继续观察商队。

一个黑衣大汉手脚麻利地抬出一辆轮椅放在地上，另一个紫衣大汉躬身掀起马车帘子，一袭白映入眼中。

那白并非如雪一般亮，而是柔和亲切舒服熨帖的，似把秋夜的月色捣碎浸染而成，白中泛着些微黄。少年的面容渐渐清晰，眉目清朗如静川明波，身姿俊雅若芝兰玉树。他只是静静坐着，我已觉得仿佛看到朗月出天山，春风过漠北。

紫衣汉子伸手欲扶坐在马车内的少年下车，少年淡然一笑，温和地推开他的手，自己双手撑着缓缓地从马车上一点点移下。我难以置信地瞪大双眼，老天总会嫉妒人世间的完美吗？

从马车边缘移坐到轮椅上时，轮椅在沙中滑动了一点儿，白衣少年险些摔到沙地里，幸亏及时拽住马车椽子才又稳住。紫衣大汉几次欲伸手帮他，被黑衣汉子看了几眼后，又缩回了手。

平常人从马车下地不过一个跳跃而已，这个少年却足足费了半盏茶的工夫。但他嘴边自始至终含着丝浅笑，本来狼狈的动作，他做来却赏心悦目，即使在慌乱中，也透着一股从容不迫。

少年举头看了会儿四周连绵起伏的鸣沙山后，又缓缓把目光投向那一弯静卧在沙山包围中的月牙泉。泉水映着湛蓝的天空，碧光滢滢。他眼中流露着几分赞叹，千百年来，黄沙滚滚却不能吞噬这弯如月牙的泉水。

蓝天、黄沙、碧水、无风无声，我平常看惯的冷清景色，却因他一袭白衣，平添了几分温和，原来山水也有寂寞。

我只顾盯着他看，竟然忘了来此的目的。猛然醒觉自己为何在此，一瞬间有些犹豫，偷是不偷？又立即觉得有什么理由让我不偷？有这么一个少年的存在，势必让所有人的注意力都放在他身上，如此大好机会怎么能错过？

黑衣大汉和紫衣大汉如两座铁塔，立在少年身后，一动不动。其余几个男子都在匆匆忙碌，扎帐篷，堆火做饭。我确定无人会注意到我们时，示意狼兄就在这里等我。我慢慢向他们的骆驼爬去。先摸清楚他们到底卖什么，看有无我需要的东西，盐巴恐怕要等到他们做饭时才能知道放在哪里，否则很难找。

沙漠戈壁中的往来商旅大都依靠骆驼载运货物长途跋涉。骆驼性情温驯，我早已摸清它们的性子，从未失手。而我在狼群中练习出的潜行手段，人也很难发现我，可我大意下居然忘了那匹拉马车的马。它被解开了缰绳，在一边悠闲地吃着干草。我刚接近骆驼，这匹看似一直没有注意我的臭马居然引颈高嘶。没有想到马也会玩兵法，居然懂得诱敌深入，一举擒之。

紫衣大汉和黑衣大汉迅速挡在白衣少年身前，其余汉子向我包围而来。我瞪了眼那匹臭马，明显感觉它眼里满是笑意，但也顾不上和它算账了，逃跑要紧。匆匆向外奔去，狼兄无声无息地猛然蹿出，替我扑开两个汉子，挡开了追截。

我和狼兄正要飞奔离去，温和的声音，带着几分漫不经心在身后响起："姑娘如果确定跑得过我手中七箭连发的弩弓，不妨一试。"

我脚步一滞，停了下来。狼兄迅速回身向我低叫，它不懂我们面临的困境。我无奈地皱皱眉头，让他先走，转身挡在他身前。

白衣少年手里握着一张小巧的精铁制作的弩弓。他看我转身，放下了正对着我的弩弓，打量着我。一旁的紫衣汉子指了指每一匹骆驼后臀上打的一个狼头烙印，嘲笑道："你是瞎了眼，还是吃了熊心豹子胆？居然敢打我们的主意？就是沙漠中的沙盗见了我们，也有多远避多远。"

狼兄因为我不肯随他走，已经变得极其暴躁，却仍然不肯独自离去，一个纵跃，跳到我的身前，凶残地盯着对面的人群，随时准备着一击必杀。

对面的紫衣汉子打量了一眼狼兄，惊叫道："那是狼，不是狼狗！"

所有人闻言，面色立变，紧张地看向四周。沙漠里的狼都是群体出现，一只并不可怕，但如果是无数只狼，甚至能让小的军队灭亡。可今天他们白担心了，因为我的大意，附近只有我和狼兄，召唤其他狼过来还需要一段时间。

白衣少年对着狼兄举起了手中的弩弓，但眼睛却是盯着我。我忙闪身挡到狼兄身前："请不要……伤害他，是我……我想偷你们……的东西，不是他。"

自从回到狼群，我除了偶尔偷听一下商旅的谈话，已经三年多没有和人类说过话。虽然经常对着狼兄自言自语，可不知道因为紧张还是什么，一句话说得断断续续、结结巴巴。

白衣少年温和地问："就这一只狼吗？"

我心中暗恨，如果有其他的，我还能让你们对我问三问四？脑子里快速合计着，说真话？说假话？几经权衡，觉得这个少年不好骗，而且女人的直觉告诉我，其实他早已猜测到真相，如今的问话只是用来安抚他身边的汉子们。

"只有……这一只。"

我的话音刚落，众人的神色都放松下来，又都诧异地看着狼兄和我，大概想不通为何我可以和狼共处。

白衣少年一面收起弩弓，一面说："管好你的狼。"

我点点头，回身却对狼兄说："我说攻击再攻击。"我问少年："你们要砍掉我的哪只手？"我曾经听到商人谈论，企图偷东西的人被捉住后，经常会被砍掉手以示惩戒。

紫衣汉子问："你想偷什么？"

我低头看着自己身上破烂的裙子，想着白衣少年精致的衣服，突然觉得很尴尬，嗫嚅道："我想……我想……偷一条裙子。"

紫衣汉子吃惊地瞪大眼睛，不相信地质问："就这个？"

我道："还有盐。"

紫衣汉子冷声说："我们有几百种方法让你说真话，你最好……"

白衣少年打断了他的话："去把那套鄯善海子送的衣裙拿来，再把我们的盐留够今日用的量，剩下的都给她。"

紫衣汉子面色微变，张嘴说："九爷……"少年看了他一眼，他立即低头闭上了嘴巴。不大会儿工夫，一个汉子捧着一套浅蓝色的衣裙给我，我傻傻地接过，又拿着一小罐盐，怔怔地看着白衣少年。

白衣少年浅笑着说："我们一行人都是男子，没有女子的衣裙，只有这一套，是经过楼兰时，一个朋友赠送与我的，希望你能喜欢。"我摸着手中羊脂般的软滑，这应该是最名贵的丝绸，觉得这份礼物未免太昂贵，有心拒绝，最终却禁不住诱惑，不好意思地点点头。

他微一颔首："你可以走了。"我愣了一下，向他行了个礼，招呼狼兄离去。

一声马嘶从身后传来，我回身气瞪了一眼那匹马，但拿人的手软，如今碍于它的主人，肯定不能和它计较。狼兄却不管什么人情面子，猛然一个转身，全身毛发尽张，仰天长长地呼啸起来，啸声未尽，几匹骆驼已全部软倒在沙地里，那匹马虽没有倒下，可也四腿直哆嗦。

我不禁放声大笑，不给你个狼威，你还真以为自己是沙漠里的大王？统御几万头狼的狼王，岂是你惹得起的？许是被我肆无忌惮的爽朗笑声惊住，白衣少年神情微怔，定定地看着我，我被他看得脸上一红，忙收住了笑声。他也立即移开目光，赞叹地看向狼兄："这匹马虽不是汗血宝马，可也是万中选一的良驹，据说可独力斗虎豹，看来全是虚言。"

我歉然道："虚言倒是未必，寻常的虎豹是不能和我的狼兄相比的。"说完赶紧催狼兄走，我看他对那匹万中选一的良驹很有胃口的样子，再不走不知道要出什么乱子。

走远了，回头看他们，黄沙碧水旁的那袭白衣似乎也成了沙漠中一道难忘的风景。我不知他是否能看见我，却仍旧用力地向他挥了挥手后才隐入沙山间。

篝火旁只有我和狼兄，别的狼都因为畏惧火而远远躲着。狼兄最初也怕火，后来我教着他慢慢适应了火，其他狼却没有这个勇气。我强迫狼一、狼二他们在篝火旁卧下，不但从没有成功过，反倒我摧残狼儿的恶行在狼群中广为流传，我成为狼妈妈吓唬晚上不肯睡觉的小狼的不二法宝，一提起要把他们交给我，再刁钻淘气的小狼也立即畏惧地乖乖趴下。

我摊开整条裙子，仔细看着。不知道是用什么植物上的色，才有这梦幻般的蓝。手工极其精致，衣袖边都密密绣着朵朵流云。一条坠着小珍珠的流苏腰带，系上它，随着行走，珍珠流苏肯定衬托得腰身摇曳生姿。楼兰女子终年都必须用纱巾覆脸，所以还有一条同色薄纱遮面丝巾，边角处一圈滚圆的大珍珠。当戴上这条丝巾遮住脸时，那一圈珍珠正好固定在头发上，浑然天成的发箍。如果在家中不需要遮脸时，放开的丝巾垂在头后，衬托着乌发，与头顶的珍珠发箍，又是一个别致的头饰。

我侧头看着狼兄，问道："这衣裙是不是太贵重了？你说那个九爷为什么会给陌生人这么贵重的东西？这么多年，我竟然还是改不了一见美丽东西就无法拒绝的毛病……"狼兄早已习惯于我的喋喋不休，继续安然地闭着眼睛睡觉，无视我的存在。

我揪了下他的耳朵，他却一动不动，我只好收起自己的啰唆，靠在他身边慢慢沉入梦乡。

·——·——·——·——·

又到满月的日子。

我一直困惑于狼对月亮的感情，他们每到这个时候总是分外激动，有的狼甚至能对着月亮吼叫整个晚上。所以，现在这片大漠中，一片鬼哭狼嚎。胆小点儿的旅人今夜恐怕要整夜失眠了。

黑蓝天幕，月华如水，倾泻而下，落在无边无际、连绵起伏的大漠上，柔和地泛着银白的光。我穿着我最贵重的裙子，与狼兄漫步在沙漠中。

蓝色的裙裾随着我的步伐飘飘荡荡，起起伏伏。用珍珠发箍束于脑后的万千青丝与纱巾同在风中飞扬。我脱去鞋子，赤脚踏在仍有余温的细沙上，温暖从足心一直传到心里。极目能直看到天的无穷尽头，一瞬间，我有一种感觉：这个天地仿佛都属于我，我可以自由翱翔在其间。我忍不住仰头看着月亮长啸起来，狼兄立即与我啸声应和，茫茫夜色中，无数只狼也长啸呼应。

我想，我有点儿明白狼儿在今夜的特异了，月亮属于我们，沙漠属于我们，孤独、骄傲、悲伤、寂寞都在那一声声对月的长啸中。

我和狼兄登上一个已经被风化得千疮百孔的土墩高处，他昂然立着，俯瞰着整个沙漠。他是这片土地的王者，正在审阅着属于他的一切。我虽有满腹的感慨，却不愿打扰他此时的心情，遂静静地立在他的身后，仰头欣赏起月亮。

狼兄低叫了一声，我忙举目向远处望去，但我目力不如他，耳力不如他，看不到、听不到他所说的异常，除了狼儿啸声传递着的信息，于我而言，那仍然是一片美丽安静的夜色。

过了好大一阵儿，我渐渐能听出藏在夜色中的声响。

越来越近，好似上千匹马在奔腾。

狼兄嘲笑说，没有我判断的那么多。再过了一会儿，我渐渐能看得分明，果如他所言，夜色下大概十几个人的商旅队伍在前面疾驰，后面一两百人在追逐，看上去不是军队，应该是沙盗。

半天黄沙，马蹄隆隆，月色也暗淡了许多。狼兄对远处的人群显然很厌烦，因为他们破坏了这个属于狼的夜晚，但他不愿争斗，摇晃了下脑袋，趴了下来。狼群有狼群的生存规则，规则之一就是不到食物缺乏的极端，或者为了自保，狼会尽量避免攻击人，不是惧怕，只是一种避免麻烦的生存方式。

我穿好鞋子，戴上面纱，坐了下来，看着远处结局早已注定的厮杀。据说，被沙盗盯上是不死不休，何况力量如此悬殊的争斗。前方的商旅队伍中已经有两个人被砍落下马，紧跟而至的马蹄践踏过他们的尸身，继续呼啸向前。

突然一匹马的马腿被沙盗们飞旋而出的刀砍断，鲜血飞溅中，马儿摇晃着身体，向前俯冲着倒在地上。马背上的人被摔落在地，眼看就要被后面的马蹄践踏而死，前方的一个人猛然勒马一个回旋，把落马的人从地上拉起，继续向前疾冲，但马速已经明显慢了下来。被拎起的那个人挣扎着欲跳下马，而救他的人似乎对他很不耐烦，挥手就砍向他的后脖子，他立即晕厥，软软地趴在了马上。

我的眼前似乎蒙上了一层氤氲血色，鼻端似乎能闻到丝丝腥甜。三年前的漫天马蹄声再次嗬嗬回响在耳边。我忍不住站起来，眼睛空茫地看着下方。

……

於单和我骑着整个匈奴部族最好的马，逃了两日两夜，却仍旧没有逃到汉朝，仍旧没有避开追兵。於单的护卫一个个死去，最后只剩下我们。我有些害怕地想，我们也会很快掉下马，不知道那些马蹄子踏在身上痛不痛。伊稚斜，你真的要杀阿爹和我们吗？如果你杀了阿爹，我会恨你的。

“玉谨，我要用刀刺马屁股一下，马会跑得很快。等我们甩开追兵一段，我就放你下马，你自己逃。你小时候不是在这片荒漠中做过狼吗？这次你重新再做狼，一定要避开身后的猎人。”

“你呢？阿爹说要我们一起逃到中原。”

“我有马呢！肯定跑得比你快，等我到了中原，我就来接你。”於单笑容依旧灿烂，我望着他的笑容，却忽地害怕起来，摇头再摇头。

於单强把我丢下马，我在沙漠中跑着追他，带着哭音高喊：“不要丢下我，我们一起逃。”

於单回身哀求道：“玉谨，就听我一次话好不好？就听一次，我一定会来接你的，赶紧跑！”

我呆呆地看了他一瞬，深吸口气，用力点了下头，转身疯跑起来，身后於单策马与我反方向而行。回头间，只见苍茫夜色下，两人隔得越来越远，他回身看向我，笑着挥了挥手，最终我们各自消失在大漠中。

我只记得马儿跑得快，可忘了已经跑了两日两夜的马，马屁股上又不停地流血，再快又能坚持多久？还有那血腥气，引得不知道我已经单独跑掉的追兵势必只会追他。

……

沙盗好像对这个追与逃游戏的兴趣越来越大，竟然没有再直接砍杀任何一个人，只是慢慢从两边冲出，开始包围商队。

眼见包围圈在慢慢合拢，我猛然拿定了主意，这次我非要扭转上天已定的命运。看了眼狼兄，对着前方发出一声狼啸。狼兄抖了抖身子，缓缓立起，微昂着脖子，啸声由小到大，召唤着他的子民。

刹那间，茫茫旷野里狼啸声纷纷而起，一只只狼出现在或高或低的沙丘上。越来越多，越来越多，夜色中，一双双闪烁着绿光的眼睛仿佛点燃了通向地狱大门的引路灯。

不知道沙盗们属于哪个民族，大吼着我听不懂的话。他们放弃了追击商旅，开始急速地向一起聚拢，一百多人一圈圈围成了一支队伍，寻找着可以逃生的路口，可四周全是狼，没有任何一个地方比另一个地方少。狼群遥遥盯着他们，他们也不敢贸然攻击狼群。生活在沙漠里的沙盗又被称为狼盗，他们应该很了解一场不死不休的追逐是多么可怕。

那支商旅队伍也迅速靠拢，虽然弱小，但他们都有着极其坚强的求生意志。我开始怀疑自己的判断，旁边是沙漠中令人闻风丧胆的沙盗，外围是上万只的狼，一般的商旅面对这样的情形还能队伍如此整齐？

狼群的啸声已停，沙盗们也没有再大吼大叫，静谧的夜色中透着几丝滑稽，这么快沙盗就从捕猎者的角色变成了被猎者，真是人生无常！我估计他们该想用火了，可惜附近没有树木，即使他们随身携带着火把，那点儿萤火之光也冲不出狼群。

沙盗逐渐点起了火把，我拍了拍狼兄：“估计他们已经没有兴趣再追杀别人，让狼群散开一条路放他们走。”狼兄威风摆够，刚才因他们而忍着的不高兴也已消散，没什么异议地呼啸着，命狼群散开一条路。

起先在混乱中一直没有人注意隐藏在高处的我们，这会儿狼兄的呼啸声忽然在安静中响起，所有人立即闻声望向我们。狼兄大摇大摆地更向前走了几步，立在断壁前，高傲地俯瞰底下的人群，根根耸立如针的毛发在月光下散发着一层银光，气势非凡。

我气得踢了他一脚，又开始炫了。唉！今夜不知道又有多少只母狼要一颗芳心破碎在这里。

此时，狼群已经让开一条路。沙盗呆呆愣愣，居然全无动静，一会儿仰看向我们，一会儿又盯着那条没有狼群的路，不知道是在研判我和狼兄，还是在研判那条路是否安全。

我不耐烦起来，也不管他们是否能听懂汉语，大叫道：“已经给了你们生路，你们还不走？”沙盗们沉默了一瞬，猛然挥舞着马刀大叫起来，跳下马，向着我们跪拜。我愣了一下，又迅即释然。沙盗们虽然怕狼，可也崇拜狼的力量、残忍和坚忍，他们自称为狼盗，狼就是他们的精神图腾，今夜这一闹，也许他们已把我看作狼神。

沙盗叩拜完后，迅速跳上马，沿着没有狼的道路远遁而去。

待滚滚烟尘消散，我长啸着让下面的狼群都该干吗就干吗去，夜色还未过半，你们悲伤的继续悲伤，高兴的仍旧高兴，谈情说爱的也请继续，权当我没有打扰过你们。狼群对我可不像对狼兄那么客气，齐齐嘘了我一声，又朝我龇牙咧嘴了一番，方各自散去。听在人类耳里，又是一阵鬼哭狼嚎。

下面的商旅人人都仰着头，震惊地看着我。我看了他们一眼，没什么心思与他们说话，招呼狼兄离去。我们刚跳跃下土墩，没有行多远，身后马蹄急急："多谢姑娘救命之恩。"

我回身微点了下头，只是快跑，想甩脱他们。

"姑娘，请等等！我们在被沙盗追赶中已经迷失了方向，还请姑娘再指点我们一条路。"

他们如此说，我只能请狼兄先停下。他们的马离着狼兄老远，就抵着腿嘶鸣，死活不肯再多走一步。我让狼兄留在原地，收敛一下身上的霸气，也敛去自己身上狼的气息，向他们行去，他们立即纷纷下马。大概因为我穿着的这条衣裙是楼兰服饰，他们为了表示对我的尊敬，向我行了一个楼兰的见面礼，又用楼兰语向我问好。

我摘下面纱："我虽然穿着楼兰衣裙，可不是楼兰人，他们的话我也听不懂。"

一个男子问道："你是大汉人？"

我踌躇了一下，我是吗？虽然我还没有去过汉朝，可阿爹说过他的女儿自然是汉人，那么我应该是大汉人了，遂点点头。

一个声音在众人后面响起："我们是从长安过来购买香料的商队，不知姑娘是从哪里来的？"循声望去，我认出他就是那个救人的人。

没想到只是一个年纪十六七的少年，身姿挺拔如苍松，气势刚健似骄阳，剑眉下一双璀璨如寒星的双眸，正充满探究地盯着我，脸上带着一抹似乎什么都不在乎的笑。我避开他刀锋般锐利的目光，低头看向地面。

他察觉到了我的不悦，却仍旧毫不在意地盯着我。他身旁的一个中年男子忙上前几步，赔笑道："大恩难言谢，姑娘衣饰华贵，气宇超脱，本不敢用俗物亵渎，但我们正好有一副珍珠耳坠，堪堪可配姑娘的衣裙，望姑娘笑纳。"中年人一面说着，双手已经捧着一个小锦盒，送到我面前。

我摇摇头："我要这个没用，你们若有女子的衣裙，倒是可以给我一套。"几个男人面面相觑。

我道："没有就算了，你们想去哪里？"

中年男子道："我们想去敦煌城，从那里返回长安。"

我微一沉吟道："从此处到鸣沙山月牙泉要四天的路程，我只能领你们到那里。"

众人闻言都面显忧色，只有那个少年依旧嘴角含着抹满不在乎的笑。中年男子问道："有近路吗？我们的骆驼在沙盗追击时已经被劫去，大部分的食物和水也丢了，如果不快点儿，我怕我们仅余的水支撑不到月牙泉。"

我道："我说的天数是依照我的速度，你们有马，应该能快一到两天。"他们闻言，神色立即缓和了许多。

他们决定先休息吃东西，恢复一下被沙盗追击一日一夜后的体力再上路。征询我的意见时，我道："我整天都在沙漠中游荡，没什么事情，随便你们安排。"心中却暗惊，这么几个人居然能被沙盗追击一日一夜，如果不是沙盗占了地势之力，他们之间还真难说谁输谁赢。

我吩咐狼兄先行离去，但让他派几只狼偷偷跟着我。狼兄对我与人类的牵扯不清微有困惑，却只是舔了下我的手，小步跑着优雅地离开。

商队拿出了食物和水席地而坐，我离开他们一段距离，抱膝坐在沙丘上。人虽多，却一直保持着一种尴尬的沉默，我判定他们并非普通的商队，但和我没什么关系，所以懒得刺探他们究竟是什么人。而他们对我也颇多忌讳，不知道是因为我与狼在一起，还是因为我身份可疑，一个穿着华贵的楼兰服饰、出没在西域的女子自称是汉人，却说不出来自何方。

那个先前要送我珍珠耳坠的中年人笑着走到我身前，递给我一个面饼。闻着喷香的孜然味，我不禁咽了下口水，不好意思地接过："谢谢大叔。"

中年人笑道："该道谢的是我们，叫我陈叔就可以。"一面指着各人向我介绍道："这是王伯，这是土柱子，这是……"他把所有人都向我介绍了一遍，最后才看向坐在众人身前一言不发的少年，微微踌躇着没有立即说话。我纳闷地看向少年，他嘴角露了一丝笑意，道："叫我小霍。"

我看大家都笑眯眯地看着我，侧头想了下说："我叫玉……我叫金玉，你们可以叫我阿玉。"除了上次在月牙泉边偶遇那个九爷，我已经三年多没有和人群打过交道。在名字脱口而出的刹那，我突然决定给自己起一个新名字，从今后没有玉谨，只有谨玉，金玉。

休息后，商队准备上路，他们让两个身形较小的人合骑一匹马，匀了一匹马给我。我道：“我不会骑马。”十几个人闻言都沉默地看着我。小霍想了想，无所谓地说：“你和我同骑一匹马吧！”他话一说出口，众人都紧张地盯着我。

我微微犹豫了下，点了点头。众人脸上的凝重之色方散去，彼此高兴地对视，随即又记起我，有些歉然地看着我。西域虽然民风开放，可陌生男女共用一骥依旧罕见。小霍却神色坦然，只是笑着向我行了一礼：“多谢阿玉姑娘！”

小霍上马后，伸手拉我上马。我握住他的手，心中暗想，这是一双常年握缰绳和兵刃的手，粗糙的茧子，透着一股刚硬强悍，而且从他的茧结位置判断，他应该练习过很多年的箭术。我坐在他身后，两人身体都挺得笔直，马一动不动，别人偷眼看着我们，却不好相催，只在前面打马慢行。

小霍道：“我们这样可不成，我一策马，你非跌下去不可。”他的声音虽然轻快，可他的背脊却出卖了他，透着紧张。我暗笑起来，心里的尴尬全化作了嘲弄，原来你并非如你表现的那样事事镇定。我稍微往前挪了挪，伸手抓住他腰身两侧的衣服道：“可以了。”

他立即纵马直奔，众人都跟着快跑起来。跑了一会儿，他忽地低声道：“你要再想个法子，我的衣服再这么被你扯下去，我要赤膊进敦煌城了。”

其实我早就发觉他的衣服被我抓得直往下滑，但想看看他怎么办，只是暗中做好万一被甩下马的准备。我压着笑意道：“为什么要我想？你干吗不想？”

他低声笑道：“办法我自然是有的，不过说出来，倒好似我欺负你，所以看你可有更好的方法。”

我道：“我没什么好主意，你倒说说你的法子，可行自然照办，不可行那你就赤膊吧！”

他一言未发，突然回手一扯我的胳膊，把我的手放在了他的腰上。我对马性不熟，不敢剧烈挣扎，被他一带，整个身子往前一扑，恰贴在他背上。此时，一只胳膊被他带着，还搂着他的腰，随着马儿的颠簸，肢体相蹭，两人的姿势说多暧昧有多暧昧。

我的耳朵烧起来，有些羞，更是怒，扶着他的腰，坐直了身子：“你们长安人就是这么对待救命恩人的吗？”

他满不在乎地道：“总比让你摔下马好些。”

我欲反驳他，却找不到合适的理由，冷哼了一声，只得沉默地坐着，心里却气难消。手上忍不住加了把力气，狠狠掐着他的腰，他却恍若未觉，只是专心策马。我鼓着腮帮子想，这人倒是挺能忍疼。时间长了，自己觉得有些不好意思起来，又慢慢松了劲。

再次与人共用一骥，我的心思有些恍惚，昨日又一夜未睡，时间一长，竟然恍若小时候一般，下意识地抱着小霍的腰，趴在他背上迷迷糊糊地睡着了。蓦然惊醒时，刹那从脸颊直烧到脖子，立即直起身子，想放开他。小霍似猜到我的心思，一把稳住我的手：“小心掉下去。”我强压着羞赧，装作若无其事地松松地扶着他的腰，心中多了几分说不清道不明的滋味。

纵马快驰了一整日后，方下马休息，小霍看我低着头一直不说话，坐到我身边低声笑道：“我看你是个很警觉的人，怎么对我这么相信？你不怕我把你拉去卖了？”

我的脸又烫起来，瞪了他一眼，起身走开，重新找了块地方坐下。说来也奇怪，虽然明知道他的身份有问题，可偏偏觉得他不会害我，总觉得以这个人的高傲，他绝对不屑于用阴险手段。

他拿着食物又坐到了我身旁，默默递给我几块分好的面饼。我瞥了他一眼，沉默地接过饼子，不知何时，他眼中原有的几分警惕都已消失了，此时只有笑意。

大概是思乡情切，商队中的人讲起了长安城，细致地描绘着长安的盛世繁华，那里的街道是多么宽阔整洁，那里的屋宇是多么巧夺天工，那里的集市是多么热闹有趣，那里有最富才华的才子，最妩媚动人的歌舞伎，最英勇的将军，最高贵的仕女，最香醇的酒，最好吃的食物，世上最好的东西都可以在那里寻到，那里似乎有人们想要的一切。

我呆呆听着，心情奇怪复杂，那里的一切对我而言，熟悉又陌生。如果一切照阿爹所想，也许我现在是和阿爹在长安城，而不是独自流浪在沙漠戈壁。

人多时，小霍都很少说话，总是沉默地听着其他人的描绘，最后两人在马背上时，他才对我道：“他们说的都是长安城光鲜亮丽的一面，并不是每个人都能享受他们口中的一切。”

我“嗯”了一声，表示明白他的意思。

两天后，我们在月牙泉边挥手作别。因为有了新的想法，当他们再次对我说谢谢时，我大大方方地提出如果他们路费宽裕，能否给我一些钱作为对我领路的酬谢。

小霍一愣后，扬眉笑起来，给了我一袋钱，踌躇着想说些什么，最终却放弃了，极其认真地道："长安对你而言，不比西域，你一切小心。"我点点头，拿着自己挣来的钱离去。

走出老远，终于没有忍住，回头望去。本以为只能看到离去的背影，没想到他居然没有离开，犹骑在马上，遥遥目送着我。猝不及防间，两人目光相撞，他面上蓦地带了一丝惊喜，朝我挥手，我心中一颤，赶紧扭回头，匆匆向前奔去。

· —— · —— · —— · —— ·

自从和小霍他们的商队分别后，我跟着狼群从戈壁到草原，从草原到沙漠，夜晚却时时捧着那一袋钱发呆。

我留恋着狼兄他们，也舍不得这里的黄沙、绿地和胡杨林。可是，我难道要在这里与狼群生活一辈子吗？正如阿爹所说，我毕竟是人，我已经不可能完全做一只狼了。

几经琢磨，我决定离开。狼兄的狼生正过得波澜起伏，前方还有无数的挑战，一个也许西域狼史上最大的王国正等着他。可我的人生才刚开始，我的生命来之不易，不管前方是酸是甜，是苦是辣，我都要去尝一尝。正如那些牧歌唱的："宝刀不磨不利，嗓子不唱不亮。"没有经历的人生又是多么暗淡呢？如同失去繁星的夜空。我要去看看长安城，看看阿爹口中的大汉，也许我可以做阿爹心中美丽的汉家女。

第三章

重逢

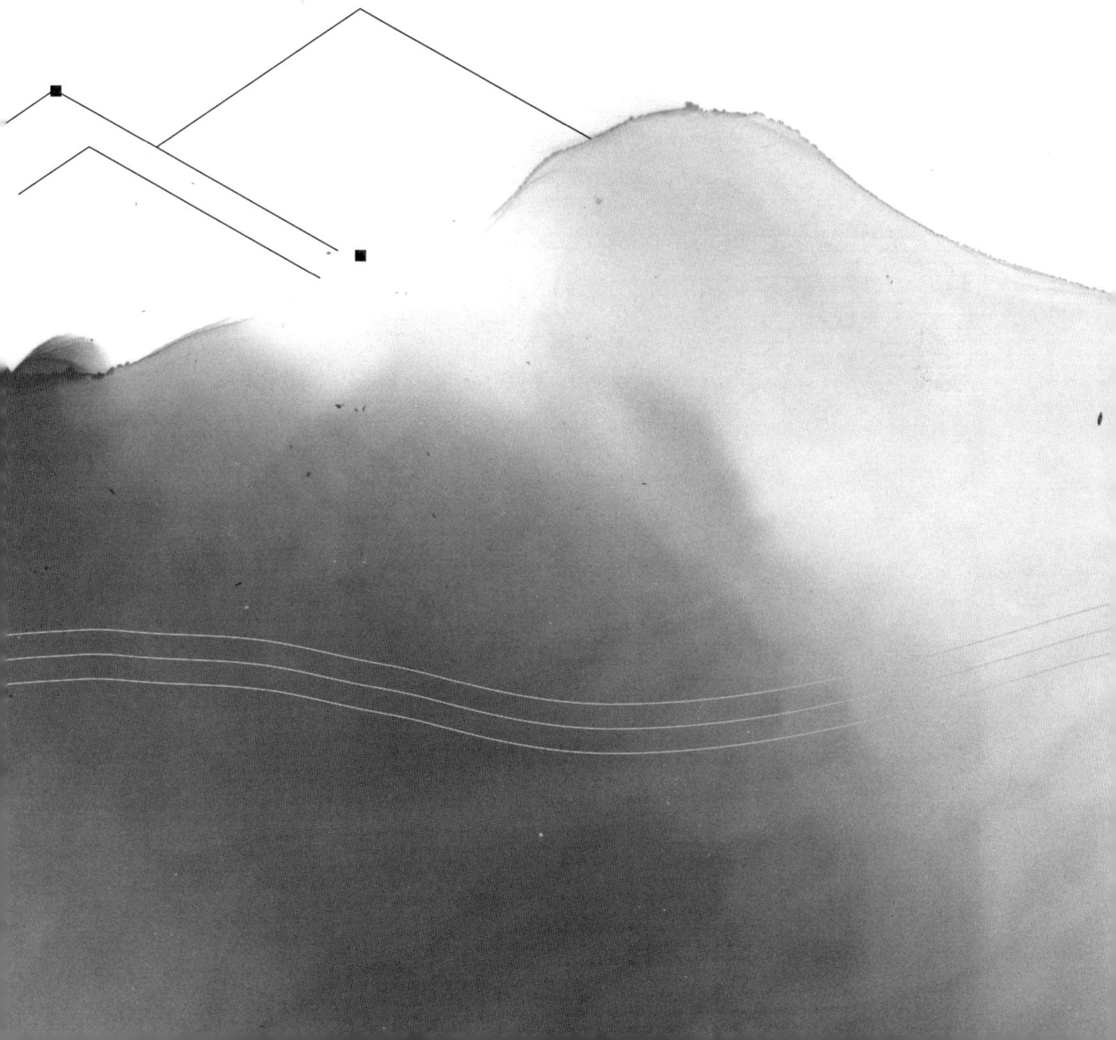

我在敦煌城付了足够的钱，一支去往长安的商队答应带我同行。

我带着我的全部家当和其他四个人挤在一辆马车上。所谓全部家当，值钱的不过是那一套楼兰衣裙。

阿爹曾给我讲过长安城的很多景致，我也无数次想象过长安城的样子，可当我亲眼看到它时，仍然被它的雄伟庄严震慑。目测了下我正在走的道路，大约宽十五丈，路面用水沟间隔分成三股，中间的宽六七丈，两侧的边道各四丈左右。刚进城时，驾车的汉子满面自豪地告诉我，中间的是御道，专供大汉天子用，两侧的供官吏和平民行走。

目之所及，美轮美奂的宅第鳞次栉比，屋檐似乎能连到天边，宽阔的道路两旁栽植着槐榆松柏等各种树木，郁郁葱葱，枝叶繁茂，给这座皇城平添了几分柔美。

我抱着我的包裹，不停地沿街道走着，沉浸在初见长安城的兴奋中。一个屋角、一座拱桥都让我惊叹不已，我想我开始有些明白阿爹的感情了，从小看惯这样精致繁丽的人只怕很难爱上简陋的帐篷，和左看右看不是牛就是羊的地方。

不知道走了多久，直到天色转暗时，我才意识到我该找地方歇息。虽然选择了最便宜的客栈，可手里的钱也只够住十几日。我在油灯下仔细地点了两遍钱后，忍不住怀念起西域不用花钱的日子，我以后该以何为生?

正在灯下发呆，猛然想起油灯是要另收油钱的，赶忙收好东西，熄灯睡觉。黑暗中，发了一小会儿愁，又笑起来。长安城那么大，能养活那么多人，难道我比别人差?

我有手有脚，难道还会饿死？真是杞人忧天！

可是，当我在长安城转遍三圈时，我开始怀疑，我真能养活自己吗？奴婢，歌舞伎，这些都要卖身，我肯定不会卖了自己，让别人主宰自己的生活。刺绣制衣，我却都不会。女子该会的我竟然都不会，而且最麻烦的是我没有保人，有一家店听到我识字会算账，工钱要的只是男子的三分之一，那个精明的老板娘颇动了心，可当她问我“有长安城的人能做你的保人吗”，我的摇头，让她非常遗憾地也摇了头。他们不能雇用一个不知道底细的人。

我试图找过小霍他们，想着至少他们能给我做保人，可一家家商家询问过去，全都是摇头，没有见过这样的香料商人。我无奈失望下有点儿怨小霍，果然是骗了我。

九九重阳佳节近，性急的店铺已经在门口插上茱萸，卖花人的摊铺上也加摆了茱萸，酒店的菊花酒一坛坛垒在店外吸引往来者的注意，人人都沉浸在节日的喜悦中，而我已身无分文。从昨天起就没有吃过一口东西，今天晚上也不知道栖身何处。

空气中辛烈的茱萸气，雅淡的菊花香，人们脸上的喜色，这一切都与我不相关，我在人来人往的繁华街道上独自一人。

我抱着包裹向城外行去。西边有一片白桦林，我今夜打算住在那里，至少可以生一堆火，让自己暖和一些，运气好也许可以逮一只兔子什么的。露宿野外对我来说是家常便饭，可饿肚子实在不好受。

心情沮丧时，我曾想过是否来错了，琢磨着把包裹里的那套楼兰衣裙当掉，就有足够的钱回西域。转而又觉得十分不甘心，恐怕阿爹怎么也不会想到，自己悉心调教的汉家女儿居然会在汉朝的长安城活不下去。

到了白桦林，发现与我想法相同的人不少，很多乞丐都选择在这里休息，三五成群地围在篝火前吃东西聊天。

我默默穿行在一堆堆篝火间，饭菜的香气让我的肚子开始疼。我看中了一株大树，正准备今夜就在它身下睡一觉，篝火旁的一个乞丐已经大叫着跳起来，破口大骂道：“瞎了狗眼的东西，你懂不懂规矩？那是你爷爷的地盘。”

我转身怒盯着他，他又没有像狼一样撒尿标注自己的势力范围，我即使无意冒犯，也不必口出恶言。可想了想，我何必和他一个浑人计较，遂低头走开，另觅他处。

他身旁的汉子不怀好意地盯着我，舔了下嘴唇道："小娘子，那一片都有人占了，不过你若肯给爷唱支曲子，没准儿爷一开心就肯把爷睡的地方让一点儿给你，让你和爷同睡。"一群乞丐都哄然大笑。

我转身看向他们，正准备蹲下拔出藏在小腿处的匕首，一个小乞丐手中捧着一壶酒，大大咧咧地走到三个泼皮跟前，随意地说："癞头，小爷今日运气好，竟然从一品居讨了一壶上好的菊花酒。"

几个乞丐闻言都从我身上移开目光，盯向他手中的酒壶。最初骂我的乞丐呵呵笑道："你小子人不大，鬼机灵不少，这一片的乞丐谁都比不上你。"

小乞丐大马金刀地坐下，随手把酒壶递给他："你们也喝点儿，别给小爷客气，爷们儿几个今日也乐乐，学老爷们过过节。"三个乞丐顿时眉目舒展，脸上仿佛发着油光，吆三喝四地划拳饮酒，已经完全忘记了我的存在。

一个头发已白的老乞丐走到我身边道："闺女，人这一辈子，没有过不了的坎，也没有受不了的气。他们说话都是有口无心，你也莫往心里去。你若不嫌弃，陪我这个老头子去烤烤火。"

这几日饱尝人情冷暖，几句温和的话让我戾气尽消。我咬着嘴唇点点头，随在老乞丐身后到他的篝火旁。他笑眯眯地从袋子里摸了两个饼出来，放在火上烤着，又四处打量了一眼，看没有人注意，把一个葫芦递给我："先喝口菊花酒，暖暖身子，饼过会儿就好。"

我迟疑着没有伸手，有钱人的一袋金子也不见得如何，可乞丐手中的食物却比金子更昂贵。老乞丐板着脸道："你嫌弃这是乞丐的东西？"我摇摇头，他又道，"你是怕酒劲大？放心，这是一品居专门为重阳节酿的菊花酒，适合全家老小一块儿饮，味道甘醇，酒劲却不大。"

我道："我们非亲非故，刚才那位小兄弟替我解围，我已经感激不尽了。"

老乞丐仔细打量了我一眼，笑道："这世上谁没有个三灾五难，就是皇帝还要宰相帮呢！"说着硬将葫芦塞到我手中，我握着酒壶低声道："谢谢爷爷。"

爷爷一面将烤好的饼递给我，一面低笑着说："狗娃子的便宜哪有那么容易占的，那壶酒里是掺了水的。"

夜里翻来覆去总是睡不着。狗娃子后来对我讲，如果我不怕苦，可以去每家敲后门问是否要人洗衣服，因为他乞讨时曾见到有妇女敲门收衣服帮别人洗。力气我是有的，苦也不怕，只要能先养活自己。心中默默祈求明天能有好运气。

天刚麻麻亮，我就进城去撞运气，进了城才记起，走时急匆匆的，竟然把包裹忘在老爷爷和狗娃子那里。继而一想，里面值钱的也就一套衣裙，反正他们都是值得信赖的人，晚上又约好回去见他们，目前最紧要的是找一份事情做。

敲一家门，一家拒绝。后来一位好心的大娘告诉我，洗衣服都是熟人上门来收着洗，并非随意给陌生人洗。我不死心，仍旧一家又一家地敲。

“我们院内的衣服有人洗。”身形魁梧的汉子挥手让我离开，一个打扮妖娆的女子正要出门，从我身旁经过时，我还在问：“那有别的杂活吗？我也能干，只要给顿饱饭就可以。”

汉子未出声，女子却停住了脚步，上下打量我，微微思量了会儿，问道：“你是外地人？”我点点头。

她问：“来了多久了？长安话说得可真好，居然听不出外地口音。”

我为了那可能的工作机会，老实回道：“大半个月了，我学话学得快。”

女子惊讶地点点头：“看来是个聪明人。长安没有亲戚熟人吗？”

我苦笑着摇摇头，她笑着说：“也是，若有亲戚朋友怎么能落到这步田地。这样吧！你帮忙把院子打扫干净，我就给你几个饼吃。你可愿意？”

我大喜着用力点头：“谢谢夫人。”

她笑说：“叫我红姑就好了。干得好，保不准日后见面的日子长着呢！”

我干完活后，红姑笑着夸我手脚麻利，端了碟饼放在案上，又给了我碗热汤。我从早上到现在一点儿东西都没吃，早已饿得前胸贴后背，忙抓起一个吃起来。红姑在一旁嘻嘻地看我吃东西，一边有一句没一句地问着我话。

我吃到半饱时，想着狗娃子和乞丐爷爷，问红姑：“我可以把剩下的饼带走吗？”

红姑脸上掠过一丝惊色：“怎么了？”

我道：“我想留着晚上饿了时再吃。”

她释然地笑笑：“随你！先喝几口热汤，我让人替你包好。”

我喝了几口汤，忽觉得不对。头开始发晕，手脚也有些发软，心中明白我着道了，装作不经意地站起："我爷爷还等着我回去，饼如果包好了，我就先走了。"

红姑也立起，笑道："那你慢走，我就不送了。"

我向外疾步行去，门口处立着两个大汉。我二话不说，立即拔出匕首，身子却已是踉跄欲倒。红姑倚着门框笑道："累了就在我这里歇歇吧！估计你也没什么爷爷等着，着什么急呢？"

两个大汉走过来，我欲刺杀他们，却眼前发黑，手中的匕首被他们夺了去，人软软地摔倒在地上，最后的意识是听到红姑说："好个伶俐的小娘子！只怕是个会家子，吃了立倒的迷药，她却这么久才晕。你们再给她灌点儿，把人给我看牢了，否则小心你们的皮！"

·——·——·——·——·

不知道昏迷了多久，当我清醒时，发觉并非只有我一个，还有另外一个女孩子与我关在一起，容貌清秀，气质娴静。她看我醒来，忙倒了杯水递给我。我静静地盯着她，没有接她手中的杯子。

她眼眶一红："这水里没有下药，何况也没有这个必要。这里看守很严，你逃不出去。"

我道："我不渴。"她转身将杯子放回案上，又缩回对面的榻上。

我活动了一下，正常行动没有问题，可四肢仍然提不上力气，看来他们还特地给我下了别的药。

安静地坐了会儿，厘清脑中思绪，我向对面的女孩子道："我叫金玉，被一个叫红姑的人下了迷药，你呢？"

她道："我叫方茹，是被我后母卖到这里的。"说着，她的眼泪已经在眼眶里打转。

我顾不上安慰她的情绪，赶着问道："你知道这是什么地方吗？他们为什么要把我弄来？"

方茹眼泪纷纷而落，哽咽着道："这里是落玉坊，是长安城中一个颇有些名气的歌舞坊，拐了你肯定是因为你长得美。"

我闻言不知道该喜该忧，从行为粗野的狼孩到如今的窈窕少女，阿爹费的心思终于得到外人的认可，而且是红姑如此妖娆的女子，原来我的美丽也有资格做红颜祸水，可我还没有用美丽去祸害别人，就先把自己祸害了。如果能像妹喜、妲己、褒姒那样，吃吃喝喝、谈情说爱、玩也玩了、乐也乐了，最后还让整个国家为她们殉葬，祸害也就祸害了，我也认了，可我这算什么？

我问道：“他们是要我们出卖自己的身体吗？”

方茹道：“这里是歌舞坊，不是娼妓坊，这里的姑娘卖的只是歌舞才艺。可说是这么说，只要有人出足够的钱或者碰上有权势的人，你即使不愿，仍旧难逃厄运。除非有人为你赎身，或者你的歌舞技艺出众，地位特殊，长安城中最出色的艺人甚至可以出入皇宫。”

我摇头苦笑起来，正想再问方茹一些事情，门突然被打开，两个大汉走进来。方茹立即哭着叫道：“我不去，我不去。”

红姑腰身轻摆，步步生姿地走进来，娇媚无限地笑道：“这都寻死觅活了多少回？打也没少挨，怎么还不长记性呢？今日由不得你，好生装扮了去跟姐妹们学着点儿。”说完对两个大汉使了个眼色，大汉立即拖着方茹向外行去。

方茹双手乱舞，尽可能抓着一切可以抓住的东西，仿佛这样就可以改变她的命运，但没有用。被褥，随着她滑下了床榻，又被大汉从她手中抽出；门框，只留下了五道浅浅的指甲印，她的手最终力尽松脱。

我眼睛一眨不眨地看着眼前一幕。

红姑上下打量着我，啧啧称叹：“你应该知道这是什么地方了，倒是不惊不怕、不哭不闹，你是认命了呢，还是别有心思？”

我回道：“怕有用吗？哭有用吗？惊恐和眼泪能让你放我走吗？只怕换来的是一顿皮鞭或其他刑罚。既然最终的结果都是一样，那我至少可以选择一条痛苦少一点儿的路。以后我愿意听你的吩咐。”

红姑愣了一瞬，微眯双眼盯着我：“你见过不小心掉到水里的人吗？他们因为不会水而惊慌，挣扎着希望能浮出水面，可实际上越挣扎，沉没得越快，最后他们往往不是被淹死的，而是挣扎时水进了鼻子呛死的。其实他们不知道，如果肯放松自己的身体，即使不会游水的人也可以浮在水面上。更可笑的是，很多落水的人根本离岸边就很近，往往憋着一口气就能走回岸边。”

我与红姑对视半晌，两人唇边都带出了一丝笑意，只是各自含义不同。她用纤纤玉指理了下鬓角：“你叫什么名字？”

我道："金玉。"

红姑点了下头："回头我派婢女带你到自己的房中，你若想要什么可以和她说。现在我还有事忙。"说着一个妩媚的转身欲离去，却身形停了下，侧回头道，"其实我应该算是救了你一命。如果不是我，你要么最后饿死街头，要么乞讨为生，可你的容貌肯定让你逃不了厄运，那才是真的污秽肮脏。"说完也不理会我的反应，径自腰身一扭一扭地离去。

·——·——·——·——·

我开始学跳舞，学唱曲，学吹笛，甚至学刺绣。

歌舞于我而言最是容易，匈奴人性格热烈奔放，喜爱歌舞，我自小围着篝火跳了千百回，又得过匈奴王宫中最优秀的舞伎指点，虽然和汉朝的舞蹈姿态不同，但舞理相通。反倒是笛子、刺绣，让我很是费力。

不知道别的女孩子如何看这些，我自己却是慢慢学出了味道，常常独自一人时也呜呜咽咽地练着笛子。尤其是夜色下，我喜欢对着月亮吹笛子，无奈我如今连一支曲子都吹不全，说是音乐，不如说是鬼哭。可我自得其乐，总是想着不知道狼兄可会喜欢，将来我会在满月时吹给他听。

坊里的姑娘嫌我吵，和红姑抱怨了好多次。红姑却一门心思地偏袒我，甚至痛骂了一番告状的人，说若有我一半勤勉，她们早就红透长安城了。按理说，我该厌恶红姑，可这个人容貌明艳动人，性格精明却不小气，说话又时不时透着一股引人深思的味道，我实在是对她讨厌不起来。

日子不留痕迹地滑过，在我能勉强地吹一曲《白头吟》时，新的一年已经快要到了。

新年是属于家族亲人的节日，就是最风流的男子这时也要回家团圆，一直歌舞不休的园子突然冷清起来。一屋子无亲无故，或有等于没有的女子也许正是因为这份冷清才越发要把年过得热闹。不知道是在说服自己还是证明给他人看，连仿佛早看透了世情的红姑也是如此，钱财大把地花出去，把里里外外几进屋子布置得红红绿绿，说不上好看，却绝对够热闹、够喜气。

年三十晚上，红姑当着我的面，大声吩咐护院锁紧门窗，守好院门。然后又命老妪烧暖屋子，召集了园子里二十几个姑娘一起围坐到大榻上，摆好菜肴，行酒令喝酒。众人或因为高兴，或因为难过，个个喝起酒来都有些拼命，连一向郁郁寡欢、不甚合群的方茹也是逢酒必干，毫不推辞。

我本就没有酒量，喝的又是后劲极足的高粱酒，三五杯下肚，已经脚软头晕，稀里糊涂地爬到榻里侧胡乱躺下，等我略微清醒时，只觉气闷得难受，睁眼一看，原来方茹头靠在我胸上正睡得香，竟然把我当了枕头。

环顾四周，个个都七倒八歪地睡着，你压着我腿，我靠着你背，被子也是半盖半不盖的，幸亏屋子烧得暖和，倒是冻不着，满屋狼藉中竟透出一股安详。我轻轻地把方茹的头抬起，塞了个枕头给她，自己闭眼又呼呼大睡起来。

刚有些迷糊，忽听得外面有嚷嚷声，不一会儿已经有人来拍门，众位姑娘都是嘟囔了一声，扯了扯被子就又自顾睡去。红姑却立即跳下炕，朝我笑了笑，示意我继续睡，自己抹了抹头发，披上袄子，快步走出屋子。

我理好衣裙，下炕到窗边向外看。红姑正向一老一少两个男子行礼。年纪大的男子神情倨傲，只是微点了下头。年少的问着红姑什么话，我隐隐约约听到什么“……女子……长相……三个月前……舫主……”看不清红姑神情，但感觉她好像有些惊恐。说着，那两个男子举步向里行来，红姑欲拦，却又畏惧地缩了手，快跑着过来，一面叫道：“都起来！快些起来！”

炕上的姑娘懒懒地翻着身，几个醉酒醉得轻的，软着身子爬了起来，一脸迷惘地四处看着，几个醉得沉的依旧躺着。我看形势不太对，忙去推她们：“赶紧起来，事情有些不对呢！”众人这才纷纷清醒过来。

红姑挑起帘子，那两个男子一前一后地进来，眼光在屋子内姑娘的脸上一个个仔细打量着。坊内歌唱得最好的双双姐，显然认得来人，向来带着几分冷淡矜持的她竟然微笑着向两人行礼：“大年初一就有贵客来临，看来今年我们园子应该凡事顺利，双儿这里给吴爷拜年了，祝爷身体康健。”

吴爷紧绷着的脸微微缓和了一下，又立即绷起来，向双双姐微点了下头，眼光依旧逐个儿打量着。

我一直躲在墙角，当吴爷打量到我时，我微笑着向他敛衽一礼，他却神色立变，紧盯着我不放。他一面细看着我，一面问红姑：“她是从哪里来的？什么时候进的园子？”

红姑脸色惨白，犹豫着没有说话，吴爷喝道："这时候你还不说实话？是真不想要命了吗？"

红姑哆嗦了一下，低头回道："她是从外地来的，三个月前进的园子。"

吴爷看向我问："红姑说的可是真话？"

我想红姑除了最重要的一点没有说以外，其余的倒都是真话，遂回道："是真话。"

吴爷又仔细看了我几眼，喃喃自语道："应该错不了，模样、时间、身份都贴合。"侧头对红姑吩咐："舫主找了半个月的人估摸着就是她了。究竟所为何事，我不是舫主身边的人，不知道，也不敢妄自揣摩。你自己闯的祸，自己看着办，我在外面等你们。"少年人忙掀起帘子，吴爷快步出了屋子。

红姑对着吴爷的背影深深行礼："吴爷的大恩大德，红儿谨记。"

红姑默了一瞬，喝道："除了小玉，都出去。"双双姐瞟了我一眼，领着大家快速离去。

红姑快走了几步到我身前，脸上神色复杂，忽地跪了下来。

我忙蹲下扶她："红姑，你莫要怕。我不知道那吴爷是什么来头，也不知道他所谓的舫主是什么意思。反正你放心，我和你之间没有仇怨，我只知道你这几个月供我好吃好住好玩的，又学了不少新鲜玩意儿。"我初到长安，多一个朋友将来多一份方便，何况红姑并没有对我造成什么实际伤害，得饶人处且饶人。

红姑眼眶内忽地充满了泪水，声音微有些哽咽："小玉，难得你心如此大。废话我就不多说了，这是红姑欠你的，红姑先记下。"说完从怀里掏出贴身收好的一瓶药，倒了一颗出来给我。我接过放进嘴里，红姑忙给我递了水，看我服下后道："一盏茶后，你的力气就会慢慢恢复。不过因为给你用药的日子有些久了，所以恢复如初，怕是要四五天。"

我笑道："我等得及的。"

红姑感激地点点头，拧了帕子让我擦脸，替我理好头发，又帮我整理了下衣裙，牵起我的手向外行去。吴爷看我们出来，眼光扫过我和红姑互握着的手，神色缓和了许多，带着笑意说："那就走吧！"

我和红姑乘同一辆马车，跟在吴爷的马车后。直到现在，我都不明白发生了什么，只知道我们要去见一个人，这个人似乎在找一个像我这样的人，而这个人似乎在长安城内很有地位，因为连他一个不得近身的手下人都可以让长安城内颇负盛名的双双姐客气有礼，让精明厉害的红姑惧怕。

“红姑，吴爷口中的舫主究竟是谁？”

红姑道：“你真不认识石舫的舫主？”

我摇摇头：“我初到长安，又无亲无故，怎么可能认识这样的贵人？我要认识，还会这么好奇吗？”

红姑诧异地道：“还真是怪事，舫主好几年没有过问长安城的大小生意了。我经营的园子也是石舫产业，每年根据生意好坏向石舫交一定钱，以前石舫还会干涉我们底下人如何经营，但这几年只要我们守规矩，别的事情石舫是不管的。”

“什么规矩？”我问。

红姑脸红了起来：“规矩不少，比如说，不许拐骗女子入行。”

我想笑却又赶忙忍住，难怪她如此怕，原来犯了忌讳，我握着她的手道：“此事我再不会向任何人说，但以后……”

红姑忙道：“一次已足够，以后再不会了。我也是太心急，总想做到长安城最红的歌舞坊，双双歌艺虽然出众，但其余就稍逊，我一直想着物色一个拔尖的人才，却总难有如意的，容貌好的，体态不见得好，两样都好的，机变又差了。当日看到你一下动了贪心，鬼迷心窍犯了大错，事后才担心起万一被石舫知道的后果，可错已铸成。”

我听红姑语气真诚，忙笑着转开了话题：“红姑这是变着法子夸我呢！我过一会儿要去见石舫主人，可对石舫却一无所知，红姑能给我讲讲石舫吗？”

红姑听后，凝神想了下道：“其实我也知道得很少，因为石舫一直行事低调，我自小就在长安城，也算人面宽泛的人，却从来没有见过舫主。听老人们讲，石舫好像是做玉石生意起家的，那已经是文帝爷在位时的事情。后来石舫生意越做越大，到景帝爷登基，窦太后主持朝政期间，长安城中几乎所有大的宝石玉器行、丝绸香料铺、酒楼、赌馆、歌舞坊，不是由石舫独自开，就是石舫与其他商家合作。后来，石舫突然停止了扩张生意，就是原来的生意都慢慢有些放手，行事也越发低调隐秘，这三四年基本没有听闻石舫的任何动静，若不是每年要去给吴爷报账交钱，我都要忘了自个儿的园子是石舫的了。不过毕竟‘瘦死的骆驼比马大’，虽然表面上看着石舫在长安城中大不如前，但也没有商家敢轻易得罪石舫。”

红姑一面讲，我一面凝神思索着事情的前后，此人命人找我，又能说出我的相貌，那必定是见过我的。长安的商人，又这么神秘，我脑中忽然掠过我和小霍共骑一马的情景，莫非是他?

马车缓缓停在了一座宅子前。红姑脸色一正，变得端庄肃穆，往日眉梢眼角流动着的娇媚荡然无存。

吴爷看我们下车后，方上前敲门。外面丝毫看不出这宅第与一般富商的宅院有什么不同，门匾上简单地刻着“石府”两字。

吴爷轻拍了两下门环，立即退到一旁躬身站着。红姑赶紧站到吴爷身后，垂手立好。

这么大的规矩？我撇了撇嘴，也依着样子站在红姑下首。

门无声无息地打开，一个胡子老长的老头探头看向我们。吴爷立即躬身行了个礼：“老爷子，小吴给您行礼了。”红姑也跟着行礼。

老头挥了挥手让他起来，眼光落到我身上：“这是你找到的人？”

吴爷笑回道：“是，找来找去，没想到竟在自己眼皮底下，情况倒约莫对了，老爷子看着可对？”

老头道：“对不对，我可不知道，先头送来的两个都是刚进门又被送回去了。”一面说着，一面转身在前面引路。

吴爷忙低头跟上，红姑和我也跟在身后进了大门。老头领着我们到了一个小厅：“都坐吧！”说完就转身出了门。一个年纪十岁左右的童子托着茶盘给我们奉茶，吴爷居然站起，欠了下身子表示谢意。红姑和我虽然心中惊讶，但也依样画葫芦照着做了。

童子上好茶，浅笑着退下。他刚出门，那个老头子又走了进来，脸上带着笑意。吴爷立即站起问道：“可是对了？”

老头子道：“对了！你们先回去，回头是赏是罚，舫主自有计较。”说完不再理会吴爷和红姑，对着我道：“跟我来吧！”

我看向红姑，红姑向我点了下头，示意我赶紧跟去，我因为也很好奇这个派头大又神秘的舫主究竟是不是小霍，所以不再迟疑，立即跟随老头而去。

转过前面的屋子，从一扇小小圆门中穿出，在两道夹壁中走了一会儿，眼前豁然开朗。长廊曲折，横跨在湖面上，不知通向何处，因是严冬，只看到一片光滑的冰面和岸边没有绿叶装点的柳树、桃树，但视野开阔，让人精神一振。

这屋子竟然别有洞天，前面如同普通人家的屋子布局，后面却是如此气象不凡，过了湖，身旁的颜色变得生动，虽是寒冬腊月，竹林却仍然生机勃勃，青翠的绿色连带着人的心情也鲜亮起来。

老头子回头看见我的神色，笑说：“你若喜欢，回头再来玩，我也爱这片竹林，夏日清凉，冬日又满是生气。这里是竹馆，沿湖还有梅园、兰居和菊屋。”我笑着点了下头，跑了几步，赶到他身边。

竹林尽处是一座精巧的院子，院门半开着。老头子对我低声道：“去吧！”我看老头子没有进去的意思，遂向他行了一礼，他挥挥手让我去。

院子一角处，几块大青石无规则地垒叠着，中间种着一大丛竹子，几只白色的鸽子停在上面，绿竹白鸽相衬，越发是竹绿鸽白。

一个青衣男子正迎着太阳而坐，一只白鸽卧在他膝上，脚边放着一个炭炉，上面的水不知道已经滚了多久，水汽一大团一大团地溢出，在寒冷中迅速凝结成烟雾，让他静坐不动的身影变得有些飘忽。

竟然是他！不管是在大漠，还是在长安城，但凡他在，再平凡的景致，也会因他就自成一道风景，让人一见难忘。

眼前的一幕让我不敢出声打扰，我顺着他的目光抬头看向天空中的太阳，虽是冬日的阳光，也有些晃眼。我眯着眼睛又扭头看向他，他却正在看我，双瞳如黑宝石般，熠熠生辉。

他指了指一旁的竹坐榻，微笑着问：“长安好玩吗？”

他一句简单却熟稔的问候，我的心就忽然暖和起来，满肚子的疑问突然都懒得问，因为这些问题根本不重要，重要的是我和他在这里再次相逢。

我轻快地坐到他的身旁：“一来就忙着喂饱肚子，后来又整天待在红姑的园子里，哪里都没有玩呢！”

他微抿着嘴角笑道：“我看你过得不错。红姑调教得也好，如今人站出去，倒是有几分长安城大家闺秀的样子。”

我想起月牙泉边第一次见他时的狼狈，一丝羞一丝恼：“我一直都不错，只不过人要衣、马要鞍而已。”

一个童子低头托着一个小方食案从屋内出来，将食案放到我们面前，又端了一杯茶给我。我接过茶时，随意从他脸上一扫，立即瞪大了眼睛："狗娃子？"

狗娃子板着脸很严肃地对我道："以后叫我石风，狗娃子就莫要再叫了，那已是好汉落难时的事了。"

我看着他一本正经的样子，忍着笑，连声应道："是，石风，石大少爷，你怎么在这里？"

他气鼓鼓地看了我一眼："九爷带我回来的。"说完低着头又退了下去。

九爷道："小风因为他爷爷病重，无奈之下就把你落在他们那里的衣服当了，恰好当铺的主事人当日随我去过西域，见过那套衣服，把此事报了上来。我看小风心地纯孝，人又机敏，是个难得的商家人才，就把他留在了身边。"

我点点头，原来是从小风身上得知我"落难"长安："爷爷的病可好了？"

九爷把手靠近炉子暖着："人年纪大了，居无定所，又饥一顿，饱一顿的，不算大病，如今细心养着就行。听小风说，他一直在担心你，回头你去看看他。"

我道："你不说我也要去的。"

他问："红姑可曾为难你？"

我忙道："没有。"

"你紧张什么？"他笑问。

"谁知道你们是什么规矩？万一和西域一样，动不动就砍一只手下来，红姑那样一个大美人，可就可惜了。"

他垂目微微思量了会儿："此事不是简单的你与红姑之间的恩怨，如果此次放开不管，以后只怕还有人会犯，倒霉的是那些弱女子。"

我侧头看着他："红姑已经承诺了我，绝对不会再犯。可有两全的法子？"

他忽地眉毛一扬："这事交给老吴头疼去吧！他的人出了事，我可犯不着在这里替他费精神。"他原本神色都是中正温和的，这几句话却带着一丝戏谑、一丝幸灾乐祸，我扑哧一声笑了出来。

冬日的太阳落得早，现在已经冷起来。我扫了眼他的腿，笑说："我觉得有些冷。"

他捧起白鸽，一扬手，白鸽展翅而去。他伸手做了个"请"的姿势，推着轮椅向屋门口行去。我欲伸手帮他，忽想起初见时他下马车的场面，忙缩回了手。

快到门口时，门突然缓缓打开，里面却无一人。我惊疑地四处探看，他微笑着解释道："门前的地下安了机关，轮椅过时，触动机关，门就会自动打开。"

我仔细看了一眼脚下的地面，却看不出任何异样，心里赞叹着随他进了屋子。

整个屋子都经过特别设计，没有门槛，所有东西都搁在人坐着刚好能取到的位置。几案不是如今汉朝流行的低矮几案，而是高度让人坐在轮椅上刚好使用，是胡人惯用的式样。不知道他是否是长安城内第一个用胡桌、胡椅的人。

他请我坐下，我看到桌子上的油馓子，才想起我从起来到现在还没有吃过饭呢！咽了口口水，正打量着馓子，肚子却已经急不可待，"咕咕"地叫了几声。

他正在煮茶，听到声音转头向我看来。我不好意思地道："没听过饿肚子的声音吗？我想吃那碟馓子。"

他含着丝笑："那是为了过年摆着应景的，吃着玩还可以，当饭吃太油腻了。吩咐厨房给你备饭吧！你想吃什么？"

我还未高兴多久，又皱起了眉头，吃什么？我不会点菜。想了会儿，郁郁道："随便吧！最紧要是要有肉，大块大块的肉。不要像红姑那里，好好的肉都切成什么丝什么丁的，吃一两次还新鲜，吃久了真是憋闷。"

他一笑，拉了下墙角的一根绳，小风跑得飞快地进来。他吩咐道："让厨房做一道烧全肘，再备两个素菜送过来。"看了我一眼，又补道，"快一点儿。"

他把茶盘放在双腿上，转动着轮椅过来。

我看了他一眼，对好像快要飞溅出的茶水视而不见，自顾拣了个馓子吃起来。他把一杯茶放在我面前，我立即拿起吹了吹，和着馓子小饮了一口。

他似乎颇为高兴，端着茶杯也轻抿了一口："我很少有客人，这是第一次给人煮茶，你将就着喝吧！"

我嘴里吃着东西，含含糊糊地点了点头："你家里兄弟姐妹很多吧？下面还有十爷吗？"

他淡淡道："家中只有我了。父亲盼着人丁兴旺，从小就命众人叫我九少爷，取个吉利。如今叫惯了，虽然没有如父亲所愿，但也懒得让他们改口。"

我咽下口中的食物："我家里除了我还有一群狼，那天你见到的那只是我弟弟。"

他脸上带出了笑意："我听下头人说，你叫金玉？"

我点了下头："你叫什么？"

“孟西漠。”

我惊讶道：“你不姓石？你是石舫的主人吗？”

“谁告诉你石舫主人姓石？”

我吐了吐舌头：“我看到门口写着石府，就想当然了。西漠，西边的大漠，名字起得非中原气象。”

他笑道：“你叫金玉，也没见你金玉富贵。”

我微微笑着说：“现在不是，以后会的。”

小风提着一个食盒子进来，刚开了盖子，我已经闻到一股扑鼻的香气，几步冲到了桌旁，忽想起主人还未发话呢，忙扭头看向他。他温和地说：“赶紧趁热吃吧！我现在不饿，就不陪着你吃了。”

我踞案大嚼，一旁的黍饭和素菜根本没有动，就守着一个肘子吃。他转动着轮椅到我对面，把我推到一旁的青菜推回到我面前：“吃些青菜。”我瞟了眼青菜没有理会，他又道，“女孩子多吃些青菜，看上去才会水灵。”

我愣了一下，有这种说法吗？看他神色严肃不像是在哄我。看看气味诱人的肘子，又看看味道寡淡的青菜，在美丽与美食之间挣扎半晌，最终夹起了青菜，他笑着扭头看向窗外。

吃饱饭的人总是幸福的！我捧着自己丰足的胃，闻着面前的茶香，觉得人生之乐不过如此。

我一面喝茶，一面心里打着小算盘，最后放下茶杯，清了清嗓子笑看向他。他用眼神示意我有话就说。

“嗯！嗯！这个……你看，我本来在红姑那里也算住得好吃得好，还可以学不少东西，可如今被你这么一闹腾，红姑肯定是不敢再留我了，我如今身上又没什么钱。俗话说，好汉做事好汉当。我看你气派不凡，肯定是会为我负责的吧？”我脸不红、气不喘地说完后，眼巴巴地看着他。

他含笑盯着我，半晌都没有说话。我却脸越变越烫，移开了视线，看着地面道：“我认识字，会算术，也有力气，人也不算笨，你看你下面的商铺里可要请人帮忙？”

“你想留在长安？”

“我才刚来，现在还不想走，什么时候走说不准。”

“你先住在这里吧！我看看有什么适合你做的，你自己也想想自个儿喜欢干什么，想干什么。”

我一颗提着的心落了地，起身向他行了个礼：“多谢你！我不会白住的，小风能做的我也能做。”

他笑着摇摇头：“你和小风不一样，小风是石舫的学徒，如今在磨他的性子。”

我道：“那我呢？”

他微微迟疑了下道：“你是我的客人。”我心下有点儿说不清楚的失望，他却又补了句，“一个重逢的故友。”我低头抿着嘴笑，没有再说话。

几天的工夫，我已经把石府里外摸了个遍，还见到了上次在月牙泉边见过的紫衣汉子和黑衣汉子，一个叫石谨言，一个叫石慎行。听到他们名字，我心下暗笑，真是好名字，一个名补不足，一个名副其实。

两人见到我住在竹馆，谨言哇哇大叫着：“这怎么可能？九爷喜欢清静，小风他们晚上都不能住这里。你说要住在竹馆，九爷就让你住？”慎行只是深深地看了我一眼，然后就垂眼盯着地面，一动不动，他改名为“不行”，也绝对不为过。

他们两人再加上掌管石舫账务的石天照，负责着石舫几乎所有的生意。三人每天清晨都会陆续来竹馆向九爷细述生意往来，时间长短不一。小风和另外三个年纪相仿的童子，经常会在屋内旁听，四人名字恰好是风、雨、雷、电。他们谈生意时，我都自觉地远远离开竹馆，有多远避多远。今日因为惦记着红姑她们，索性直接避出了石府。

前两日一直飘着大雪，出行不便。今日正好雪停，可以去看她们。

“玉儿，怎么穿得这么单薄？下雪不冷化雪冷，我让婢女给你找件衣服。”当日领着我们进府门的石伯一面命人给我驾车，一面唠叨着。

我跳了跳，挥舞着双手笑道：“只要肚子不饿，我可不怕冷，这天对我不算什么。”石伯笑着嘱咐我早些回来。

雪虽停了，天却未放晴，仍然积着铅色的云，重重叠叠地压着，灰白的天空低得似要坠下来。地上的积雪甚厚，风过处，卷起雪沫子直往人身上送。路上的行人大多坐不起马车，个个尽力蜷着身子，缩着脖子，小心翼翼地行走在雪上。偶尔飞驰而过的马车溅起地上的雪，闪躲不及的行人往往被溅得满身都是半化的黑雪。

我扬声吩咐车夫吆喝着点儿，让行人早有个准备，经过行人身旁时慢些行。车夫响亮地应了声好。

园子门紧闭，往日不管黑夜白天都点着的两盏大红灯笼也不见了。我拍拍门，半晌里面才有人叫道："这几日都不开门……"正说着，开门的老妪见是我，忙收了声，表情怪异地扭过头，扬声叫红姑。

红姑匆匆跑出来，牵起我的手笑道："你可真有心，还惦记着来看我。"

我问道："怎么了？为什么不做生意呢？"

红姑牵着我在炭炉旁坐下，叹道："还不是我闯的祸，吴爷正在犯愁，不知道拿我怎么办。他揣摩着上头的意思，似乎办重了办轻了都不好交代，这几日听说连觉都睡不好，可也没个妥当法子。但总不能让我依旧风风光光地打开门做生意，所以命我先把门关了。"

我呵呵笑起来："那是吴爷偏袒你，不想让你吃苦，所以左右为难地想法子。"

红姑伸手轻点了下我的额头："那也要多谢你，否则就是吴爷想护我也不成。对了，你见到舫主了吗？他为何找你？长什么样子？多大年纪？"

我道："园子里那么多姐妹还指着你吃饭呢！你不操心自己的生意，却在这里打听这些事情。"

红姑笑着说："得了！你不愿意说，我就不问了，不过你好歹告诉我舫主为何找你，你不是说自己在长安无亲无故，家中也早没亲人了吗？"

我抿着嘴笑了下："我们曾见过的，也算旧识，只是我不知道他也在长安。"

红姑摊着双手，叹道："真是人算不如天算，我再精明可也不能和天斗。"

两人正围着炉子笑语，一个小婢女挑了帘子直冲进来，礼也不行就赶着说："双双小姐出门去了，奴婢拦不住，还被数落了一通。"

红姑板着脸问："她说什么了？"

婢女低头道："她说没有道理因为一个人就不做生意了，今日不做，明日也不做，那她以后吃什么？还说……还说天香坊出了大价钱，她本还念着旧情，如今……如今觉得还是去的好，说女子芳华有限，她的一生都指着这短短几年，浪费不起。"

红姑本来脸色难看，听到后来反倒神色缓和，轻叹一声，命婢女下去。我问："天香坊是石舫的生意吗？"

红姑道："以前是，如今不是了，究竟怎么回事，我也不知道。这两年它场面做得越来越大，石舫的歌舞坊又各家只理各家事，我看过不了多久，长安城中它就要一家独秀了。我是底下人，不知道舫主究竟什么意思，竟然由着它做大。”

红姑沉默地盯了会儿炭火，笑着起身道：“不讲这些烦心事了，再说也轮不到我操那个闲心，这段日子都闷在屋子里，难得下了两日雪，正是赏梅的好日子，反正不做生意，索性把姑娘们都叫上，出去散散心。”我忙应好。

我与红姑同坐一辆车，红姑畏寒，身上裹了件狐狸毛大氅，手上还套着绣花手套，看到我只在深衣外穿了件罩衣，啧啧称羡。不过她羡慕的可不是我身体好，而是羡慕我数九寒天，在人人都裹得像个粽子一样时，我仍旧可以“身段窈窕”。

马车快要出城门时，突然喧哗声起。一队队卫兵举枪将行人隔开，路人纷纷停了脚步，躲向路边，我们的车也赶紧靠在一家店门口停了下来，一时间人喊马嘶，场面很是混乱。

我好奇地挑起帘子，探头向外看。红姑见怪不怪地笑道：“傻姑娘！往后长安城里这样的场面少见不了，你没见过陛下过御道，那场面和阵势才惊人呢！”

她说着话，远远的几个人已经纵马小跑着从城门外跑来。我探着脑袋凝目仔细瞧着，远望着年龄都不大，个个锦衣华裘，骏马英姿，意气风发，不禁感叹年少富贵，前程锦绣，他们的确占尽人间风流。

我视线扫到一人，心中突然一震，那个……那个面容冷峻、剑眉星目的人不正是小霍？此时虽然衣着神态都与大漠中相去甚远，但我相信自己没有认错。其他几个少年都是一面策马一面笑谈，他却双唇紧闭，看着远处，显然人虽在此，心却不在此。

红姑大概是看到我面色惊疑，忙问：“怎么了？”

我指着小霍问：“他是谁？”

红姑掩着嘴轻笑起来：“玉儿的眼光真是不俗呢！这几人虽然都出身王侯贵胄，但就他最不一般，而且他至今仍未婚配，连亲事都没有定下一门。”

我横了红姑一眼：“红姑倒是个顶好的媒婆，真真可惜，竟入错行了。”

红姑笑指着小霍道：“此人的姨母贵为皇后，他的舅舅官封大将军，声名远震匈奴西域，享食邑八千七百户。他叫霍去病，马上马下的功夫都十分不凡，是长安城中有名的霸王，外人看着沉默寡言，没什么喜怒，但据说脾气极其骄横，连他的舅父都敢当着众人面顶撞，可偏偏投了陛下的脾性，事事护他几分，长安城中越发没有人敢得罪他。”

我盯着他马上的身姿，心中滋味难述，长安城中，我最彷徨时，希冀着能找到他，可是没有。我进入石府时，以为穿过长廊，在竹林尽头看到的会是他，却仍不是。但在我最没有想到的瞬间，他出现了。我虽早想到他的身份只怕不一般，却怎么也没有想到他会是皇后和大将军的外甥。

他在马上似有所觉，侧头向我们的方向看来，视线在人群中掠过，我猛然放下了帘子。

路上，红姑几次逗我说话，我都只是含着丝浅笑淡淡听着。红姑觉得没什么意思，也停了说笑，细细打量我的神色。

好一会儿后，她压着声音忽道：“何必妄自菲薄？我这辈子就是运气不好，年轻时只顾着心中喜好，由着自己性子来，没有细细盘算过，如今道理明白了，人却已经老了。你现在年龄正小，人又生得这般模样，只要你有心，在长安城里有什么是不可能的？就是当今卫皇后，昔年身份也比我们高贵不了多少。她母亲是公主府中的奴婢，与人私通生下她，她连父亲都没有，只能冒姓卫。成年后，也只是公主府中的歌女，后来却凭借自己的容貌，得到陛下宠爱，母仪天下。再说卫大将军，也是个私生子，年幼时替人牧马，不仅吃不饱，还要时时遭受主人鞭笞，后来却征讨匈奴立下大功，位极人臣。”

我侧身笑搂着红姑：“好姐姐，我的心思倒不在此。我只是在心里琢磨一件过去的事情而已。歌女做皇后，马奴当将军，你的道理我明白。我们虽是女人，可既然生在这个门第并不算森严，女人又频频干预朝政的年代，也可以说一句‘王侯将相，宁有种乎’。”

红姑神情怔怔，嘴里慢慢念了一遍“王侯将相，宁有种乎”，似乎深感于其中滋味：“你这话是从哪里听来的？如果我像你这般大时，能明白这样的话，如今也许就是另外一番局面。”

红姑自负美貌，聪慧灵巧也远胜众人，可惜容颜渐老，仍旧在风尘中挣扎，心有不甘，也只能徒呼奈何。

白雪红梅相辉映，确是极美的景色，我眼在看，心却没有赏，只是咧着嘴一直笑着。

红姑心中也担了不少心事，对着开得正艳的花，似乎又添了一层落寞。

赏花归来时，天色已黑，红姑和别的姑娘合坐马车回园子，我自行乘车回了石府。竹馆内九爷独自一人正在灯下看书，晕黄的烛光映得他的身上带着一层暖意。我的眼眶突然有些酸，以前在外面疯闹得晚了时，阿爹也会坐在灯下一面看书，一面等我。一盏灯，一个人，却就是温暖。

我静静地站在门口，屋内的温馨宁静缓缓流淌进心中，让我不舒服了一下午的心渐渐安稳下来。他若有所觉，笑着抬头看向我："怎么在门口傻站着？"

我一面进屋子，一面道："我去看红姑了，后来还和她一块儿出城看了梅花。"

他温和地问："吃饭了吗？"

我道："晚饭虽没正经吃，可红姑带了不少吃的东西，一面玩一面吃，也吃饱了。"

他微颔了下首没有再说话，我犹豫了会儿，问道："你为什么任由石舫的歌舞坊各自为政，不但不能联手抗敌，还彼此牵绊？外面人都怀疑是石舫内部出了乱子，舫主无能为力呢！"

他搁下手中竹简，带着几分漫不经心，笑说道："他们没有猜错，我的确是心有余而力不足。"

我摇摇头，沉默了会儿道："你不是说让我想想自己想做什么吗？我想好了，别的生意我都不熟，歌舞坊我如今好歹知道一点儿，何况我是个女子，也适合做这个生意，你让我到歌舞坊先学着吧！不管是做个记账的，还是打下手都可以。"

九爷依旧笑着说："既然你想好了，我明日和慎行说一声，看他如何安排。"

我向他行了一礼："多谢你！"

九爷转动着轮椅，拿了一个小包裹递给我："物归原主。"

包裹里是那套蓝色楼兰衣裙，我的手轻轻从上面抚过，想说什么却又说不出来，不是一个"谢"字可以表述的。

第四章

美人。

马车再次停在落玉坊前，我的心境却大不相同，这次我是以园子主人的身份跨入落玉坊。

早晨刚知道慎行的安排时，我甚至怀疑过慎行是否在故意戏弄我，可从他一成不变的神色中，我看不出任何恶意。

九爷看我一直盯着慎行，笑道：“你放心去吧！这事是老吴向慎行提议的，他肯定知会过红姑，不会为难你。”又对慎行道：“老吴这几年，泥鳅功是练得越发好了。”

慎行只是欠了欠身子，谨言却颇为生气的样子，天照一面饮茶一面慢悠悠地说：“这几年也难为他了，满肚子的苦却说不出。”

我这边还在想早晨的事情，吴爷的随从已快步上前拍了门。门立即打开，红姑盛装打扮，笑颜如花，向吴爷和我行礼问安。我快走了几步搀起她：“红姑不会怪我吧？我也实未料到事情会如此。”

红姑笑说：“我不是那糊涂人，如今我还能穿得花枝招展地在长安城立足，有什么可怨的？”

吴爷道：“以后你们两个要互相扶持着打理好园子，我还要去看看别的铺子，就先行一步。”说完带着人离去。

红姑领着我先去了日常生活起居的后园：“我把离我最近的院子收拾整理好了，园子里常有意外事情发生，你偶尔赶不回石府时也有个歇息的地方，回头看着缺什么，你再告诉我。”我点头称谢。

我们进了屋子后，红姑指着几案上一堆竹简：“园子去年的账都在这里了。”我问：“双双姐可是已经走了？”

红姑叹了口气，坐到榻上：“走了，不但她走了，和她要好的玲珑也随她走了。小玉，你肩上的担子不轻呀！说实话，听吴爷说你要来，我私下里还高兴了一场，琢磨着不管怎么说，你是舫主安排来的人，我也算找到一棵大树靠了。”

我现在才品出几分早晨九爷说老吴是泥鳅的意思来，敢情我不但替他化解了一个难题，还要替他收拾烂摊子，或者他是想拖慎行他们也掉进泥塘？九爷对歌舞坊的生意颇有些任其自生自灭的意思，老吴想利用我扭转歌舞坊生意一路下滑的局面，肯定不是认为我个小姑娘有什么能力，看重的是我和九爷的关系。

只怕结果让他失望，九爷摆明了把这当一场游戏，由着我玩而已。不过，我和老吴的最终目的倒是相同，都是想让石舫转好，可以彼此“利用”。

“……双双、玲珑走了，其他姑娘都一般，红不起来。方茹倒有几分意思，可心一直不在这上面，歌舞无心，技艺再好也是有限。我们就这么着，日子也能过，但我估摸着你的心思肯定不是仅仅赚个衣食花销，依你看，以后如何是好？”

我忙收回心神，想了会儿道：“方茹的事情倒不算太难，置之死地而后生，下一剂猛药吧！让她来见我。”红姑诧异地看了我一眼，扬声叫婢女进来，吩咐去请方茹。

“至于其他，一时也急不来，一则慢慢寻一些模样齐整的女孩子，花时间调教着。二则完全靠技艺吸引人的歌舞伎毕竟有限，一个声色艺俱全的佳人可遇而不可求，其余众人不外乎要借助各种外势补其不足，我们不妨在这个外势上多下些功夫。想他人之未想，言他人之未言，自然也能博得众人注意，名头响了，还怕出名的艺人请不到吗？”

红姑静静思索了会儿：“你说的道理都不错，可这个‘想他人之未想，言他人之未言’却是说着容易，做起来难。”

我指了指自己，又指了指红姑：“这个就要靠我们自己。这两日你陪我私下到别的歌舞坊去逛逛，一面和我讲讲这里面的规矩，一人计短，两人计长，总能想出点儿眉目来。”

红姑被我感染，精神一振：“有道理，我以前只顾着拼头牌姑娘，却没在这些地方下功夫……”

红姑话语未完，方茹细声在外叫道：“红姑，我来了。”

红姑道：“进来吧！”

方茹进来向红姑和我行礼，我站起强拉着她坐到我身旁，笑道：“我们也算有缘分的，几乎同时进的园子，又一起学艺。”

方茹低着头不发一语，红姑冲我做了个无奈的表情。我道：“我知道你不想待在这里，今日我既接管了园子，也不愿勉强你，你若想回家就回家去吧！”

方茹猛地抬头，瞪大双眼盯着我，一脸难以置信。我对一旁愣愣的红姑道：“把她的卖身契找出来还给她，不管多少赎身钱都先记在我头上，我会设法补上。”

红姑又愣了一会儿，才赶紧跳起来去寻卖身契，不大会儿工夫就拿着一方布帛进来，递给我。我扫了一遍后递给方茹：“从今后，你和落玉坊再无关系。你可以走了。”

方茹接过布帛：“为什么？”

我淡笑了下：“我不是说我们算有缘的吗？再则我的园子里也不想留心不在此的人。”

方茹看向红姑，含泪问：“我真可以走了吗？”

红姑道：“卖身契都在你手里，你当然可以走了。”

方茹向我跪倒磕头，我忙扶起她：“方茹，将来如果有什么事情需要我，就来找我，我们毕竟姐妹一场。”

方茹用力点点头，紧紧攥着她的卖身契，小跑着出了屋子。

红姑叹道：“自从进了园子，我还没见过她有这么轻快的步子。”我也轻叹了口气。

红姑问：“你肯定她会再回来吗？”

我摇头道：“世上有什么事情是有十全把握的？只要有一半都值得我们尽力，何况此事还有七八成机会。”

红姑笑道：“我的账可不会少记，买方茹的钱，这几个月请师傅花的钱，吃穿用度的钱，总是要翻一翻的。”

我头疼地叫道：“我一个钱还没赚，这债就背上了，唉！唉！钱呀钱，想你想得我心痛。”

红姑笑得幸灾乐祸：“你心痛不心痛，我是不知道。不过待会儿，你肯定有一个地方要痛。”

我看她目光盯着我耳朵，赶忙双手捂住耳朵，退后几步，警惕地看着她。红姑耸了耸肩膀："这可不能怪我，原本你已经逃出去，结果自己偏偏又撞回来，既然吃这碗饭，你以后又是园子的脸面，自然躲不掉。"

风萧萧兮易水寒，壮士一去兮不复还。想当年大禹治水三过家门而不入，我不过是牺牲一下自己的耳朵而已。

我回到竹馆时，埋着头蹑手蹑脚地溜进了自己屋子，点灯在铜镜中又仔细看了看。好丑！难怪石伯见到我，眼睛都眯得只剩下一条缝。

我轻碰一下耳朵，心里微叹一声，阿爹一心不想让我做花，我现在却在经营着花的生意。不过，如果我所做的能让九爷眉宇间轻锁的愁思散开几分，那么一切都是值得的。如果当年我能有如今的心思，如果我能帮阿爹出谋划策，那么一切……我猛然摇摇头，对着镜中的自己轻声道："逝者不可追，你已经花了一千多个日夜后悔伤心，是该忘记和向前看了。阿爹不也说过吗，过往之错是为了不再犯同样的错误。你已经长大，可以替关心的人分忧解愁了。"

听到小风来送饭，往日闻到饭香就赶着上前的我此时仍跪坐在榻上。

"玉姐姐，你吃饭不吃饭？九爷可等着呢！"小风在门外低叫。

我皱着眉头："你帮我随便送点儿吃的东西过来，我有些不舒服，想一个人在屋子里吃。"

小风问："你病了吗？让九爷给你看一下吧！我爷爷的病就是九爷看好的。"

我忙道："没有，没有，不是大毛病，休息一下就好。"心里有些惊讶，九爷居然还懂医术。

小风嘟囔着："你们女的就是毛病多，我一会儿端过来。"

我心想，等我耳朵好了再和你算账，今日暂且算了。

用过晚饭，我正琢磨着究竟怎么经营园子，门外传来几声敲门声。我心里还在细细推敲，随口道："进来。"话说完立即觉得不对，忙四处找东西想裹在头上，一时却不可得，而九爷已经转着轮椅进来。我赶紧双手捂着耳朵，动作太急，不小心扯动了丝线，疼得我直吸气。

"哪里不舒服？是衣服穿少了冻着了吗？"九爷看着我问。我摇摇头，他盯了我会儿，忽然笑起来："红姑给你穿了耳洞？"我瘪着嘴点点头。

他笑说："把手拿下来。红姑没有和你说，少则十日，多则二十日，都不能用手碰吗？否则会化脓，那就麻烦了。"

我想着红姑说化脓后就要把丝线取掉，等耳朵完全长好后再穿一次。再顾不上美与不美的问题，忙把手拿下来。

九爷看我一脸哭丧的样子，笑摇了下头，转着轮椅出了屋子。不一会儿，他腿上搁着一只小陶瓶又转了回来："这是经过反复蒸酿，又多年贮存后，酒性极烈的酒，对防止伤口化脓有奇效。"

他一面说着，一面拿了白麻布蘸了酒示意我侧头。我温顺地跪在榻上，直起身子，侧对着他。他冰凉的手指轻轻滑过我的耳垂，若有若无地触碰过我的脸颊，我的耳朵、脸颊未觉得冷，反倒烫起来。

他一面帮我擦酒，一面道："我小时也穿过耳洞。"

我惊讶地说："什么？"扭头就想去看他的耳朵。

"别乱动。"他伸手欲扶我的头，我侧头时，唇却恰好撞到了他的掌心，我心中一震，忙扭回头，强自镇定地垂目静静地盯着自己铺开在榻上的裙裾。

他的手在空中微顿了一瞬，又恢复如常，静静地替我抹完右耳："这只好了。"我赶忙掉转身子，换一面对他。他手下不停，接着刚才的话题："幼时身体很不好，娘亲听人说，学女孩子穿个耳洞，会好养很多，所以五岁时娘亲替我穿了耳洞……抹好了，以后每日临睡前记得抹。"

为了坠出耳洞，红姑特意在棉线上坠了面疙瘩。我指着耳垂上挂的两个小面疙瘩："你小时候也挂这么丑的东西吗？"

他抿着嘴笑了一下："娘亲为了哄着我，特意将面上了颜色，染成了彩色。"我同情地看着他，他那个好像比我这个更"引人注目"。

他转动着轮椅出了屋子。我在榻上静静跪了好久，突然跃起，立在榻上舞动着身子，旋转再旋转，直到身子一软跌倒在棉被上，脸埋在被子间傻傻地笑起来。狼在很小时，就要学会受伤后自己舔舐伤口，可被另一个人照顾是这样温暖的感觉，如果做人有这样的温馨，我愿意做人。阿爹，阿爹，我现在很快乐呢！

头埋在被子里傻笑了好久，翻身坐起，随手拿起一条绢帕，俯在几案旁提笔写道：

快乐是心上凭空开出的花，美丽妖娆，低回婉转处甘香沁人。人的记忆会骗人，我怕有一日我会记不清楚今日的快乐，所以我要把以后发生的事情都记下来，等有一日我老的时候，老得走也走不动的时候，我就坐在榻上看这些绢帕，看自己的快乐，也许还有偶尔的悲伤，不管快乐悲伤都是我活过的痕迹，不过我会努力快乐的……

·——·——·——·——·

在一品居吃饭时，忽听到外面的乞丐唱乞讨歌谣。不是如往常的乞丐唱吉利话，而是敲着竹竿唱沿途的见闻，一个个小故事跌宕起伏，新鲜有趣，引得里里外外围满了人。一品居内的客人都围坐到窗口去听，我和红姑也被引得立在窗前细听。

几支曲子唱完，众人哄然叫好，纷纷解囊赏钱，竟比给往常的乞丐多了好几倍。我和红姑对视一眼，两人心中都有所触动。她侧头思索了会儿："小玉，他们可以用乞讨歌谣讲故事，我们是否也可以……"

我赶着点头："长安城内现在的歌舞都是单纯的歌舞，我们如果能利用歌舞铺陈着讲述一个故事，一定很吸引人。"说着，两人都激动起来，饭也顾不上吃，结完账就匆匆回园子找歌舞师傅商量。

经过一个多月反反复复地商量斟酌，故事写好，曲子编好，就要排演时，红姑突然犹豫了。她一边翻着竹简，一边皱着眉头道："小玉，你真的认为这个故事可以吗？"

"为何不可以？你不觉得是一个很感人的故事吗？一个是尊贵无比的公主，一个却只是她的马奴，两人共经患难，最后结成恩爱夫妻。"

"虽然名字都换了，时间也隐去，可傻子都会明白这是讲卫大将军和平阳公主的故事。"

"就是要大家明白呀！不然我们的辛苦不就白费了？还有这花费了大价钱的曲词。"

"你的意思我明白，你是想用全长安城人人都知道一点，但又其实什么都不知道的卫大将军和公主的故事来吸引大家，满足众人的猎奇之心。可他们一个是手握重兵的大将军，一个是当今天子的姐姐，你想过他们的反应吗？"

我整个人趴在案上，拣了块小点心放到嘴里，一面嚼着，一面道："能有什么反应？卫大将军因为出身低贱，少时受过不少苦，所以很体恤平民百姓，而且为人温和，属于多一事不如少一事的人。我们这件事情传到他耳里，卫大将军最可能的反应就是一笑置之，不予理会。我们只是讨碗饭吃而已，他能理解我们的心计，也能体谅我们的心计。至于传到平阳公主耳朵里，平阳公主一直对她与卫大将军年龄相差太多而心中有结，虽然表面上不在乎，但实际上很在意他人的看法，忌讳他人认为卫大将军娶她是出于皇命，心中会嫌弃她年龄太大。可我这出歌舞重点就放在儿女情长上，至于他们庙堂上的真真假假我才懒得理会。歌舞中演的是公主与马奴患难中生真情，心早已互许，多年默默相守，却仍旧‘发乎情，止乎礼’，直到英名神武的陛下发觉了这一场缠绵凄楚的爱恋，然后一道圣旨，解除了两人之间不能跨越的鸿沟，有情人终成眷属，好一个国泰民安、花好月圆呀！”

红姑频频点头，忽又摇起了头：“那陛下呢？”

我撑头笑道：“好姐姐，你还真看得起我呀！这还没唱，你就认为连陛下都会知道了。陛下若都知道了，我们可就真红了。”

红姑道：“这一行我可比你了解，只要演，肯定能在长安城红起来。”

我凝神想了会儿道：“陛下的心思我猜不准，不过我已经尽力避开任何有可能惹怒陛下的言辞。甚至一直在唱词中强调陛下的睿智开明、文才武功。卫大将军能位居天子重臣，固然是因为自己的才华，可更重要的是有了陛下的慧眼识英雄，而这段爱情的美满结局也全是因为陛下的开明大度。不过，我虽然有七成把握不会有事，可帝王心，我还真不敢随意揣摩确定，因为皇帝的身边有太多的耳朵和嘴巴。只能说，我能做的都做了，我们也许只能赌一把，或者就是撑死胆大的，饿死胆小的，红姑可愿陪我搏这一回？”我吐了吐舌头，笑看着红姑。

红姑盯着我叹道：“玉娘，你小小年纪，胆大冲劲足不奇怪，难得的是思虑还如此周密，我们的园子只怕不红都难。我这辈子受够了半红不紫的命，我们就演了这出歌舞。”

我笑道：“长安城里比我心思缜密的人多着呢，只是没机会见识罢了。远的不说，我们的平阳公主和卫大将军就绝对高过我许多，还有一个……”我笑了下，猛然收了话头。

红姑刚欲说话，屋外婢女回禀道：“方茹姑娘想见坊主。”

红姑看向我，我点了下头，坐直身子。红姑道：“带她进来。”

方茹脸色晦暗，双眼无神，进屋后直直走到我面前，盯着我一字字道：“我想回来。”

我抬手指了指我对面的坐榻，示意她坐。她却站着一动未动：“卖身契已经被我烧了，你若想要，我可以补一份。”

我道：“你若要回来，以后就是园子的人，那就要听我的话。”说完用目光示意她坐，方茹盯了我一会儿，僵硬地跪坐在榻上。我给她倒了一杯水，推到她面前，她默默地拿起水欲喝，手却簌簌直抖。她猛然把杯子“砰”的一声用力搁回案上：“你料到我会回来，如今你一切称心如意，可开心？”

我盯着方茹的眼睛，缓缓道：“这世上只有小孩子才有权利怨天尤人，你没有。你的后母和兄弟背弃了你，这是你自己的问题。为何没有在父亲在世时，替自己安排好退路？又为何任由后母把持了全家财产？还为何没能博取后母的欢心，反倒让她如此厌恶你？该争时未争，该退时不退，你如今落到有家归不得，全是你自己的错。而我，你想走时我让你走，我有什么地方害过你？你的希望全部破灭，你的兄弟未能如你所愿替你出头，长安城虽大却似乎无你容身之处，这些能怪我吗？这本该就是你早就看清的，你被后母卖入歌舞坊并非一天两天，你的兄弟却从未出现过，你自个儿哄骗着自个儿，难道也是我的错？”

方茹盯着我，全身哆嗦，嘴唇颤抖着想说什么却说不出来，猛然一低头，放声大哭起来。红姑上前搂住她，拿出绢帕忙着替方茹擦泪，一贯对红姑有不少敌意的方茹靠在红姑怀里哭成了泪人。

我等她哭声渐小时，说道：“红姑六岁时，父母为了给她哥哥讨媳妇就把她卖了，我连父母是谁都不知道，这园子里有哪个姐妹不是如此？你好歹还被父母呵护了多年。我们都只能靠自己，你也要学会凡事自己为自己打算。你的卖身契，我既然给了你，你就是自由身，你以后只要替自己寻到更好的去处，随时可以走。但你在园子里一天，就必须遵守一天园子的规矩。”

方茹被婢女搀扶着出去，红姑笑眯眯地看着我，我道：“做好人的感觉如何？”

红姑点头道：“不错，以前总是扮恶人，被人恨着，难得换个滋味。”

我笑起来：“以后该我被人恨了。”

红姑笑道：“错了，你会让她们敬服你，怕你，但不会恨你，因为你不勉强她们做事，你给了她们选择，而我以前只会逼迫她们。如今看了你行事，才知道要达到目的，逼迫是最下乘的手段。”

我想了会儿道：“明天让方茹练习新的歌舞，命她和惜惜一块儿学唱公主的戏，让秋香和芷兰学唱将军的戏，谁好谁就登台，一则有点儿压力才能尽力，二则以后有什么意外也有人补场。”红姑点头答应。

我站起道：“歌舞中的细节你和乐师商量着办就成，我的大致想法都已告诉你们，但我对长安城人的想法不如你们了解，所以你若有觉得不妥当的地方，就按照自己的意思改吧！没什么特别事情我就先回家了。”

说完后，蓦然惊觉，“家”？我何时学会用这个词了？

红姑一面送我出门，一面笑道：“其实你住在这里多方便，我们姐妹在一起玩得也多，何苦每天跑来跑去？”

我朝她咧嘴笑了笑，没有搭她的话茬儿，自顾上车离去。

·——·——·——·——·

无意中从窗户看到天边的那轮圆月时，我才惊觉又是一个满月的夜晚。狼兄此时肯定在月下漫步，也许时不时会对着月亮长啸。他会想我吗？不知道，我不知道狼是否会有思念的情绪，以后回去时可以问问他。或者他此时也有个伴了，陪他一起昂首望月。

长安城和西域很不同，这里的视线向前望时，总会有阻隔，连绵的屋子，高耸的墙壁，而在草原大漠，总是一眼就可以看到天与地相接处。不过，此时我坐在屋顶上，抬头看着的天空是一样的，都是广阔无垠。

我摸了摸手中的笛子，一直忙着和乐师编排歌舞，很长时间没有碰过它，刚学会的《白头吟》也不知道是否还吹得全。

错错对对，停停起起，一首曲子被我吹得七零八落，但我自个儿很是开心，不能对着月亮长啸，对着月亮吹吹曲子也是很享受。我又吹了一遍，顺畅了不少，对自己越发满意起来。

正对着月亮志得意满、无限自恋中，一缕笛音缓缓而起，悠扬处，如天女展袖飞舞；婉转处，如美人蹙眉低泣。

九爷坐在院中吹笛，同样是笛曲，我的如同没吃饱饭的八十岁老妪，他的却如浣纱溪畔娇颜初绽的西子。他的笛音仿佛牵引着月色，映得他整个人身上隐隐有光华流动，越发衬得一袭白衣的他风姿绝代。

一曲终了，我还沉浸在从自满不幸跌出的情绪中。九爷随手把玩着玉笛，微仰头看着我道："《白头吟》虽有激越之音，却是化自女子悲愤中。你心意和曲意不符，所以转和处难以为继。我是第一次听人把一首《白头吟》吹得欢欢喜喜，幸亏你气息绵长，真是难为你了。"

我吐了下舌头，笑道："我就会这一首曲子，赶明儿学首欢快点儿的。你吹得真好听，再吹一首吧！吹首高兴点儿的。"我指了指天上的月亮，认真地说，"皎洁的月亮，美丽的天空，还有你身旁正在摇曳的翠竹，都是快乐的事情。"其实人很多时候还不如狼，狼都会只为一轮圆月而情绪激昂，人却往往视而不见。

九爷盯着我微微愣了一瞬，点头道："你说得对，这些都是快乐的事情。"他仰头看了一眼圆月，举起笛子又吹了起来。

我不知道曲目，可我听得出曲子中的欢愉，仿佛春天时的一场喜雨，人们在笑，草儿在笑，树也在笑。

我盯着凝神吹笛的九爷，暗暗思忖：我不懂得你眉眼间若有若无的黯然，但我希望能化解它。

青蓝天幕，皓月侧悬，夜色如水。我们一人坐在院内，一人抱膝坐在屋顶，翠竹为舞，玉笛为乐。

·——·——·——·——·

方茹送行即将出征的大将军，心中有千言万语，奈何到了嘴边却只剩一个欲语还休。方茹雍容华贵地浅浅笑着，眼中却是泪花点点。台上只有一缕笛音若有若无，欲断不断，仿佛公主此时欲剪还连的情思。

台下哄然叫好，几个在下面陪客人看歌舞的姑娘，都在用绢帕擦拭眼泪。

红姑叹道："没想到方茹唱得这么好，前几场还有些怯场，如今却收发自如。"

我点头道："的确是我想要的意境，无声胜有声，她居然都演了出来。"

红姑透过纱帘，环顾了一圈众人道："不出十日，落玉坊必定红透长安。"我笑了下，起身走出了阁楼。

四月天，恰是柳絮飞落、玉兰吐蕊、樱桃红熟时，空气中满是勃勃生机。我刚才在红姑面前压着的兴奋渐渐透了出来，前面会有什么等着我？我藏在歌舞中的目的可能顺利实现？

除了看门人和几个主事的人，婢女仆妇都偷偷跑去看歌舞，园子里本来很清静，却忽起喧哗声，好一会儿仍然未停。我微皱了下眉头，快步过去。

主管乐师的陈耳正在向外推一个青年男子，见我来，忙住了手，行礼道："这人问我们要不要请乐师，我说不要，他却纠缠不休，求我听他弹一曲。"男子听到陈耳的话，忙向我作了一揖。

长袍很旧，宽大的袖口处已经磨破，但浆洗得很干净。眉目清秀，脸上颇有困顿之色，神情却坦荡自若。

我对他的印象甚好，不禁问道："你从外地来？"

他道："正是，在下李延年，初到长安，擅琴会歌舞，希望落玉坊能收留。"

我笑道："能不能收留，要看你的琴艺。你先弹一曲吧！陈耳，给他找具好琴。"

李延年道："不用了，琴就是琴师的心，在下随身带着。"一面说着，一面解下了缚在后背的琴。我伸手做了个请的姿势，举步先行。

李延年打开包裹，将琴小心翼翼地放在案上，低头默默看着琴，一动未动。陈耳有些不耐烦起来，正欲出声，我扫了他一眼，他立即收敛了神色。半晌后，李延年才双手缓缓举起。

山涧青青，碧波荡荡，落花逐水，鸟鸣时闻。

李延年琴声起时，我竟然觉得自己仿佛置身于春意盎然的秀丽山水间，我虽然对琴曲知道得不多，可这种几乎可以说是绝世的好还是一耳就能听出来。

曲毕声消，我意犹未尽，本想再问问陈耳的意见，可抬眼看到陈耳满面的震惊和不能相信之色，心中已明白，无论花多大价钱都一定要留住此人。

我微欠了下身子，恭敬地道："先生琴技非凡，就是长安城中最有名的天香坊也去得，为何到我这里？"

李延年对我的恭敬好似颇为不适应，低下头道："实不相瞒，在下已经去过天香坊。在下是家中长子，父母俱亡，带着弟、妹到长安求一安身之处。天香坊本愿收留我们兄妹，但妹妹昨日听闻有人议论落玉坊新排的歌舞《花月浓》，突然就不愿意去天香坊，恳求在下到这里一试，说务必让编写此歌舞的人听到在下的琴曲。"

我有些惊讶地看着李延年："令妹听闻《花月浓》后，居然求先生推拒了天香坊？"

李延年道："是。贵坊的《花月浓》的确自出机杼。"

我笑起来，《花月浓》是一出投机取巧的歌舞，曲子其实很一般，落在他这样的大家耳中也的确只配一个"自出机杼"。不过这个妹妹倒是令我对她很好奇，我歌舞的意外之图瞒过了红姑和吴爷，却居然没有瞒过她。我自小背的是权谋之术，阿爹教的是世情机变，成长于匈奴王族，看多了尔虞我诈，其后更是亲身经历了一场血雨腥风的巨变，我自进入石府就开始费心收集长安城权贵的资料，而她竟然刚进长安就心中对一切剔透，真正聪明得令人害怕。行事又坚毅果断，在流落长安的困顿情形下，竟然拒绝天香坊，选择一个声名初露的歌舞坊。只是她既然约略明白我的意图，却还特意让哥哥进入落玉坊，所图的是什么？

她为何也想结识平阳公主？

我细细打量着李延年，他长得已是男子中少见的俊秀，如果他的妹妹姿容也是出众，那……那我可非留下此人不可："不管天香坊给你多少钱，我出它的两倍。"

李延年神色平淡，也没有显得多高兴，只是向我作了一揖道："多谢姑娘。"

陈耳在旁笑道："以后该叫坊主了。"

我道："园子里的人都叫我玉娘，先生以后也叫我玉娘吧！"

李延年道："玉娘，不必叫在下先生。"

我道："那我就称呼先生李师傅吧！不知师傅兄妹如今住哪里？"

李延年道："初来长安时住客栈，后来……后来……搬到城外一座废弃的茅屋中。"

我了然地点点头："我刚到长安时，还在长安城外的桦树林露宿过呢！"李延年抬头看了我一眼，一言未发，眼中却多了一分暖意。

我道："园子里空屋子还有不少，你们兄妹若愿意，可以搬进来住。"李延年沉吟未语。

我道："李师傅可以领弟、妹先来看一看，彼此商量后再作决定。如果不愿意住，我也可以命人帮你们在长安城另租房子。今天天色还不算晚，李师傅回去带弟、妹来看屋子还来得及。"

李延年作揖道："多谢玉娘。"

我站起对陈耳吩咐："麻烦陈师傅帮我送一下李师傅。"又对李延年道："我还有事要办，就不送师傅了。"说完转身离去。

我命仆妇收拾打扫屋子，又命婢女去叫红姑。红姑匆匆赶来道："正在看歌舞，你人怎么就不见了？怎么打扫起屋子来？谁要来住？"

我笑吟吟地看着擦拭门窗的仆妇："我新请了一位琴师。"

红姑愣了下道："一位琴师不用住这么大个院子吧？何况不是有给琴师住的地方吗？"

我回头道："等你见了，就明白了。对了，叫人给石府带个话，说我今日恐怕赶不回去了。"

红姑困惑地看着我："究竟什么人竟然值得你在这里一直等，明天见不是一样吗？"

我侧头笑道："听过伯牙、子期的故事吗？一首曲子成生死知己。我和此人也算闻歌舞知雅意，我想见见这个极其聪明的女子。"

天色黑透时，李延年带着弟弟和妹妹到了园子。我和红姑立在院门口，等仆人领他们来。红姑神色虽平静，眼中却满是好奇。

李延年当先而行，一个眉目和他三四分相像，但少了几分清秀，多了几分粗犷的少年随在他身后，他身旁的女子——

一身素衣，身材高挑，行走间充满了一种舞蹈般的优雅，身形偏于单薄，但随着她步子轻盈舞动的袍袖将单薄化成了飘逸。

红姑喃喃道："原来走路也可以像一曲舞蹈。"

轻纱覆面，我看不到她的容貌，但那双眼睛就已足够。妩媚温柔，寒意冷冽，温暖亲切，刀光剑影。短短一瞬，她眼波流转，我竟然没有抓到任何一种。刀光剑影？！有趣！我抿嘴笑起来。

红姑低低叹了口气，又叹了口气，然后又叹了口气，这个女子居然单凭身姿就已经让看过无数美女的红姑无话可说。

李延年向我行礼："这位是舍弟，名广利；这位是舍妹，单名妍。"两人向我行礼，我微欠身子，回了半礼。

我带着李延年兄妹三人看屋子，李广利显然非常满意，满脸兴奋，不停地跑进跑出。李延年脸上虽没有表情，可看他仔细看着屋子，应该也是满意。李妍却没有随兄长走进屋子，视线只淡淡地在院子中扫了一圈，而后就落在了我的脸上。

我向她欠身一笑，她道："家兄琴艺虽出众，可毕竟初到长安城，还不值得坊主如此。”她的声音没有一般女孩子的清脆悦耳，而是低沉沉的，略带沙哑，让人须凝神细听，才能捉住，可你一凝神，又会觉得这声音仿佛黑夜里有人贴着你的耳朵低语，若有若无地搔着你的心。

我耸了下肩膀道：“我很想做得不那么引人注意些，可我实在想留住你们。是你们，而不仅仅是李师傅。而且我喜欢一次完毕，懒得过几日让你们又搬家，我麻烦，你们也麻烦。”

李妍道：“我们？”

我笑道：“兄长琴艺出众，容貌俊秀。妹妹仅凭我的歌舞已经揣摩了我的意图，我岂能让知音失望？”我有意加重了“意图”和“知音”二词的发音。

李妍的眼睛里慢慢盈出了笑意：“坊主果然心思玲珑。”

我不知道女子间是否也会有一种感觉叫“惺惺相惜”，但这是我唯一能想出的形容我此时感觉的词语。我侧头笑起来：“彼此彼此，我叫金玉。”

她优雅地摘下面纱：“我叫李妍。”

红姑倒抽一口冷气，失态地“啊”了一声。我不禁深深地叹息了一声，满心惊叹，不是没有见过美人，但她已经不能只用美丽来形容，原来天下真有一种美可以让人忘俗，即使星辰为她坠落，日月因她无光，我也不会觉得奇怪。

第五章

窗影

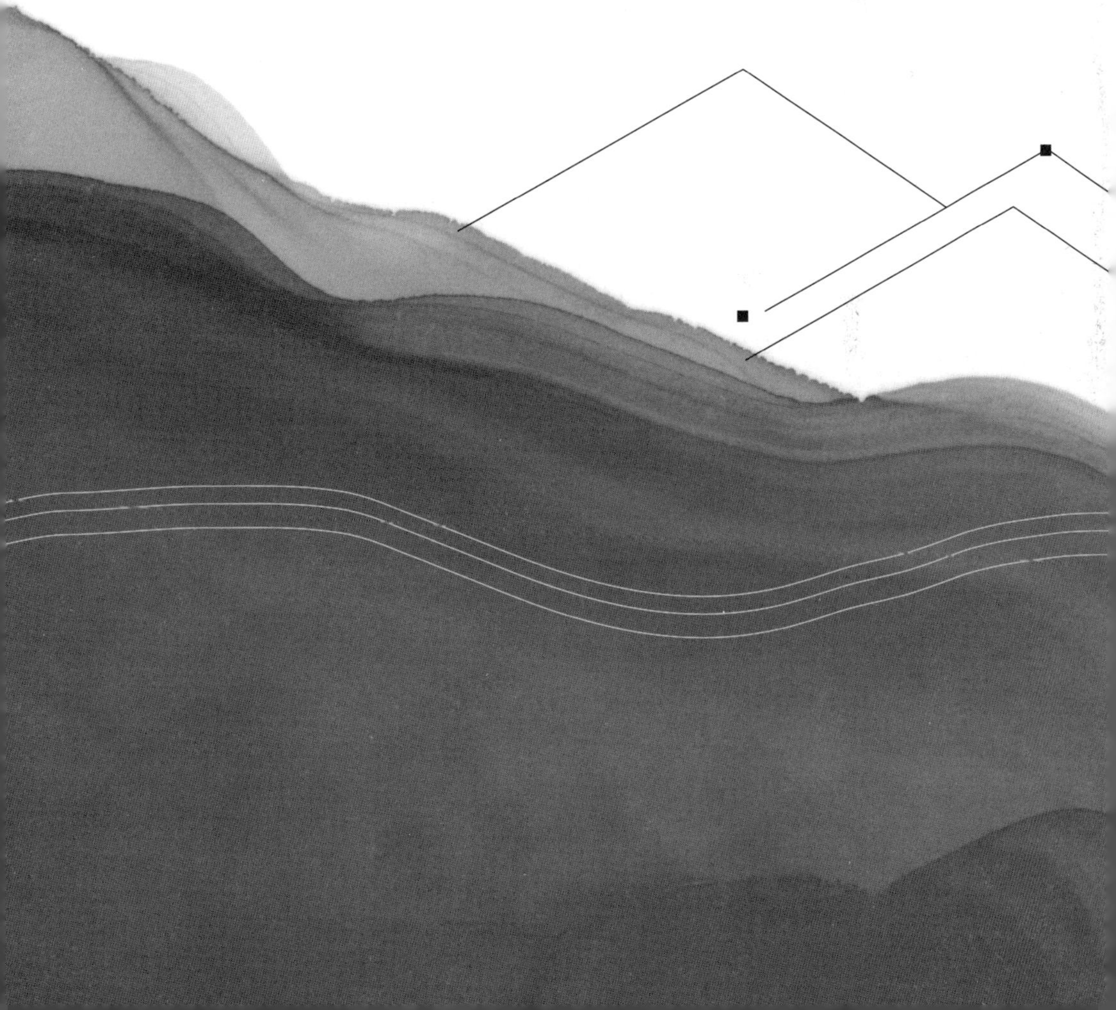

这是《花月浓》上演的第六日，虽然价钱已经一翻再翻，歌舞坊内的位置仍全部售空，就是明后两日的也已卖完。

因为我早先说过，除了各自客人给的缠头，月底根据每个人在歌舞中的角色，都会按份额分得收入，坊内的各位姑娘都脸带喜色，就是方茹嘴边也含着一丝笑意。她已经一曲成名，想见如今她的缠资快要高过天香坊最红的歌女了，而且就是出得起缠资，还要看方茹是否乐意见客，所以一般人唯一能见到她的机会就只剩下一天一场的《花月浓》。

歌舞坊内除了底下以茶案卖的位置，高处还设有各自独立的小屋子，外面垂了纱帘和竹帘，可以卷起也可以放下，方便女子和贵客听曲看舞。

我带着李延年三兄妹在一个小屋坐好，李延年道："玉娘，我们坐下面就好，用不着这么好的位置。"

我笑道："这本就是我留着不卖的位置，空着也是空着，李师傅就放心坐吧！"

李妍看着我，眼睛忽闪忽闪的，似乎在问：你留给谁的？我侧头一笑：你猜猜。

一个婢女拉门而进，顾不上给李延年他们问好，就急匆匆地道："红姑请坊主快点儿过去一趟，来了贵客，红姑觉得坊主亲自接待比较好。"

我猛然站起，定了一瞬，又缓缓坐下，小婢女愣愣地看着我。

李妍笑问："等的人到了？"

我点了下头："八九不离十，红姑自小在长安城长大，不是没见过世面的人，若非有些牵扯，她用不着叫我过去。”

李妍问：“要我们让出来吗？”

我摇摇头：“还有空房。”说完饮了口茶，调整好心绪，这才施施然地站起，理了理衣裙向外行去。

红姑正带着两个人行走在长廊上，看到我，脸上神色一松。

小霍，不，霍去病玉冠束发，锦衣华服，一脸淡漠地走着。见到我的刹那，立即顿住了脚步。

我嘴角含着丝浅笑，盈盈上前行了一礼：“霍大人屈尊落玉坊，真是蓬荜生辉，暗室生香。”

他打量了我一会儿，忽地剑眉微扬，笑起来：“你真来了长安！”红姑看看我，又看看霍去病，脸上的表情困惑不定。

我本来存了几分戏弄他的意思，结果他几声轻笑，没有半点儿理亏的样子。我有些恼，一侧身，请他前行。

还未举步，一个小婢女提着裙子快步如飞地跑来。红姑冷声斥责：“成什么样子？就是急也要注意仪容。”

小婢女忙停了脚步，有些委屈地看向我。我问：“怎么了？”

她喘了口气道：“吴爷来了，还有一个长得很斯文好看、年纪只有二十出头的人，可吴爷却管他叫石三爷，然后马车里似乎还有个人。”

我“啊”了一声，微提了裙子就跑，又猛然惊醒过来，回身匆匆对霍去病行了个礼：“突然有些急事，还望大人见谅。”赶着对红姑道：“你带霍大人入座。”说完就急速向外跑去。小婢女在后面嚷道：“在侧门。”

九爷正推着轮椅缓缓而行，吴爷、天照和石风尾随在后。我人未到，声先到，喜悦地问：“怎么不事先派人说一声呢？”

九爷含笑道：“我也是临时起意，来看看你究竟在忙什么，昨日竟然一夜未归。”

我皱着鼻子笑了笑，走在他身侧：“昨夜倒不是忙的，是看美人了。待会儿带你见一个大美人。”他含笑未语。

我带着他们到屋廊一侧，笑吟吟地说：“麻烦两位爷从楼梯那里上去，也麻烦这位石小爷一块儿去。”

吴爷和天照彼此对视了一眼，没有动。石风看他们两人没有动，也只能静静立着。

九爷吩咐道："你们先去吧！"

三人行了一礼，转身向楼梯行去。我带着九爷进了一间窄窄的小屋子，说小屋子其实不如说是个木箱子，刚刚容下我和九爷，而且我还站不直身子，所以索性跪坐在九爷身旁。

我抱歉地说："为了安全，所以不敢做太大。"

关好门，拉了拉一只铜铃铛。不久，小屋子就开始缓慢地上升。九爷沉默了会儿，问："有些像盖屋子时用的吊篮，你特意弄的？"我轻轻"嗯"了一声。

黑暗中是极度的静谧，静得我好像能听到自己"怦怦"的心跳。其实膏烛就在触手可及处，我却不愿意点亮它，九爷也不提，我们就在这个逼仄的空间彼此沉默着。九爷身上清淡的药草香若有若无地氤氲开，沾染在我的眉梢鼻端，不知不觉间也缠绕进了心中。

我们到时，歌舞已经开始。我正帮九爷煮茶，吴爷在我身旁低声道："你好歹去看看红姑，你甩了个烂摊子给她，这也不是个事儿呀！"

九爷听我们在低语，回头道："玉儿，你若有事就去吧！"

我想了想，把手中的茶具交给天照，转身出了屋子。

红姑一看到我，立即把捧着的茶盘塞到我手中："我实在受不了了，霍大少的那张脸能冻死人。自他踏入这园子，我就觉得我又回到了寒冬腊月天，可怜见儿地我却只穿着春衫。我赔着笑脸、挖空心思地说了一万句话，人家连眉毛都不抬一下。我心里怕得要死，以为我们的歌舞没有触怒卫大将军，却招惹到了这个长安城中的冷面霸王。可你一出现，人家倒笑起来，搞不懂你们在玩什么，再陪你们玩下去，我小命难保。"一面说着，一面人就要走。

我闪身拦住她："你不能走。"

红姑绕开我："你可是坊主，这才是用你的关键时刻。我们这些小兵打打下手就成。"说着人已经快步远去，只给我留了个背影。

我怒道："没义气。"

红姑回头笑道："义气重要命重要？何况，坊主，我对你有信心，我给你气势上的支持，为你摇旗呐喊。"

我叹了口气，托着茶盘缓步而行，立在门外的随从看到我，忙拉开门，我微欠了下身子表示谢意，轻轻走进屋中。这位据说能改变节气的霍大少正跪坐在席上，面无表情地看着台上的一幕幕。

我把茶盘搁在案上，双手捧着茶恭敬地放好。看他没有搭理我的意思，我也懒得开口，索性看起了歌舞。

霍去病随手拿起茶碗，抿了一口。此时轮到扮将军的秋香出场，她拿着把假剑在台上边舞边唱，斥责匈奴贪婪嗜杀，欲凭借一身所学保国安民。霍去病“扑哧”一声把口中的茶尽数喷出，一手扶着几案，一手端着茶碗，低着头全身轻颤，手中的茶碗摇摇欲坠。

我忙绕到他面前，一把夺过他手中的茶碗，搁回几案上，又拿了帕子擦拭溅在席面上的茶水。他强忍着笑，点了点台上的秋香：“卫大将军要是这副样子，只怕是匈奴杀他，不是他杀匈奴。”

想起匈奴人马上彪悍的身姿，我心中一涩，强笑着欲起身回自己的位置。他拽住我，我疑惑地看向他，他道：“这歌舞除了那个扮公主的还值得一看外，其余不看也罢。你坐下陪我说会儿话，我有话问你。”

我俯了下身子道：“是，霍大人。”

“小玉，我当时不方便告诉你身份，你依旧可以叫我小霍。”他有些无奈地说。

“如今相信我是汉人了？”

“不知道。你出现得十分诡异，对西域的地貌极其熟悉，自称汉人，可对汉朝却很陌生，若我们没有半点儿疑心，你觉得我们正常吗？后来和你一路行来，方肯定你至少没有歹意。可我当时是乔装打扮去的西域，真不方便告诉你身份。”

我低着头没有说话，他所说的都很合理。

他轻声问：“小玉，我的解释你能接受吗？”

我抬头看着他：“我对西域熟悉是因为我在狼群中长大，我们有本能不会在大漠中迷路。我的确从没有在汉朝生活过，所以陌生。我认为自己是汉人，因为我这里是汉人。”我指了指自己的心，“不过，也许我哪里人都不能算，我的归属在狼群中。我能说的就这么多，你相信我说的吗？”

他凝视着我的眼睛点了下头：“我相信，至于其他，也许有一天你会愿意告诉我。”

只有极度自信的人才会经常选择与对方的眼睛直视，霍去病无疑就是这样的人。我与他对视一瞬后，移开了视线，我不想探究他的内心，也不愿被他探究。

他问：“你来长安多久了？”

我道："大半年。"

他沉默了会儿，问："你既然特地排了这出歌舞，应该早已知道我的身份，为何不直接来找我？如果我即使听到有这个歌舞也不来看呢？"

他居然误会台上的这一幕幕都是为他而设，此人还真是自信过头。我唇边带出一丝讥讽的笑："想找你时不知道你在哪里，知道你在哪里时我觉得见不见都无所谓。"

他看着我，脸色刹那间变得极冷："你排这个歌舞的目的是什么？"

我听着方茹柔软娇糯的歌声，没有回答。

他平放在膝盖上的手猛然收拢成拳："你想进宫？本以为是大漠的一株奇葩，原来又是一个想做凤凰的。"

我摇头而笑："不是，我好端端一个人干吗往那鬼地方钻？"匈奴王庭中经历的一切，早让我明白最华丽的王宫其实就是人间鬼蜮。

他脸色放缓，看向方茹："你打的是她的主意？"

我笑着摇摇头："她的心思很单纯，只是想凭借这一时，为自己寻觅一个好去处，或者至少一辈子能丰衣足食。我不愿意干的事情，也不会强迫别人，何况我不认为她是一个能在那种地方生存得好的人。"

他道："这也不是，那也不是，那你究竟打的什么主意？"

我侧身看向台上的方茹："打的是她的主意。"

他眉毛一扬，似笑非笑地看着我："我看你不像是在狼群中长大的，倒好似被狐狸养大的。你的主意正打到点子上，公主已经听说了《花月浓》，问我有没有来过落玉坊，可见过编排歌舞的人。"

我欠了下身子："多谢赞誉。"阿爹的确是聪明的狐狸。

他仔细听着台上的悲欢离合，有些出神。

我静静坐了会儿，看他似乎没有再说话的意思，正欲向他请辞，他说道："你这歌舞里处处透着谨慎小心，每一句歌词都在拿捏分寸，可先前二话不说地扔下我，匆匆出去迎接石舫舫主，就不怕我发怒吗？"

当时的确欠考虑，但我不后悔。我想了一下，谨慎地回道："他是我的大掌柜，伙计听见掌柜到了没有道理不出迎的。"

他淡淡地扫了我一眼："是吗？我的身份还比不过个掌柜？"

我还未回答，门外立着的随从禀告道："主人，红姑求见。"

他有些不耐烦地说：“有什么事情直接说。”

红姑急匆匆地说：“霍大人，妾身扰了大人雅兴，实属无奈，还求海涵。玉娘，听石风小哥说舫主震怒，正在严斥吴爷。”

震怒？这似乎是我预料的反应中最坏的一种，我手抚着额头，无力地道：“知道了，我会尽快过去。”对霍去病抱歉地一笑：“我要先行一步，看你也不是小气人，就别再故意为难我。我现在还要赶去领罪，境况已够凄惨的。”

“难怪公主疑惑石舫怎么又改了作风。你这伙计当得也够胆大，未经掌柜同意，就敢编了擅讲皇家私事的歌舞。”我没有吭声，缓缓站起，他忽然道，“要我陪你过去吗？”

我微愣了一下，明白过来，心中有些暖意，笑着摇摇头。

他懒洋洋地笑着，一面似真似假地说：“不要太委屈自己，石舫若不要你了，我府上要你。”我横了他一眼，拉门而出。

红姑一见我，立即拽住我的手。我只觉自己触碰到的是一块寒冰，忙反手握住她：“怎么回事？”

红姑道：“我也不知道，我根本过不去，是一个叫石风的小哥给我偷偷传的话，让我赶紧找你，说吴爷正跪着回话呢！好像是为了歌舞的事情。”

我道：“别害怕，凡事有我。”

红姑低声道：“你不知道石舫的规矩，当年有人一夜间从万贯家财沦落到街头乞讨，最后活活饿死。还有那些我根本不知道的其他刑罚，我是越想越害怕。”

我心中也越来越没底，面上却依旧笑着：“就算有事也是我，和你们不相干。”红姑满面忧色，沉默地陪我而行。

小风拦住了我们，看着红姑道：“她不能过去。”

红姑似乎想一直等在外面，我道：“歌舞快完了，你去看着点儿，别在这节骨眼上出什么岔子，更是给吴爷添乱。”她觉得我说得有理，忙点点头，转身离去。

我对小风道：“多谢你了。”他哼了一声，鼻子看着天道：“你赶紧想想怎么向九爷交代吧！难怪三师傅给我讲课时，说什么女子难养也。”

我伸手敲了下他的额头，恶狠狠地道：“死小子，有本事以后别讨媳妇。”

深吸口气，轻轻拉开了门。吴爷正背对门跪在地上。九爷脸色平静，看着倒不像发怒的样子，可眉目间再无半丝平日的温和。天照垂手立在九爷侧后方。窗户处的竹帘已放下，隔断了台上的旖旎歌舞，屋内只余肃穆。

听到我进来的声音，九爷和天照眼皮都未抬一下。

统管石舫所有歌舞坊的人都跪在了地上，似乎我没有道理不跪。我小步走到吴爷身旁，也跪在了地上。

九爷淡淡说：“你下去吧！怎么发落你，慎行会给你个交代。”

吴爷磕了个头道：“我是个孤儿，要不是石舫养大我，也许早就被野狗吃了。这次我瞒着落玉坊的事情，没有报给几位爷知道，九爷不管怎么罚我，我都没有任何怨言。可我就是不甘心，为什么石舫要变成今天这样，比起其他商家，我们厚待下人，与主顾公平买卖，从未欺行霸市，可如今我要眼睁睁地看着自己手下的一间间歌舞坊不是彼此抢夺生意，就是被别人买走。我每次问石二爷为何要如此，石二爷总是只吩咐不许干涉，看着就行了。老太爷、老爷辛苦一生的产业就要如此被败光殆尽吗？九爷，你以后有何面目见……”

天照出口喝道：“闭嘴！你年纪越大，胆子也越发大了，老太爷教会你如此和九爷说话的吗？”

吴爷一面磕头，一面声音哽咽着说：“我不敢，我就是不明白，不甘心，不甘心呀！”说着已经呜咽着哭出了声音。

九爷神色没有丝毫变化，眼光转向我，我毫不理屈地抬头与他对视，他道：“你真是太让我意外了，既然有如此智谋，一个落玉坊可是委屈了你。好好的生意不做，却忙着攀龙附凤，你折腾这些事情出来究竟是为了什么？”

吴爷抹了把眼泪，抢先道：“玉娘她年纪小，为了把牌子打响，如此行事不算错。有错也全是我的错，我没有提点她，反倒由着她乱来。九爷要罚，一切都由我担着。”

九爷冷哼了一声，缓缓道：“老吴，你这次可是看走了眼，仔细听听曲词，字字都费了功夫，哪里是一时贪功之人能做到的？歌舞我看了，够自出机杼，要只是为了在长安城做红落玉坊的牌子，一个寻常的故事也够了，犯不着冒这么大的风险影射皇家私事。大风险后必定是大图谋。”

吴爷震惊地看向我，我抱歉地看了吴爷一眼，望着九爷坦然地说：“我的确是故意的，目的就是要引起平阳公主的注意，进而结交公主。”

九爷看着我点头道：“你野心是够大，可你有没有掂量过自己可能承担起后果？”

我道："后果？不知道九爷怕什么？石舫如今这样，不外乎三个可能：一是石舫内部无能，没有人能打理好庞大的业务，但我知道不是。石舫的没落是伴随着窦氏外戚的没落、卫氏外戚的崛起，那还有另外两个可能，就是要么石舫曾经与窦氏关系密切，因为当今天子对窦氏的厌恶，受到波及，或者石舫曾与卫氏交恶，一长一消自然也正常。"

天照抬眼看向我，吴爷一脸恍然大悟，表情忽喜忽忧。我继续道："卫氏虽然权势鼎盛，但卫大将军一直极力约束卫氏宗亲，禁止他们仗势欺人，连当年鞭笞过他的人都不予追究。所以除非石舫与卫氏有大过节，否则石舫如此，因为卫氏的可能性很低。所谓权钱密不可分，自古生意若想做大，势必要与官府交往，更何况在这长安城，百官云集、各种势力交错的地方？我虽没有见过老太爷，但也能遥想到他当年的风采，所以我估计老太爷定是曾与窦氏交好。"

九爷拿起案上的茶抿了一口："你既然明白，还要如此？"

我道："如果再早三四年，我自然不敢，可如今事情是有转机的。"

天照和吴爷都是眼睛一亮，定定地看着我。九爷却是波澜不兴，搁下茶碗淡然道："金玉姑娘，石舫底下有几千口子人吃饭，他们没有你的智谋，没有你的雄心，也不能拿一家老小的命陪你玩这个游戏。从今日起，落玉坊就卖给姑娘，和石舫再无任何关系，姑娘如何经营落玉坊是姑娘自己的事情。天照，回府。"因为极致的淡，面色虽然温和，却更显得一切与己再不相关地疏远和冷漠。

我不能相信地定定地看着他，他却不再看我一眼，推着轮椅欲离开，经过我和吴爷身旁时，因为我们正跪在门前，轮椅过不去。他看着门道："烦请两位让个道。"语声客气得冰冷，冻得人的心一寸寸在结冰。

我猛然站起，拉开门急急奔了出去。小风叫了声"玉姐姐"，我没有理会，只是想快快地离开这里，离他远一些，离这寒冷远一些。

奔出老远，忽然想起他要如何下楼，他肯定不愿意别人触碰他的身体。我紧咬着牙，猛跺了几脚，又匆匆往回跑，找会操作那个木箱子的人去告诉天照和石风如何下楼。

·——·——·——·——·

凡用兵之法，将受命于君，合军聚众，圮地无舍，衢地合交，绝地无留，围地则谋，死地则战；途有所不由，军有所不击，城有所不攻，地有所不争，君命有所不受。……

我心有所念，停住了笔。为什么？当日被九爷神态语气所慑，竟然没有仔细琢磨他所说的话。按照他的说辞，是因为顾及石舫几千人，所以不许我生事，可我们托庇于官家求的只是生意方便，并不会介入朝堂中的权力之争，甚至要刻意与争斗疏远。既然当年飞扬跋扈的窦氏外戚的没落都没有让石舫几千人人头落地，我依托于行事谨慎的公主，岂不是更稳妥？只要行事得当，日后顶多又是一个由盛转衰的情况，难道会比现在更差？九爷究竟在想什么？难道他眉宇间隐隐的郁悒不是因为石舫？

听到推门的声音，我身形未动，依旧盯着正在抄录的《孙子兵法》发呆。

李妍将一壶酒放在我的面前："你还打算在屋子里闷多久？"

我搁下毛笔看着她道："红姑请你来的？"

李妍垂目斟酒："就是她不让我来，我也要自己来问个明白。你把我们兄妹安置到园子中，总不是让我们白吃白喝吧？"说着将酒杯推给我，"喝点儿吗？这个东西会让你忘记一些愁苦。"

我将酒杯推回给她："只是暂时的麻痹而已，酒醒后一切还要继续。"

李妍摇摇头，笑着举起酒杯一饮而尽："你不懂它的好处，它能让你不是你，让你的心变得一无负担，轻飘飘，虽然只是暂时，可总比没有好。"

我没有吭声，拿起案上的茶杯，抿了一口。李妍一面慢慢啜着酒，一面道："你有何打算？"

我捧着茶碗，出了会儿神，摇摇头："我不知道。我原本是想替石舫扭转逐步没落的局面，可突然发现原来没有人需要我这样做，只是我自己一厢情愿。李妍，我是不是做错了？"

"金玉，如此愚蠢的话你也问得出？人生不管做什么都如逆水行舟，没有平稳，也不会允许你原地踏步，如果你不奋力划桨，那只能被急流推后。即使落玉坊想守着一份不好不差的生意做，守得住吗？天香坊咄咄逼人，背后肯定也有官家势力，石舫的不少歌舞坊都被它挤垮和买走，你甘心有朝一日拜倒于它的脚下吗？"

我意味深长地笑道："你到长安日子不长，事情倒知道得不少。"

李妍面色变幻不定，忽握住我的手，盯着我低声道："你我之间明人不说暗话，从我猜测到你歌舞意图时，你也肯定明白我所要的，我需要你助我一臂之力。"

我虽没有将手抽脱，可也没有回应她，只微微笑着道："即使没有我的帮助，凭借你的智慧和美貌，你也能得到你要的东西。"

李妍看了我一会儿，浅笑着放开我的手，端起酒一仰脖子又是一杯。她的脸颊带着酒晕，泛出桃花般的娇艳，真正丽色无双。她的秋水双瞳却没有往日的波光潋滟，只是一潭沉寂。韶华如花，容貌倾国，可她却娇颜不展，愁思满腹。

方茹柔软的声音："玉娘，我可以进来吗？"语气是征询我的意思，行动却丝毫没有这个意思，话音刚落，方茹已经推门而进。

我叹道："红姑还找了多少说客？"

没想到红姑在外笑道："烦到你在屋子里待不下去为止。"

我道："你进来，索性大家坐在一起把事情说清楚。"

李妍在方茹进门的刹那已经戴上面纱，低头静静地坐在角落。方茹和红姑并肩坐在我对面。我一面收起案上的竹简，一面道："红姑，吴爷应该和你说了，石舫已经不要我们了。"

红姑笑嘻嘻地道："不知道我这么说，你会不会恼，反正这话我是不敢当着吴爷面说的。吴爷掌管的歌舞坊，石舫这次全放手了，说是为了筹集银钱做什么药草生意，只要在一定时间内交够钱，就都可以各自经营，也允许外人购买，但会对原属于石舫的人优惠。吴爷如今一副好像已经家破人亡的颓败样子，人整日在家待着。可我听了此事可开心着呢！没有石舫束手束脚，我们不是正好爱干什么就干什么吗？"

全放手了？我低头未语，红姑等了好一会儿，见我没有半点儿动静，伸手推了我一下道："玉娘，你怎么了？"

我反应过来，忙摇了摇头，想了想道："你们愿意跟着我，我很感激，但你们有没有想过我会带你们到什么地方？前面是什么？就拿这次的歌舞来说，一个不好也许就会激怒天家，祸患非同一般。"

红姑摇头笑道："我心里就盘算清楚了一件事情，那就是如果真有祸，要砍脑袋，那第一个砍的也是你，我们顶多就是一个稀里糊涂的从犯，但如果有富贵荣华，你却不会少了我们。何况，我看你一没疯二没傻，估计不会把自己的脑袋往刀口下送，所以我放心得很。"

方茹低头缠绕着手上的丝帕，等红姑说完，她抬头看向我，细声细语地道："今日孙大人要我陪酒，我不乐意就拒绝了。他虽一肚子气，却丝毫不敢发作，因为他也知道卫大将军麾下公孙敖将军、皇后娘娘和卫大将军的外甥霍大人、御史大夫李大人的侄子、李广将军的儿子李三郎，都来看过我的歌舞，李三郎赐了我丝绸，霍大人赏了我锦罗。”

我笑着摇摇头，看向红姑。红姑笑道：“你一直闷在房中看书，我根本没有机会和你说这些事情。”

方茹继续道：“前方有什么我不知道，但我知道如果不是你，我没有资格对孙大人说‘不’字。就是园子里的其他姐妹如今实在不愿见的人也都不见，以前勉强自己一是为钱，可我们的歌舞演一日，她们只是扮个婢女都收入不少，二是当年不敢轻易得罪客人，可现在园子里来过什么人，那些客人心里也清楚，红姑对我们很是维护，反倒是他们不敢轻易得罪我们园子。”

红姑听到方茹夸赞她，竟颇有些不好意思，赶着给自己倒酒，避开了我们的目光。我笑道：“短短几日，红姑你可做了不少事情呀！”红姑低头忙着喝茶，好像没有听到我的话。

李妍仍旧低头而坐，仿佛根本没有听我们在说什么。我看了她一眼，一拍手道：“那我们就继续，只要我一日不离开长安，我们就努力多赚钱。”

红姑抬头道：“要把生意做大，眼前就有一个极好的机会。自你初春拿官歌舞坊到现在，我们的进账是日日在增，加上我自己多年的积蓄，现在刚够买下落玉坊。不过，不是每个歌舞坊都能像我们，可以及时筹措一大笔钱，我们只要有钱就可以乘机……”我微点了下头，示意我明白，口中却打断了她的话：“各位没什么事情，就散了吧！我在屋中憋了几日，想出去走走。”

方茹向我行了个礼，先行离去，红姑也随在她身后出了门。

我起身对李妍做了个请的动作：“不知美人可愿陪鄙人去欣赏一下户外风光？”

李妍优雅地行了个礼道：“雅意难却，愿往之。”

两人眼中都带着笑意，并肩而行。

李妍道：“你晚上可是要去一趟石舫？”

我轻叹了口气，没有回答。

李妍道：“石舫的舫主倒真是一个古怪人，好端端地为什么不做风险小的歌舞生意，却去做市面价格波动大的药材生意？舍易求难，你若还关心石舫，倒真是应该去问个清楚。”

我笑着岔开了话题，和她谈起这时节长安城外哪些地方好玩，商量着我们是否也该去玩。

湖边的垂柳枝叶繁茂，几个婢女正在湖边打打闹闹地玩着，一个婢女随手折了一大把柳枝，一人分了几根打着水玩。

李妍眼中闪过不悦之色，微皱了下眉头撇开目光，对我道："我先回房了。"

我点了下头，她转身匆匆离去。我因她的神色，心里忽地一动，似乎想起什么，却没有捉住，只得先搁下。

几个婢女看见我，都是一惊，忙扔了柳枝，赶着行礼。我一言未发，走过去把柳枝一根根捡起，看着她们问道："这柳枝插在土中，还能活吗？"

几个女孩子彼此看着，一个年纪大的回道："现在已经过了插柳的时节，只怕活不了。"

我道："把这些交给花匠试一下吧！仔细照料着，也许能活一两株。"婢女满脸困惑地接过，我温和地说，"如果为了赏花把花摘下供在屋中，或者戴在髻头，花不会怪你。如果是为了用，把柳条采下编制成柳篮，物尽其用，柳也愿意。可如果只是为了摘下后扔掉，就不要碰它们。"

几个婢女根本不明白我在说什么，但至少听懂了，我不高兴看见她们折柳枝，脸上都现出惧色。我无奈地挥了挥手，让她们走，婢女们忙一哄而散。她们生长在土地肥沃的中原大地，根本不明白绿色是多么宝贵。

我想起了阿爹，想起了西域的漫漫黄色，强压下各种思绪，心却变得有些空落，站在岸边，望着湖对面的柳树发呆。她们不明白，她们不明白？李妍的生气，李妍明白？李妍绝不是一个对着落花就洒泪的人。再想着自李妍出现后，我心中对她诸多解不开的疑惑，心中一震，刹那间想到李妍可能的身份，我"啊"的一声叫了出来。

没想到身后也传来一声叫声，我立即回身。霍去病正立在我身后，我这一急转身差点儿撞到他胸膛上，忙下意识地一个后跃，跳出后才想起，我身后是湖水，再想回旋，却无着力处。

霍去病忙伸手欲拉我，但我是好身法反被好身法误，我跃得太远，两人的手还未碰及，就一错而过，我跌进了池塘中。

我是跟狼兄学的游水，应该算是"狼刨"吧。这个游水的动作绝对和美丽优雅、矫若游龙、翩若惊鸿等词语背道而驰。我往岸边游，霍去病却在岸上放声大笑，笑到后来捂着肚子差点儿瘫倒在地上："你可真是被狼养大的，这个姿势，这个姿势，哈哈哈……你就差把嘴张着，舌头伸出来了……"他的话语全淹没在了笑声中。

我怒从心头起，恶向胆边生，一面双手一前一后地刨着水，一面嘴一张，学着狼的样子吐着舌头，笑死你！他惨叫一声，用手遮住眼睛，蹲在地上低着头就顾着笑了。

我游到岸边，他伸出右手欲拖我上岸。我本不想理会他，但一转念间，又伸手紧紧抓住他的手，他刚欲用力，我立即狠命一拽，屏住呼吸沉向水底。

出乎意料的是他却未反抗，似乎手微紧了下，就顺着我的力量跌入了湖中。我恶念得逞，欲松开他的手，他却紧拽着没有放。我们在湖底隔着碧水对视，水波荡漾间，他一头黑发张扬在水中，衬得眉眼间的笑意越发肆无忌惮。

我双腿蹬水，向上浮去，他牵着我的手也浮出了水面。到岸边时，他仍旧没有松手的意思，我另一手的拇指按向他胳膊肘的麻穴，他一挥手挡开我，反手顺势又握住了我这只手。我嫣然一笑，忽然握住他双手，借着他双手的力量，脚踢向他下胯。他看我笑得诡异，垂目一看水中，惨叫一声忙推开了我："你这女人心怎么这么毒？真被你踢中，这辈子不是完了？"

我扶着岸边一撑，跃上了岸。五月天衣衫本就轻薄，被水一浸，全贴在了身上，他在水中"啧啧"有声地笑起来。我不敢回头，飞奔着赶向屋中。

我匆匆进了屋子，一面换衣服，一面向屋子外面的婢女心砚吩咐："通知园子里所有人，待会儿霍大人的随从要干净衣服，谁都不许给，就说是我说的，男的衣袍恰好都洗了，女的衣裙倒是不少，可以给他一两套。"心砚困惑地应了声，匆匆跑走。我一面对着铜镜梳理湿发，一面抿嘴笑起来，在我的地头嘲笑我，倒要看看究竟谁会被嘲笑。

吃晚饭时，红姑看着我道："霍大少今日冷着脸进了园子，歌舞没看一会儿，人就不见了。再回头，他的随从就问我们要干净的衣服，可你有命在先，我们是左右为难，生怕霍大少一怒之下拆了园子，长安城谁都知道得罪卫大将军没什么，可如果得罪了霍大少，只怕就真要替自己准备后事了。"

我笑着给红姑夹了筷菜："那你究竟给是没给？"

红姑苦着脸道："没给，可我差点儿担心死。小姑奶奶，你们怎么玩都成，但别再把我们这些闲杂人等带进去，女人经不得吓，老得很快。"

我忍着笑道："那你们可见到霍大人了？"

红姑道："没有，后来他命人把马车直接赶到屋前，又命所有人都回避，然后就走了。只是……只是……"

我急道："只是什么？"

红姑也笑起来："只是……只是霍大少走过的地面都如下过了雨，他坐过的屋子，整个席子都湿透了，垫子也是湿的。"我忙扔了筷子，一手撑在席子上，一手捂着肚子笑起来。

自从当今皇帝独尊儒术后，对孔子终其一生不断倡导的"礼"的要求也非同一般，所谓"德从礼出，衣冠为本"，冠服是"礼治"的基本要求。长安城上自天子下到平民，都对穿衣很是讲究，而霍去病更是玉冠束发、右衽交领、广袖博带，气度不凡。此次有的他烦了，如果不幸被长安城中的显贵看见，只怕立即会成为朝堂上的笑话。

我眼前掠过他肆无忌惮的眼神，忽觉得自己笑错了。他会在乎吗？不会的，他不是一个会被衣冠束缚的人，能避则避，但如果真被人撞见，只怕他要么是冷着脸，若无其事地看着对方，反倒让对方怀疑是自己穿错了衣服、如今长安城就是在流行"湿润装"，要么是满不在乎地笑着，让对方也觉得这不是什么大不了的事情。

·——·——·——·——·

耳边风声呼呼，这是我到长安后第一次在夜色中全速奔跑，畅快处简直快要忍不住振臂长啸。

到石府时，我停下看了会儿院墙，扔出飞索，人立即借力攀上。我脚还未落地，已经有两个人左右向我攻来。我不愿还手伤了他们，尽力闪避，两人身手很是不弱，把我逼到了墙角。

平日在府中从未觉得石府戒备森严，此时才知道外松内紧。我扫眼间，觉得站在阴影处的人似乎是石伯，忙叫道："石伯，是玉儿。"

石伯道："你们下去。"两人闻声立即收手退入了黑暗中。石伯佝偻着腰向我走来："好好的大门不走，干吗扮成飞贼？"

我扯下脸上的面纱，嘟着嘴没有说话。

石伯看着我笑起来，一面转身离去，一面道："唉！搞不懂你们这些娃子想些什么，九爷应该还没歇息，你去吧！”

我哼道：“谁说我是来找九爷的，我就是好几日没有见石伯，来看看石伯。”

石伯头未回，呵呵笑着说：“年纪大了，得早点儿歇着，折腾不起，下次来看我记得早些来，这次就让九爷代我接客吧！”说着，人渐渐走远。

我立在原地发了会儿呆，一咬唇，提足飞奔而去。

一缕笛音萦绕在竹林间，冷月清风，竹叶萧瑟，我忽地觉得身上有点儿冷，忙加快了脚步。

纱窗竹屋，一灯如豆，火光青荧，他的身影映在窗扉上，似乎也带上了夜的寂寞。我坐在墙头听完曲子后，才悄无声息地滑到地上，站了半晌，他依旧坐着一动未动。

我站在窗户外，恰好靠在他的影子上，我手抬起又放下，放下又抬起，终于指尖轻轻触到他的脸上。

这是你的眉毛，这是你的眼睛，这是你的鼻子，这里是……是你的唇，我指头轻碰了下，心中一颤，又赶紧移开。指肚轻轻滑过他的眉眼间，我看不见，可我也知道这里笼罩着一层烟雾，我可能做风，吹开那层烟雾？你是他的影子，那你应该知道他的心事，他究竟为什么不得开心颜？告诉我！

窗户忽地打开，他的脸出现在我的面前。我的手还在半空中伸着，离他的脸很近很近，近得我似乎能感受到他的体温，但终是没有碰到。

我心中说不清是什么滋味，遗憾或是庆幸？我朝他傻傻地笑着，缩回手，藏在了背后。

他也温和地笑起来：“来多久了？”

我道：“刚到。”

他道：“外面露重，要不急着走，就进来坐一会儿。”

我点了一下头，进了屋子。他关好窗子，推着轮椅到胡桌前，随手将玉笛搁在了胡桌上。

我低头盯着胡桌上的清油灯，灯芯上已经结了红豆般的灯花，正发出“啪啪”的细碎炸裂声。我随手拔下头上的一支银簪轻挑了下灯芯，灯花落后，灯光变得明亮许多。

我一面将银簪插回头上，一面问：“为何不用膏烛？怎么学平常人家点着一盏青灯？”

他注视着青灯道："老人说'灯火爆，喜事到'，我想看看准不准。"

我的心立即突突地跳起来，假装若无其事地问："那准是不准？"

他的嘴角慢慢扬起一个好看的弧度，没有回答我的话，浅笑着说："还听说青灯可鉴鬼，鬼来时灯光就会变绿，我头先就是看着灯光发绿，才开窗一探究竟，你刚才站在外面时，可觉得身边有什么？"

我掩嘴笑起来："据说鬼都爱生得俊俏的男子，喜欢吸他们的阳气，你倒是要小心了。"

他道："我看你真是天不怕地不怕，世上可有让你忌惮之物？"

我差点儿脱口而出："你！"可我不敢，也不愿破坏这灯下的笑语宴宴。

我眼珠子骨碌碌地转了一圈，笑着问："九爷，我听小风说，你还会看病。那以后我们病了，不是都可以省下请郎中的钱了？"

九爷浅笑道："久病成医，从小全天下最好的郎中就在府中进进出出，有的一住就是一年半载，听也听会了。"

他虽笑着，我却听得有些难过，侧头看向窗子，如果现在有人在外面看，那应该是两个影子映在窗上，彼此相挨，黑夜的清冷影响不到他们的。

他问："你在笑什么？"

我笑着："觉得欢喜就笑了，需要原因吗？"

他也浅浅地笑起来。

"你笑什么？"我问。

他含笑道："觉得欢喜就笑了，不需要原因。"

两人默默坐着，我拿起胡桌上的玉笛抚弄着，随意凑到嘴边轻轻吹了几个不成曲的调子，他的神色忽有些奇怪，转脸移开了视线。我困惑了一下，遂即反应过来，温润的玉笛似乎还带着他唇上的湿意，心慌中带着一点儿喜悦，把笛子又搁回了胡桌上。

不大一会儿，他神色如常地回过头："天晚了，回房歇息吧！"

我问："你还肯让我住这里？"

他道："那本就是空房，就是一直为你留着也没什么，只是你如今有自己的生意要打理，来来回回并不方便。"

我想了想，问道："你为什么要放弃长安城中的歌舞坊？如果我设法购买你放弃的歌舞坊，你可会反对？"

他淡淡道："如何经营是你的事情，你们把钱付清后就和石舫再无任何关系，我们各做各的生意。"

我气恼地看着他，你越要和我划清关系，我越要不清不楚："我没钱，你借我些钱。"

他竟然微含着笑意说："我只能给你一笔够买落玉坊的钱，别家你既然没有钱买，不如就守着落玉坊安稳过日子。"

我的眼睛睁得圆圆的，满心委屈地瞪着他："九爷！"

他敛了笑意，凝视着我，沉吟了会儿方缓缓道："玉儿，长安城的水很深，我是无可奈何，不得不蹚这潭浑水，但你是可以清清静静地过日子的。你若想做生意，把落玉坊做好也就够了。"

我嘟着嘴道："哪有那么容易？我不犯人，人还会犯我呢！天香坊能放过如今的落玉坊？"

九爷含笑道："这你放心，我自让他动不了你。"

原来你还是要帮我的，我抿着嘴笑起来："九爷，我不想做丝萝。丝萝攀缘着乔木而生，乔木可以为丝萝遮风挡雨，使它免受风雨之苦，可是乔木会不会也有累的时候？或者风雨太大时，它也需要一些助力，丝萝却只能眼睁睁地看着，什么都做不了。我不想靠着乔木而生，我也要做乔木，可以帮身旁的乔木同抵风雨，共浴阳光，一起看风雨过后的美丽彩虹。"

一口气把话说完，我的脸有些发烫。九爷怔怔地看着我，眼内各种情绪交错而过。我一颗心七上八下，低下了头，手在桌下用力绞着衣袖。

九爷沉默了良久后，一字字道："玉儿，按你自己的心意去做吧！"

我抬头喜悦地看着他，他带着几分戏谑笑道："不过，我还是只会借你够买落玉坊的钱。既然你要做乔木，就要靠自己的本事去与风雨斗。"

我笑着撇了撇嘴："不借就不借，难道我就没有办法了吗？"

他点头笑道："那我就拭目以待了。"

"你为什么要转做药材生意呢？"我笑问。

九爷似乎突然想起了什么，脸上的笑容有些涩，强笑着说："我们既然已经交割清楚，以后就各做各的生意，互不干涉。"

我本来和暖的心蓦然冷了几分，不知所措地望着他，我刚才问的话哪里错了呢？

他有些无奈地看着我："玉儿，你和我不一样，我这样安排是为你好，也是为那些歌舞坊好。”

“我们哪里不一样？”我紧盯着他问。

他看着我笑起来，但笑容透着若有若无的苦涩：“回房睡觉吧！我也累了。”

他的眉宇间真带着些许倦色，我心一软，忙站起来：“那我回去了。”他颔了下首，探手拿了盏陶制鲤鱼灯，又取了根膏烛点燃插好，递给我。我向他行了一礼，捧着灯回自己的屋子。

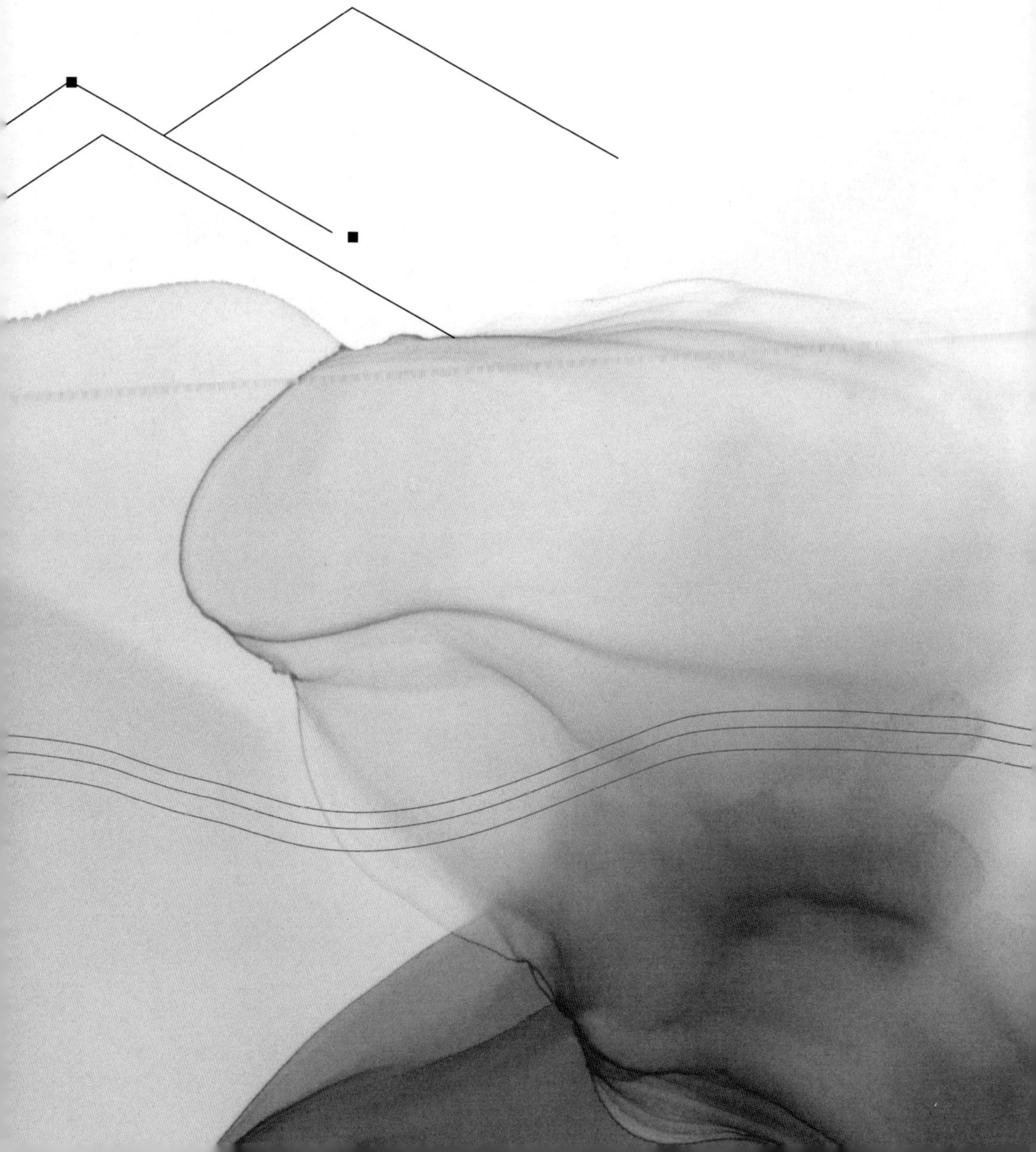

第六章

沉醉

起得有些晚了，到落玉坊时日头已挂得老高。红姑正在看李妍教小姑娘们跳舞，瞟了我一眼道："你再不出现，我都要去报官了。"我没有搭理她，静静地坐下，仔细看着李妍的一舞一动。

她盘膝坐在地上，只是偶尔开口指点几句小姑娘们的舞姿，一个随意的示范，玉手飞旋处媚眼如丝。

红姑低声道："你什么时候让她上台？根本不需要任何噱头，那些反倒拖累了她，就她一人足矣，如果再配上李师傅的琴音，那真是……"

我打断她的话道："你从小习练歌舞，也曾是长安城的大家，不觉得李妍的动作细微处别有一种异样的风情吗？"

红姑点头道："不错！我还看过她的几个零碎舞步，她似乎将西域一带的舞姿融合进了自己的舞蹈中，温柔含蓄处又带着隐隐的热烈奔放。特别是她的眼神，我看过西域舞娘跳舞，眼睛热情挑逗，勾人魂魄，于我们而言却太轻浮，真正的舞伎不屑为之。但李妍做到了媚而不浮，眼神星星点点，欲藏还露，让人心驰神往处，她却仍旧高洁不染。"

小姑娘们向李妍行完谢礼后，陆续散去，从我们身边经过时，都是蹑着步子安静地行个礼。

李妍向我欠了下身子，坐在了我们对面："可请到许可金牌？"

我一笑未回答她的话，侧头对红姑道："要你做一件正经事情。你收集一下石舫以前放弃的以及最近放弃的歌舞坊的情况，越详细越好。嗯，还有其他你看着不顺眼，有积怨的，都一并收集了拿来。”

红姑笑道：“真是不让我失望。我已经琢磨好几天了，这就吩咐人去，只是钱从何处来？”

我道：“加上落玉坊，我只打算买四家，我们手头已经有买两家的钱，其余的我自有办法。”

红姑满面疑惑，却没有再多问，只急匆匆地离去。

李妍笑看着我，点了点头道：“不急不躁，稳扎稳打，你说我是你的知音，我倒是有些愧不敢当，只要你愿意，这长安城的歌舞坊迟早是你的天下。”

我笑吟吟地说：“该汗颜的是我，长安城的歌舞坊只怕还看不在你眼中。”

李妍道：“初次听闻你的歌舞时，揣摩着你是一个有心攀龙附凤的人，心思机敏，善于利用形势，现在才知道你是真在做生意，其他不过都是你做生意的借力而已。入了这行的女子，不管内心是否真喜欢歌舞，最终目的都是希望摆脱自己的身份，你倒是做得怡然自得，你究竟想要什么？”

我道：“没有你想得那么复杂。我是个来去无牵挂的人，也没有什么权力富贵心，除非权力富贵能让我快乐，否则金山银山也许都抵不过大漠中的一轮圆月。我行事时心思千奇百怪，手段无所不用，但所要很简单，我只想要自己的心快乐，要自己关心的人也快乐。如果长安城不好玩，也许哪天我疲倦时就又跑回西域了。”

李妍凝视着我道：“你似乎是一个没有束缚的人，像天上的鹰，你应该飞翔的地方是西域，长安城也许并不适合你。”

我笑看着她问：“你去过西域吗？似乎很喜欢的样子。”

李妍嫣然笑道：“倒是想去，可是没有。只是从小听爹爹讲过很多关于西域的故事。”

红姑满脸又是喜色又是焦虑地飞奔进来，我笑嘲道：“最注重仪容的人今日怎么如此不顾形象？被你训过的婢女该偷笑了。”

红姑道：“现在没工夫和你计较，平阳公主的家奴刚来过，吩咐我们小心准备，公主一会儿要来。”

我“哦”了一声，无所谓地说：“怎么准备，要我们都到门口跪着迎接吗？口中三呼‘千岁，千岁，千千岁’？”

红姑拽着我站起：“你快点儿起来，我已经命婢女准备了衣服首饰，赶紧装扮起来。”

我被红姑强行拖着向外急速行去，只能扭着头对李妍道：“你回去请李师傅也准备一下。”李妍眼睛一亮。

·——·——·——·——·

我看着台面上摊开的一堆首饰，叫道：“需要用假发髻吗？再加上这些金金银银玉玉的，我还走得动路吗？”

红姑理都不理我，吩咐园子里专管梳头的王媪拿出全副身手替我梳头。王媪拿着篦子蘸了榆树刨花水先替我顺头发，一束束绷得紧紧的，疼痛处，我的眼睛眉毛皱成一团。

王媪慈眉善目地解释道：“紧着刮出的发髻才油光水滑，纹丝不乱。”

我却觉得她面目狰狞，吸着冷气道：“快点儿吧！杀人不过头点地，你们这哪里是梳头，简直堪列为酷刑。”

红姑道：“我去请客人们都回去，顺便命人打扫屋子，换过纱帐，点好熏香。”说着就要出去。我忙示意王媪停一下：“你打算如何和客人说？”

红姑道：“这有何不好说，就说公主来，一来替我们宣扬了名声，二来任他是谁也不敢有异议。”

我道：“不好，你找个妥当的托词把他们打发走，这次的钱全部退给他们，然后再答应他们下次来园子，一应费用全免。”

红姑皱了下眉头，我道：“舍不得小钱，挣不到大钱。公主的威势我们自然要借助，但不能如此借助，有些仗势欺人了，传到公主耳中不是好事。”

红姑笑道：“好！都听你的。”

临走时，她又对王媪道：“仔细梳，我去去就回。”

一个梳头的王媪和三个婢女，花了一顿饭的时间才替我梳好发髻，又服侍我穿红姑拿出的衣服。

“长裙连理带，广袖合欢襦。乌发蓝田玉，云鬓玳瑁簪。雪臂金花钏，玉腕双跳脱。秀足珍珠履……”

我口中喃喃自语着。我也许的确是小家子气，已经被珠光宝气熏得头晕目眩，红姑说什么就是什么，我怀疑她是否把自己的全副家当都放在我身上了。

我无力地说："可以了吧？你得让我想想待会儿见了公主说什么……"正在上下打量我的红姑一声惊叫，指着我的耳朵喝道："摘下来！"

我摸了下耳朵，上面戴着一个小小的银环，立即听话地拿了下来。红姑在她的妆奁里翻弄了会儿，取出一副沉甸甸的金络索。看来还得加一句"耳中双络索"。

红姑亲自替我戴好，一面絮絮道："妆奁是唯一完全属于女子的东西，我们真正能倚靠的就是它们，美人颜色男子恩，你如今有些什么？"

我只知道点头，她还要仔细看我，我忙小步跑着逃出了她的魔掌。心静下来后，忽觉得如此盛装有些不妥当，转念一想，算了，都折腾了这么久，公主应该要到了，没时间容我再折腾一次。

园内闲杂人等都已经回避，我立在门口，安静地等着这个一手促成卫氏家族崛起、陈皇后被废的女子。

公主的车停在门前，立即有两个十七八岁的侍女下车，我躬身行礼。她们看到我的装扮，脸上闪过一丝惊讶，立即又流露了满意之色，向我微露了笑意。看来红姑的做法也对，人的衣冠人的礼。

两个女子侍奉公主下车，一身华服的平阳公主立在了我面前，眉梢眼角处已有些许老态，但仪容丰赡华美，气质雍容优雅。

她柔声道："起来吧！今日本宫是专来看歌舞的。"

我磕了个头，起身领路，恭敬地道："专门辟了静室，歌舞伎都在恭候公主。"

方茹、秋香见到公主很是拘谨，公主赐她们坐时，她们犹豫着看向我，我微点了下头，她们才跪坐下。李延年却是不卑不亢，恭敬行礼，坦然坐下。公主不禁多看了他一眼，我立即道："这是操琴的乐师，姓李名延年。"

公主点了下头道："开始吧！"

我道："这套歌舞比较长，平日我们也是分几日唱完，不知道公主的意思是从头看，还是指定一幕呢？"

平阳公主看着已经站起的方茹和秋香道："就拣你们最拿手的唱吧！"方茹和秋

香忙行礼应是。

秋香先唱，是一幕将军在西域征战时，月下独自徘徊，思念公主的戏。秋香的文戏的确比她的武戏好很多，但更出彩的是李延年的琴声。

这是我第一次命李延年为客献曲，而且特地用了独奏，因为以他的琴艺，整个落玉坊没人可以与之合奏。

弦弦思念，声声情，沙场悲壮处，缠绵儿女情，彼此矛盾又彼此交映，秋香在琴声的引领下，唱得远远超出她平日的水平。

方茹与秋香合唱一幕送别的戏，方茹这幕戏本就唱得入木三分，再加上李延年的琴声，立在公主下首的两个女子眼眶都有些发红。公主的神色也微微有些发怔。

方茹和秋香还未唱完，门就被人拉开，公主的仆役道："霍少爷求见公主。"话音未落，霍去病已经大大咧咧地走了进来。公主笑道："你还是这急脾气，被你舅舅看见又该说你了。"

霍去病随意行了个礼，笑着坐到公主下首："他说他的，我做我的，实在烦不过，躲着点儿也就行了。"

公主道："躲着点儿？你多久没有来拜见你舅舅了？我怎么记得就过年时你来拜了个年，日常都专拣你舅舅不在时来，这都快半年了，好歹是一家人，你……"

霍去病忙连连给公主作揖："我的好公主舅母，您这就饶了外甥吧！进宫被皇后娘娘说，怎么连一向对我好的舅母也开始说我了？以后我可不敢再去舅母家了。"公主摇摇头，继续听歌。

公主一扭头，霍去病的脸立即从阳春三月转为寒冬腊月，冷着脸把我从头到脚打量了一遍，最后狠狠地盯向我的眼睛。

我装作没看见，侧头看向方茹她们，他的目光却一直都没有移开。好不容易挨到方茹唱完，方茹、秋香、李延年三人都跪在下面等候公主发话，他的目光才移开。

"唱得很好，琴也弹得好，不过本宫不希望这出歌舞再演。"方茹、秋香闻言，脸上血色立即褪去。

公主看向我，我忙起身跪到公主面前磕头："民女谨遵公主口谕。"

公主笑着点了下头，挥手让方茹她们退下。她细细看着我，点头赞道："好一个花容月貌，偏偏还有一副比干心肠，也算有勇有谋……"

霍去病起身走了几步，挨着我并排跪在公主面前，打断了公主的话："去病要给公主请罪了。"说着请罪，脸上神色却仍是毫不在乎。

公主惊讶地笑道："你也会有错处？你们去看看今日的日头是否要从东边落了。"两名侍女行礼应是，低头退出了屋子。

"此事说来话长，还要从去病和这位金姑娘初次相识讲起……"霍去病一面说话，一面在袍袖下探手来握我的手。

汉朝服饰讲究宽袍大袖，我们垂手跪下时两人的衣袖重重叠叠地在一起，正好方便了他行事。我惊觉时，他已经碰到我的手指，我立即曲中指为刺去点压他的曲池穴，他笑对着公主说话，手下反应却很是迅速，避开我中指的一瞬掌压我掌心，然后立即合拢将我的手收到了他掌中。

他还挺得意，笑着侧头瞟了我一眼，手轻捏了下我的手。我抬头看向公主，公主正听到紧张处，盯着霍去病，眼睛一眨不眨，似乎她也正在被沙盗长途追击，生死一线。

我撤了力气，手放软尽力缩向他掌中，他说话的声音微微停顿了一下，侧头微带纳闷地看了我一眼。

我低垂着头跪着，一动不动，慢慢但用力地把我的指甲掐向他手心，拜红姑所赐，我有三个指头是纤纤玉指长。他眉头皱了下，我嘴角含着丝笑，倒看你忍得了多久。

"……可我们又迷路了，沙漠中没水又不认识路，肯定是九死一生的……哎哟！"他忽地一声惨叫，公主正听得入神，被他一声惨叫吓得差点儿跳起来，我也被他吓得手一抖，紧张地看向公主，再不敢用力。

公主惊问道："怎么了？"

霍去病依旧握着我的手不放："觉得好像被一只心肠歹毒的蝎子咬了一口。"

公主一惊就要起身，我忙回道："这屋子里点着熏香，公主来前又特意仔细打扫过，任何虫蚁都绝不会有。"

公主仍旧是满面惊色，想起身的样子。我无奈下，求饶地看了霍去病一眼，轻轻捏了下他的手。

霍去病笑着说："啊！看仔细了，是不小心被带钩刮了下。"

公主神色放松，笑看着他道："毛手毛脚的，真不知道你像谁。后来呢？"

霍去病继续讲着，我一肚子火，欲再下手，可指甲刚用力，他立即叫道："毒蛇！"我一吓赶忙缩回。

公主疑惑地问："什么？"

他一本正经地道："沙漠中毒蛇、毒蚂蚁、毒蜂什么的不少，又很喜咬人，不过只要你一叫，它们就不敢咬了。"公主一脸茫然，莫名其妙地点点头，他又继续讲他的沙漠历险记。我心里哀叹一声，算了，形势比人强，岂能不低头？由他去吧！他也松了力道，只是轻轻地握着我。

等他一切讲完，公主看着我问道："你说她编排这个歌舞是为了引你注意？"

他道："正是。"说完也侧头看着我，眼睛却第一次寒光逼人，冷厉的胁迫，握着我手的力道猛然加重，真正疼痛难忍。我脑子里念头几转，忙也应道："民女胆大妄为，求公主责罚。"他眼光变柔，手上的力量散去，看向公主道："这所有事情都是因去病而起，还求公主饶了去病这一次。"

公主看看他又看看我，轻抿着嘴角笑起来："好了，都起来吧！本宫本就没打算怪罪金玉，也管不过来你们的是是非非、恩恩怨怨，你自个儿瞎忙活一通，本宫倒乐得听个故事，只是第一次听闻有人竟然能驱策狼群。"

霍去病满不在乎地道："这没什么稀罕，飞禽走兽与人心意互通古就有之。春秋时，七十二贤之一、孔子的弟子公冶长就精通鸟语，后来还做了孔子的女婿。舅父因自小与马为伴，也是极知马性，驱策如意。还传闻，西域有能做工人耳目的鹞鹰。"

公主释然笑道："是呀！你舅父的那匹战马似乎能听懂你舅父说话，你舅父只要抽得出时间就亲自替它刷洗，有时边洗边说话，竟然像对老朋友。我看你舅父和它在一起，倒比和人在一起时说的话还多。"

我试探着抽手，霍去病未再刁难，只是轻捏了下就松开。我向公主磕头谢恩，他也俯身磕了个头，起身坐回公主身侧。公主看着他道："你去年说是去山里狩猎，原来却是跑了一趟西域，这事若被你舅舅知道，该如何是好？"

霍去病哼了声："陛下许可了的，谁敢说我？"

公主轻叹一声，对我道："本宫歌舞看过，故事也听完，唤她们进来服侍着回府。"

我忙行礼起身唤侍女进来。

我跪在门前直到公主马车行远，人才站起。霍去病转身看向我，我没有理他，自顾往回走，他追了上来。我进了先前接待公主的屋子，坐在公主坐过的位置上默默出神。他陪我静静坐了会儿，忽地身子一倒，仰躺在榻上："什么感觉？"

我道："有点儿累，每句话都要想好了才能说，可偏偏回话又不能慢，跪得我膝盖也有点儿疼。"

他笑起来："那你还打扮成这个样子？幸亏我听说公主来，忙赶了过来，否则真是骂死你都挽不回。"

我道："你多虑了。"

他猛然坐起，冲着我冷笑道："我多虑？公主把你献给陛下时，你就是十个比干心肠也没有回头地。"

我笑道："如果有更好的呢？"

他一愣："谁？这园子里还有未露面的姑娘？你究竟想干什么？"

我看着他道："今日不管怎么说，都多谢你一番好意。我现在问你件事情，如果有人从我这里进了宫，你会怪我吗？"

他淡淡笑起来，又躺回榻上："姨母在陛下眼中已是开败的花，各地早就在选宫女，朝中的有心人也在四处物色绝色，不是你，也会有他人。正因如此，公主也一直在留心，陛下驾临公主府时，公主都召年轻貌美的女子进献歌舞陪酒侍奉，也有被陛下带回宫中的，奈何总是差那么一点儿，两三次侍寝后就丢在了脑后。'生女无怒，生男无喜，独不见卫子夫霸天下？'一首乐府歌谣，唱得有几分颜色的都想做卫子夫，可有几个人有卫子夫当年的花般姿容和水般温婉？"

我道："更没有几个人有卫大将军这样的弟弟和你这样的外甥。"

他笑着向我拱了拱手："我就算在外吧！卫大将军眼中，我就是一个纨绔膏粱，飞扬跋扈，奢靡浪费，卫大将军恨不得能不认我最好。"

我笑着反问道："你是吗？"

他也笑着反问道："你觉得我是吗？"

我没有回答他的问题，有些纳闷地问："公冶长当年因为精通鸟语曾被视作妖孽投进大牢，孔子为示公冶长绝非妖孽，才特意把女儿嫁给他。你既然担心我会被看作妖孽，怎么还把大漠中的事情告诉公主？"

"如果当年只有我一人，此事我是绝不会再提，可随我一同去的人都目睹了你驱策狼群，陛下也早知道此事，瞒不瞒公主无关紧要。"

我点点头，人果然不能事事思虑周详。

他道："喂我几个果子吃。"

我将盘子搁在他头侧："自己吃！我可不是你府中的婢女。"

他笑着来拉我的手："我府中要是有你这样的，我何苦到你这里来受气？"

我挥手打开他，肃容道："如今正好没人，屋子也还宽敞，我们是否要比画一下？"

他长叹口气，又躺了回去："你这人惯会煞风景。"

我道："你是不是在府中专会与婢女调情？"

他笑睨着我道："你随我到府中住几晚不就知道了？"

我哼了一声，未再搭腔。

他道："把你的那个美人叫来瞅瞅，是否值得我们费工夫。"

我诧异地问："我们？"

他挑眉问："有何不可？"

我低头默想了会儿："明白了，不过我觉得这件事情还是让公主出面比较好。"

他笑起来："和你们这些心思多的人说话真累，我一句话你偏偏给我想出个额外的意思。我才懒得费那心力。进献美人讨好陛下，这事我做不来。不过就是喜欢说'我们'两字，我们，我们，不是你我，而是我们，我们……"

我道："别说了。"

他没有理会，依旧道："我们，我们……"我随手拿了个果子塞到他嘴里，他却没有恼，笑着嚼起来。

我站起道："懒得理你，我忙自己的事情去。"

他也翻身坐起："我也该回去了。"

我笑吟吟地睨着他问："不和我去见美人？"

他似笑非笑地问："你真当我是好色之徒？"他目光炯炯地看着我，我沉默了一瞬，轻摇摇头。

他敛去笑意，凝视着我道："我要成就功名，何须倚仗这些手段？非不懂，乃不屑。你若觉得好玩就去玩，只是小心别把自己绕进去。"说完一转身，袍袖飞扬间，人已经出了屋子。

·——·——·——·——·

红姑、方茹、秋香等都在我屋中坐着，个个垮着脸，满面沮丧。看到我进来，全站起来沉默无声地看着我。我笑起来："你们这是做什么？放心吧！明天太阳照旧升起。"

红姑怒道："你还有心情笑？歌舞不能再演，又得罪了公主，以后如何是好？"

我对方茹她们道："你们都先回去，放一百个心，以后日子只会比现在好，不会比现在差。禁了《花月浓》，我们难道就不会排练别的歌舞吗？何况如今方茹、秋香可是公主玉口亲赞过'唱得好'，有这一句话，还怕长安城的王孙公子们不来追捧吗？"众人听闻，脸上又都露出几分喜色，半喜半忧地退出屋子。

红姑问道："你的意思是，公主并未生气？"

我歪到榻上："生什么气？要气早就来封园子了，还会等到今日？"

红姑坐到我对面，替我倒了杯浆："那好端端地为何不要我们再唱？"

我笑道："《花月浓》毕竟讲的是当朝公主和大将军的私事，公主目的已达到，自然也该是维护自己威严的时候了。如今禁得恰到好处，看过的人庆幸自己看过，没有看过的人懊恼自己为何不及早去看，肯定按捺不住好奇心向看过的人打听，口口相传，方茹和秋香算是真正在长安城红起来了。"

红姑一面听，一面琢磨，点头道："即使没有《花月浓》，人们依旧会来看方茹和秋香。除了李妍这样的女子，长安城各个歌舞坊中的头牌姑娘谁又真就比谁好到哪里？不过是春风秋月，各擅胜场，其余就看各自手段，如今是再没有人能压过方茹和秋香的风头了。"

"坊主，有人送东西来。"外面婢女恭声禀道。

我纳闷地问："给我的？"

红姑笑道："不是给你的，婢女能送到这里来？你这人聪明时百般心机，糊涂时也傻得可笑。"扬声吩咐，"拿进来。"

一个小奴随在婢女身后进来，手中拎着一个黑布罩着的笼子，向我和红姑行完礼后，把笼子轻放在地上。

"看着像个鸟笼子，什么人送这东西？"红姑一面说着，一面起身去解黑布。

我问道："谁送来的？"

小奴回道："一个年纪不大的男子拿来的，没有留名字，只说是给坊主。我们再问，他说坊主看到就明白。"我轻颔了下首，让他们出去。

"好漂亮的一对小鸽子。"红姑惊叹，"不过漂亮是漂亮，送这东西有什么用？

要是一对赤金打得倒不错。”

我起身走到笼子前，蹲下看着它们。羽毛洁白如雪，眼睛如一对小小的红宝石，一只正蜷着一脚在打瞌睡，另一只看我看它，歪着脑袋也盯着我看。我心里透出几丝喜悦，嚷着命婢女拿谷子进来。

红姑问：“谁送的？”她等了半晌，见我抿着唇只是笑，摇摇头，“你就傻乐吧！回头赶紧想想以后唱什么。”话说完，人出门而去。

我把笼子放到案上，拿着谷粒喂它们。那只打瞌睡的鸽子一见有吃的，也不睡觉了，扑棱着从另一只嘴边抢走了谷粒，另一只却不生气，只是看着它吃，我忙又在手指上放了些谷粒。

“你这家伙这么淘气，就叫小淘，你这么谦让，就叫小谦，我叫小玉。”它俩“咕咕”地叫着，也不知道听懂我的话没有，可惜我只懂狼啸，却不懂鸽咕。

用过晚饭后，我急匆匆地赶往石府。看看大门，看看围墙，正犹豫着走哪个更好，主意还未定，门已经开了一道缝，石伯探头问：“是玉儿吗？”

我应道：“石伯，是玉儿，您还没歇着吗？”

石伯让我进去：“九爷吩咐的，给你留门。”我忙道谢。石伯一面关门一面道，“赶紧去吧！”我行了一礼后，快步跑着去竹馆。

竹帘半挑着，我冲势不减，一个旋身，未触碰竹帘，人已经轻盈地落进屋子。九爷笑赞道：“好身手。”我心里很是懊恼，怎么如此心急大意？脸上却只能淡淡一笑。

我坐到他身侧：“多谢你送我鸽子，我很喜欢它们，它们有自己的名字吗？我随口给它们起了名字。”

九爷道：“都只有编号，起的什么名字？”

我道：“一个又霸道又淘气叫小淘，一个很温和谦虚叫小谦。”

他笑起来：“那你是小玉了。”

我微抬了下巴，笑道：“是啊！下次介绍你就说是小九。”

他笑着不置可否，递给我一只小小的竹哨：“据驯鸽师傅说，这两只鸽子是他这几年来训练过的鸽子中最优秀的，怕它们太早认主，放食物和水时都从未让它们看见过。头一个月只能你喂它们食物和水，等它们认下你后，就可以完全不用笼子了。”

我仔细看着手中的竹哨，做得很精巧，外面雕刻了一对比翼飞翔的鸽子，底端有一个小小的孔，可以系绳子，方便携带。

我凑到嘴边吹了一下，尖锐刺耳的鸣叫刮得人耳朵疼，赶忙拿开。

九爷笑道："这是特制的竹哨，不同的声音代表不同的命令，鸽子从小接受过声音训练，能按照你的吩咐行事。"

我喜道："你教我吹吗？"

他道："既然送了你鸽子，还能不教会你用它？"说完又拿了一只竹哨，凑向嘴边，我忙双手捂住耳朵，却不料是很清脆悦耳的声音。

音色单调，但一首曲子吹得滴溜溜、活泼泼，像村童嬉戏，另有一番简单动人。

他吹完一曲后，柔声向我讲述哨子的音色和各个命令，边讲边示范，示意我学着他吹。

窗外暖风轻送，竹影婆娑，窗内一教一学，亦笑亦嗔。

不知名的花香弥漫在屋中，欲说还休的喜悦萦绕在两人眉梢唇边。

心绪摇摇颤颤、酥酥麻麻，一圈圈漾开，又一圈圈悠回，如丝如缕，缠绵不绝。

眼波轻触处，若有情，似无意。

沉醉，沉醉，只因醉极的喜悦，所以心不管不顾地沉下去。

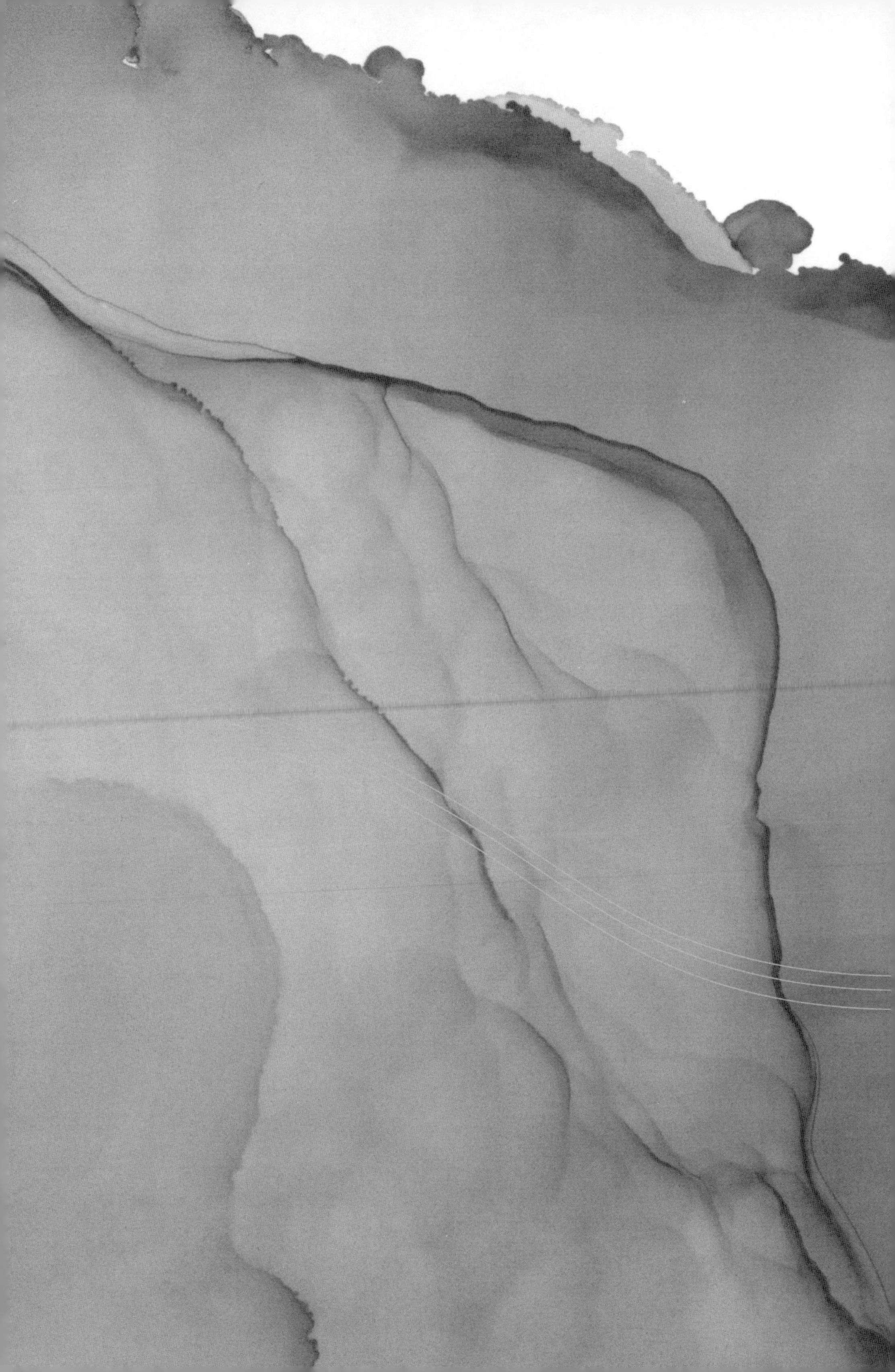

第七章

身世

我把玩着手中的毛笔，思量半晌，仍没有一番计较。小淘突然从窗外冲进来，直扑向我手，我赶紧扔笔缩手，却还是让它把墨汁溅到了衣袖上。小谦轻轻收翅停在窗棂上，似乎带着几分无奈看着小淘，又带着几分同情看着我。

我怒抓住小淘的脖子："这是第几件衣服？第几件了？今日我非要把你这个'白里俏'变成'乌鸦黑'。"随手拿了条绢帕往墨盒里一按，吸足墨往小淘身上抹去。

小淘扑扇着翅膀，拼命地叫。一旁的小谦似乎左右为难，不知道究竟该帮谁，"咕咕"叫了几声，索性卧在窗棂上，把头埋在翅膀里睡起觉，眼不见为净。

小淘好像明白今日我是真怒了，反抗只能加剧自己的痛苦，逐渐温驯下来，乖乖地由着我把墨汁往它身上抹。我把它的大半个身子全涂满墨汁后，才悻悻地放开它，案上已是一片狼藉。

门口忽然传来鼓掌声："真是精彩，欺负一只鸽子。"霍去病斜斜地倚在门框上，正笑得开心。

我气道："我欺负它？你怎么不问问它平日如何欺负我？吃的穿的用的，有哪一样没有被它糟蹋过？"我正在那里诉苦，小淘突然全身羽毛张开，用力抖了抖身子，展翅向外飞去。我反应过来的一瞬，身子已经尽力向后躺去，却还是觉得脸上一凉，似有千百滴墨汁飞溅到脸上。

"小淘，我非炖了你不可！"我的凄声怒叫伴着霍去病的朗声大笑，从窗户里飞出去，那只"乌鸦"已变成了蓝天中的一个小黑点。

我背转身子赶着用帕子擦脸，霍去病在身后笑道：“已经什么都看到了，现在回避早迟了。”

我喝道：“你出去！谁让你进来了？”

他笑着出了屋子，我以为他要离去，却听到院子里水缸的舀水声。不大会儿，他又进来，从背后递给我一条已经拧干的绢帕，我沉默地接过擦着脸。

觉得擦干净了，我转身道：“谢了。”他看着我，点点自己的耳下，我忙又拿了绢帕擦，然后他又指了指额头，我又擦，他又指指鼻子，我正欲擦，忽地停了手，盯着他。

他俯在案上肩膀轻颤，无声地笑起来。我把帕子往他身上一摔，站起身，满脸怒气地说：“你去和小淘做伴刚合适。”

他笑问：“你去哪里？我还没顾上和你说正经事。”

我一面出门一面道：“换衣服去。”

我再进书房时，他正在翻看我架上的竹册，听到我的脚步声，抬头看着我问：“金姑娘，你这是想做女将军吗？”

我从他手里夺回自己抄写的《孙子兵法》，搁回架上：“未得主人允许就乱翻乱动，小人行径。”

他笑道：“我不是君子，你也不是淑女，正好般配。”

我刚要回嘴，却瞥到李妍走进院子。她看到有外人，身子一转就欲离去。我拽了拽霍去病的衣袖，扬声叫住李妍。

李妍向屋内行来，霍去病定定地看着她，一声不吭，我瞟了他一眼道：“要不要寻块帕子给你擦一下口水？”

他视线未动，依旧盯着李妍，嘴角却带起一丝坏笑：“还撑得住，不劳费心。”

李妍默默向我行礼，眼睛却在质疑，我还未说话，霍去病已经冷着声吩咐：“把面纱摘下来。”

李妍冷冷地盯向霍去病，我忙向她介绍这个嚣张的登徒子是何人。“霍去病”三字刚出口，李妍惊讶地看了我一眼，又看向霍去病，眼睛里藏着审视和思量。

我本有心替她解围，却又觉得不该浪费霍去病的这番心思，所以只是安静地站于一旁。

李妍向霍去病屈身行礼，眼光在我脸上转了一下，见我没有任何动静，遂默默摘下了面纱。

霍去病极其无礼地盯着她看了一会儿，方道："下去吧！"

李妍复戴上面纱，向霍去病从容地行了一礼后，转身离去。

我问："可有皇后初遇陛下时的美貌？"

霍去病轻颔下首："我不大记得姨母年轻时的样貌，估量着肯定有。这倒是其次，难得的是进退分寸把握得极好，在劣势下举止仍旧从容优雅，对我的无礼行止不惊不急不怒，柔中含刚，比你强！"

我冷哼一声未说话。

他问："你打算什么时候把她弄进宫？"

我摇摇头："不知道，我心里有些疑问未解。如果她不能给我一个满意的答复，我不想掺和到她的事情中去。"

霍去病笑起来："你慢慢琢磨，小心别被他人拔了头筹。她的容貌的确是不凡，但天下之大，有了陈阿娇之后有卫皇后，卫皇后之后还有她，你可不能担保此时长安城中就没有能与她平分秋色的人。"

我笑着耸了耸肩："你说找我有正经事，什么事？"

他道："你和石舫怎么回事？"

我道："分道扬镳了。"

他道："石舫虽然大不如前，但在长安城总还说得上话，你现在独自经营，小心树大招风。"

我笑道："所以我才忙着拉拢公主呀！"

他问："你打算把生意做到多大？像石舫全盛时吗？"

我沉默了会儿，摇摇头："不知道。行一步是一步。"

他忽地笑起来："石舫的孟九也是个颇有点儿意思的人，听公主说，他的母亲和陛下幼时感情很好，他幼时陛下还抱过他，如今却是怎么都不愿进宫，陛下召一次回绝一次。长安城还没有见过几个这样的人，有机会倒想见见。"

我心中诧异，嘴微张，转念间，又吞下已到嘴边的话，转目看向窗外，没有搭腔。

送走霍去病，我直接去见李妍，觉得自己心中如何琢磨都难有定论，不如索性与李妍推心置腹谈一番。

经过方茹和秋香住的院子时，听到里面传来笛声。我停住脚步，秋香学的是箜篌，这应该是方茹，她与我同时学笛，我如今还曲不成曲、调不成调，她却已很有几分味道。刚听了一会儿，她的笛声忽停，我莫名其妙地摇摇头，继续向李妍兄妹的院子行去。

刚走几步，从李延年的院子中传来琴声，淙淙如花间水，温暖平和。我歪着脑袋呆了一瞬，继续走。琴声停，笛声又起。我回头看看方茹住的院落，再看看李延年住的院落，看看，再看看，忽地变得很是开心，一面笑着，一面脚步轻轻地进了院子。

屋门半开着，我轻叩下门，走进去。李妍正要站起，看是我又坐下，一言不发，只静静地看着我。

我坐到她对面："盯着我干什么？我们好像刚见过。"

"等你的解释。"

"让他看看你比那长门宫中的陈阿娇如何，比卫皇后又如何。"

李妍放在膝上的手轻抖一下，立即隐入衣袖中，幽幽黑瞳中，瞬息万变。

"我的解释说完，现在该你给我个解释，如果你真想让我帮你入宫，就告诉我你究竟是什么人。我不喜欢被人用假话套住。"

李妍道："我不明白你在说什么。"

我笑道："我略微会观一点儿手相，可愿让我替你算一算吗？"

李妍默默把手伸给我，我握住她的右手："掌纹细枝多，心思复杂机敏，细纹交错零乱，心中思虑常左右矛盾，三条主线深而清晰，虽有矛盾最后却仍一意孤行。生命线起势模糊，两支点合并，你的父母应该只有一方是汉人……"李妍猛然想缩手，我紧握住，继续道，"孤势单行，心中有怨，陡然转上，欲一飞而起。"李妍再次抽手，我顺势松开。

李妍问："我何处露了行迹？"

"你的眼睛非常漂亮，睫毛密而长，自然卷曲，你的肌肤白腻晶莹，你的舞姿别有一番味道。"

"这些没什么稀罕，长安城学跳胡舞的人很多。"

我笑道："这些不往异处想，自然都可忽略过去。中原百姓土地富饶，他们从不知道生活在沙漠中的人对绿色是多么偏爱，只有在大漠中游荡过的人才明白漠漠黄沙上陡然看到绿色的惊喜，一株绿树就有可能让濒死的旅人活下来。就是所有这些加起来，我也不能肯定，只是心中有疑惑而已。因为沙漠中有毁树人，中原也不乏爱花人。

我心中最初和最大的疑虑来自‘孤势单行，心中有怨，陡然转上，欲一飞而起’。”

李妍问：“什么意思？”

“你猜到几分《花月浓》的目的，推断出我有攀龙附凤之心，让哥哥拒绝了天香坊，来我落玉坊，你的心思又是如何？如果你是因没有见过我而误会我，那我就是因见到你而怀疑你。那三千屋宇连绵处能给女子幸福吗？我知道不能，你也知道不能，聪明人不会选择那样的去处，我不会选择，为何你会选择？李师傅琴心人心，他不是一个为了飞黄腾达把妹子送到那里的人，可你为何一意孤行？我观察过你的衣着起居、行为举止，你不会是贪慕权贵的人。既然不是因为‘贪慕’，那只能是‘怨恨’，不然，我实在没有办法解释蕙质兰心的你明明可以过得很快乐，为何偏要往那个鬼地方钻。”

我盯着她的眼睛看了一瞬，缓缓说道：“十六岁，鲜花般的年纪，你的眼睛里却有太多冰冷。我从广利处套问过你以前的生活，据他说‘父亲最疼小妹，连眉头都舍不得让她皱。大哥也凡事顺着小妹。母亲很少说话，喜欢四处游历，最疼我，对妹妹却很严格’。即使你并非母亲的亲生女儿，可你应该是幸福的。你的怨恨从何而来？这些疑问在我心中左右徘徊，但总没有定论，所以今天我只能一试，我气势太足，而你太早承认。”

李妍侧头笑起来：“算是服了你，被你唬住了。你想过自己的身世吗？你就是汉人吗？你的肤色也是微不同于汉人的白皙，你的眼珠在阳光下细看是褐色，就是你的睫毛又何尝不是长而卷。这些特征，中原人也许也会有，但你同时有三个特征，偏偏又是在西域长大。”

我点点头：“我仔细观察你时，想到你有可能是汉人与胡人之女，我也的确想过自己，我的生身父母只怕也是一方是胡人一方是汉人。不过我不关心他们，我只知道我的亲人是阿爹和狼，我的故乡在狼群中，我的阿爹是汉人，阿爹说我是汉人，我就是汉人。”

李妍笑容凝结在脸上：“虽然我长得一副汉人样，又是在中原长大，但我不是汉人，因为我的母亲不允许，她从不认为自己是汉人。”

我吃惊地道：“你母亲是汉人？那……那……”李广利告诉我，他们的母亲待李妍严厉，我还以为因为李妍并非她的亲生女儿。

李妍苦笑起来：“我真正的姓氏应该是‘鄯善’。”

我回想着九爷给我讲述的西域风土人情：“你的生父是楼兰人？”

李妍点头而笑，但那个笑容却是说不尽的苦涩，我的心也有些难受："你别笑了。"

李妍依旧笑着："你对西域各国可有了解？"

怎么不了解？幼时听过太多西域的故事。我心中轻痛，笑容略涩地点了下头。

西域共有三十六国：楼兰、乌孙、龟兹、焉耆、于阗、若羌、且末、小宛、戎卢、弥、渠勒、皮山、西夜、蒲犁、依耐、莎车、疏勒、尉头、温宿、尉犁、姑墨、卑陆、乌贪訾、卑陆后国、单桓、蒲类、蒲类后国、西且弥、东且弥、劫国、狐胡、山国、车师前国、车师后国、车师尉都国、车师后城国。

楼兰位于玉门关外，地理位置异常重要，不论匈奴攻打汉朝，还是汉朝攻打匈奴，楼兰都是必经之地。因为楼兰是游牧民族，与匈奴风俗相近，所以一直归依于匈奴，成为匈奴阻挠并袭击汉使客商往来的重要锁钥。当今皇帝亲政后，不甘于汉朝对匈奴长期处于防御之势，不愿意用和亲换取苟安，不肯让匈奴挡住大汉向西的通道，所以派出使臣与西域各国联盟，恩威并用使其臣服，楼兰首当其冲。

当年阿爹喜欢给我讲汉朝当今天子的丰功伟绩，而最为阿爹津津乐道的就是大汉天子力图收服西域各国的故事。每当讲起这些，阿爹总是一扫眼中的郁悒，变得神采飞扬，似乎大汉让匈奴称臣只是迟早的事情，可是同样的事情到了九爷口中，除了阿爹告诉我的汉朝雄风，又多了其他。

汉使者前往西域诸国或者汉军队攻打匈奴，经常要经过楼兰境内名为白龙堆的沙漠。这片沙漠多风暴，风将流沙卷入空中，形状如龙，故被称作白龙堆，因为地势多变，行人很容易迷路。汉朝不断命令楼兰王国提供向导、水和食物，汉使却屡次虐待向导，楼兰国王在不堪重负下拒绝服从大汉的命令，刘彻竟然一怒之下派刺客暗杀了当时的楼兰国王。

楼兰夹在匈奴和汉朝之间左右为难。汉朝皇帝发怒时，楼兰生灵涂炭，匈奴单于发怒时，楼兰又首当其冲，甚至上演了为求得国家安宁，竟然把两个王子，一个送到汉朝做人质、一个送到匈奴做人质的悲剧。

其他西域诸国也和楼兰差不多，在汉朝和匈奴的夹缝中小心求存，一个不小心就是亡国灭族之祸。

九爷讲起这些时，虽有对当今皇帝雄才大略、行事果决的欣赏，但眼中更多的是对西域小国的悲悯同情。

我盯着李妍的眼睛问："你想做什么？你肯定有褒姒之容，可当今汉朝的皇帝不是周幽王。”

李妍道：“我明白，但我从生下时就带着母亲对汉朝的仇恨。因为母亲的主人拒绝了大汉使节的无礼要求，汉使节便折磨虐待死她的主人，也就是我从未见过的生父。母亲身孕只有一月，体形未显，又是汉人，所以躲过死劫。逃跑后遇到了为学西域曲舞，在西域游历的父亲，被父亲所救后，嫁给父亲做续弦。我很小时，母亲就带我回西域祭拜父亲，她在白龙堆沙漠中，指着一个个地方告诉我这里是父亲被鞭打的地方，这里是父亲被活埋的地方，父亲如何一点点死去。母亲永远不能忘记他被汉人埋在沙漠中酷晒的样子，翩翩佳公子最后竟然缩成了如儿童般大小的皱巴巴人干。她描绘得细致入微，我仿佛真能看见那一幕幕，我夜夜做噩梦，哭叫着醒来，母亲笑着说那是父亲的愤恨。一年年，我一次次回楼兰，母亲不允许我有任何遗忘。”李妍眼中已是泪光点点，却仍然在笑。

我道：“别笑了，别笑了。”

“母亲不许我哭，从不许，母亲说眼泪不能解救我，我只能笑，只能笑。”李妍半仰着头，仍旧笑着。

我问：“李师傅知道你的身世吗？”

“母亲嫁给父亲时，二哥还未记事，一无所知，母亲把对父亲的歉疚全弥补到了二哥身上，所以二哥虽然知道自己并非母亲亲生，但依旧视母亲为自己的生母。大哥当时已经记事，知道我并非父亲亲生，但不知道其他一切，父亲也不知道，他从不问母亲过去的事情。”李妍再低头时，眼睛已经平静清澈。

我起身在屋内缓缓踱步，心情复杂，我该如何做？我们都有恨，但是我的父亲只要我快乐，而李妍的母亲只要她复仇。

屋外的琴音笛声依旧一问一答，隐隐的喜悦流动在曲声下。

太阳快落，正是燕子双双回巢时，一对对轻盈地滑过青蓝色天空，留下几声欢快的鸣叫。

我靠在窗边，注视着天空，柔声说：“李妍，我认为你最明智的做法是忘记这一切。你母亲是你母亲，她不能报的仇恨不能强加于你，她不是一个好母亲，她不能因为自己的痛苦而折磨你，如果你的生身父亲真是一个值得女子爱的人，那么他只会盼你幸福，而不是让你挣扎在一段仇恨中。如果你选择复仇，那你这一生还未开始便已经结束，因为你的仇人是汉朝的天子，是整个汉家天下，为了复仇，你要付出的会是一生，你不可能再有自己的幸福。”

李妍喃喃自语道：“虽未开始，已经结束？”她沉默了很久后，温柔而坚定地说，“谢谢你金玉，可我不仅仅是因为恨，我是楼兰的女儿，我还有对楼兰的爱。”她站起走到我身边，也看着窗外，“不同于西域景色，但很美。”我点点头。

“金玉，我很为自己是楼兰人自傲。我们日落时，虽没有燕子双飞舞，但有群羊归来景；我们没有汉朝的繁华，但我们有孔雀河上的篝火和歌声；我们没有汉家的礼仪，但我们有爽朗的笑声和热情的拥抱……”

我接道：“我们没有连绵的屋宇，但我们可以看天地相接；我们没有纵横整洁的街道，但我们愿意时永远可以纵马狂奔。”

“天地那么广阔，我们只想在自己的土地上牧羊唱歌，汉朝为什么不能放过楼兰，不能放过我们？”

“李妍，你读过《道德经》吗？万物有生必有灭，天下没有永恒，很早以前肯定是没有大汉，也没有楼兰，但有一天它们出现了，然后再经过很多很多年，楼兰和大汉都会消失，就如殷商周。”

“我不和你讲书上的大道理，我只想问你，如果有一个年轻人即将被人杀死，你是否要对他说：‘你四十不死，五十就会死，五十不死，六十也会死，反正你总是要死的，杀你的人也迟早会死。既然如此，现在被他杀死也没什么，何须反抗？’”

“庄子是一个很受我们汉人尊敬的先贤，曾讲过一个故事：‘汝不知夫螳螂乎？怒其臂以当车辙，不知其不胜任也。’劝诫人放弃自己不合适的举动，顺应形势。”

“我很尊敬这只螳螂，它面对大车却无丝毫畏惧。楼兰地处大漠，弹丸之地，无法与疆域辽阔、土地肥沃的汉朝比，但如果车辙要压过我们，我们只能做那只螳螂，‘怒其臂以当车辙’。”

我转身看着李妍，她目光坚定地与我对视，我缓缓道：“我很尊敬你。”

“我更需要的是你的帮助。”

“其实我帮不帮你，你都会如愿入宫。以前也许没有路径，现在你冒点儿险找机会出现在公主面前，公主不会浪费你的美貌。”

“公主的路是你担着风险搭的，我岂是这种背义之人？何况，你能让我以最完美的姿态进入宫廷。”

我沉默一瞬，最后拿定了主意："我会尽力，但以后的事情，恕我无能为力，甚至我的脑袋里一片黑雾，你能做些什么？如果想刺杀皇帝，先不说事情成功的可能性，就是刺杀了又如何？卫皇后主后宫，已有一子，卫大将军重兵在握，卫将军与三个儿子，卫氏一门就四侯，还有卫皇后的姐夫公孙贺、妹夫陈掌都是朝中重臣，一个皇帝去了，另一个皇帝又诞生，依旧挡不住大汉西扩的步伐。再说，你刺杀皇帝，不管是否成功，你的兄弟以及我，甚至整个园子里的姐妹都要为你陪葬。"

李妍甜甜地笑起来："我不会如此，我一点儿武艺都不会，这条路太傻，也非长远之计。你为何还肯帮我入宫？"

我想了好一会儿，想着九爷，脑中有一些模模糊糊的念头，最后耸了耸肩膀："不知道，大概是悲悯。"

我的话另有一番意思，李妍显然理解成了我对她行为的支持，眼睛里又有了湿意，握住我的手，半晌没有一句话，最后才稳着声音道："我的心事从不敢对任何人说，我第一次觉得心情如此畅快。"

我朝李延年的屋子努了下嘴，笑问道："你哥哥和方茹玩的是什么游戏？"

李妍侧头听着哥哥的琴声，俏皮地一笑，妩媚中娇俏无限，竟看得我一呆："还不都是你惹的祸，让哥哥替你编新曲，教方茹她们唱，估计正在教方茹领会曲子深意呢！"

我满脸木然，哑口无言，转身道："回去吃饭了。"李妍随在我身后出门，蹑手蹑脚地走到李延年屋前偷偷往里张望，向我招手示意我也去看看。我摇摇头，做了个嘴边含笑弹琴的姿势，再做了个摇头晃脑、满脸陶醉听笛的样子，笑着出了院门。

进了红姑的屋子，婢女已经摆好碗筷。红姑看到我嗔道："干什么去了？你再不来，我都打算自己先吃了，让你吃剩菜。"

我一面洗手一面道："和李妍说了会儿话，有些耽搁了。"

红姑一侧头好像想起什么的样子，从怀里抽出一块绢帕递给我："正想和你说她。"

我拿起绢帕端详，原本应该是竹青色，因用得年头久，已经洗得有些泛白，倒多了几分岁月流逝沉淀下的人情味。一般女子用的绢帕绣的都会是花或草，可这个帕子的刺绣却是慧心独具，乍一看似是一株悬崖上的藤蔓，实际却是一个连绵的"李"字，整个字宛如丝萝，妩媚风流，细看一撇一勾，却是冰刃霜锋。

我抬眼疑惑地看向红姑，红姑解释道："帕子是李三郎在园子中无意所捡，他拿给我，向我打听帕子的主人。园中虽然还有姓李的姑娘，可如此特别的一个'李'，只能是李妍的。我因为一直不知道你对李妍的打算，所以没敢说，只对李三郎回说'拿去打听一下'。"

我手中把玩着绢帕没有吭声，红姑等了会儿又道："李三郎的父亲是李广将军，位居九卿，叔叔安乐侯李蔡更是尊贵，高居三公。他虽然出身显贵，却完全不像霍大少，没有一丝骄奢之气，文才武功都是长安城中出众的。现在西域战事频繁，他将来极有可能封侯拜将。一个'李'字就让李三郎上了心，如果他再看到李妍的绝世容貌和蕙质兰心，只怕连魂都会被李妍勾去。对李妍而言，再不会有比嫁进李家更好的出路了。"红姑笑着摇头，"其实李妍这样的女子，世间难寻，但凡她肯对哪个男儿假以颜色，谁又能抗拒得了她呢？"

本来我还打算把帕子交给李妍，听到此处却更改了主意。我把帕子收起："你随便找个姓李的姑娘，带李三郎去看一眼，就说帕子是她的。"说完低头开始吃饭。李敢由字迹遥想人的风采，肯定期望甚高，一见之下定会失望，断了念头对他绝对是好事一件。

红姑愣了一会儿，看我只顾吃饭，摇了摇头叹道："弄不明白你们想要什么，看你对李妍的举动，应该有想捧她的意思，可直到如今连一点儿动静也无。如果连李三郎都看不上眼，这长安城里可很难寻到更好的了。"

红姑说完话，拿起筷子刚吃了一口菜，忽地抬头盯着我，满面震撼，我向她点点头，低头继续吃饭。红姑嘴里含着菜，发了半晌呆，最后自言自语地感叹道："你们两个，你们两个……"

用完饭，我和红姑商量了会儿园子里的生意往来后，就匆匆赶回自己的屋子。

月儿已上柳梢头，小淘、小谦却仍未回来，正等得不耐烦，小谦扑着翅膀落在窗棂上。我招了下手，它飞到我的胳膊上，我含笑解下它脚上缚着的绢条，小小的蝇头小字：

小淘又闯了什么祸？怎么变成了黑乌鸦？你们相斗，我却要无辜遭殃，今日恰穿了一件素白袍，小淘直落身上，墨虽已半干，仍是污迹点点，袍子是糟蹋了，还要替它洗澡。昨日说嗓子不舒服，可按我开的方子煮水？

我拿出事先裁好的绢条，提笔写道：

你不要再惯它了，它如今一点儿都不怕我，一闯祸就逃跑。嗓子已好多了，只是黄连有些苦，煮第二次时少放了一点儿。

写好后把绢条缚在小谦腿上，扬手让它离去。

目送小谦消失在夜色中，我低头看着陶罐，金银花舒展地浮在水面上，白金相间，灯下看着美丽异常。我倒了一杯清水，喝了几口，取出一条绢帕，写道：

查了书，才知道金银花原来还有一个名字叫“鸳鸯藤”，花开时，先是白色，其后变黄，白时如银，黄时似金，金银相映，绚烂多姿，所以被称为金银花。又因为一蒂二花，两条花蕊探在外，成双成对，形影不离，状如雄雌相伴，又似鸳鸯对舞，故有“鸳鸯藤”之称……今日我决定了送李妍进宫，不过是顺水推舟的人情，我应与不应都挡不住她的脚步，而她既然敢告诉我身世，以她的心思城府，只怕容不得我随意拒绝，既然结果不能变，不妨卖她一个人情。我今日没有给她任何承诺，她也没有相逼，如此看来她要的不过是我的一个态度而已，但我既然应承了她，这个人情自要落到实处。其实我有些分不清我所要做的究竟对不对，可我对李妍的感情有些复杂，除了敬佩还有同情，也许还有一种对自己的鄙视，诚如一人所说，她的确比我强。

想起阿爹的死，心中涩痛，再难落笔，索性搁下毛笔，取出存放绢帕的小竹箱，注明日期后把绢帕搁到了竹箱中。从第一次决定记录下自己的欢乐，不知不觉中已经有这么多了。

小谦停在案头，我忙把竹箱锁回柜子中，回身解下小谦腿上缚的绢条：

黄连二钱，生栀子二钱半，金银花二钱半，生甘草半钱，小火煎煮，当水饮用。黄连已是最低分量，不可再少，还觉苦就兑一些蜂蜜。小淘不愿回去，只怕小谦也要随过来，早些睡。

我轻弹了下小谦的头："没志气的东西。"小谦歪着脑袋看着我，我挥了挥手，"去找你的小娇妻吧！"小谦展翅离去。

·——·——·——·——·

我向端坐于坐榻上的平阳公主行跪拜之礼，公主抬手让我起来："你特地来求见，所为何事？"

我跪坐于下方道："民女有事想请公主指教。"说完后就沉默地低头而坐，公主垂目抿了一口茶，挥手让屋内的侍女退出。

"说吧！"

"有一个女子容貌远胜于民女，舞姿动人，心思聪慧，擅长音律。"我俯身回道。

公主笑道："你如今共掌管四家歌舞坊，园子里也算是美女如云，能得你称赞的女子定是不凡。"

我道："她是李延年的妹妹，公主听过李延年的琴声，此女的琴艺虽难及其兄，但已是不同凡响。"

公主道："她只要有李延年的六七成，就足以在长安城立足了。"

我回道："只怕有八成。"

公主微点下头，沉思了一会儿方道："你带她来见本宫。"

我双手贴地，向公主叩头道："求公主再给民女一些时间，民女想再琢磨下美玉，务求最完美。"

公主道："你这么早来禀告本宫又是为何？"

我道："兵法有云：'夫未战而庙算胜者，得算多也；未战而庙算不胜者，得算少也。多算胜，少算不胜，而况于无算乎！'民女所能做的只是备利器，谋算布局却全在公主。"

"你说话真是直白，颇有几分去病的风范。"

"公主慧心内具，民女不必拐弯抹角，遮遮掩掩，反让公主看轻。"

公主静静想了会儿，方道："听闻你购买歌舞坊的钱有一半居然是从你园子里的姑娘处借来的，立下字据说一年内归还，给二成的利息，两年内归还，给五成的利息。"

"是，民女一时筹措不到那么多钱，可又不愿错过这个绝好的生意机会，无奈下只好如此。"

公主道："你这步无奈之棋走得倒是绝妙，落玉坊的生意日进斗金，其余歌舞坊的姑娘看到后犹豫着把一些身家压到你身上，一个'利'字迅速把一团散沙凝在一起，休戚相关，从此后只能一心向你。人心聚，凡事已经成功一半。你回去吧！看你行事，相信你不会让本宫失望，本宫等着看你这块美玉。"

第八章

惊遇

屋外乌云密布，雷声轰轰，雨落如注，屋内巨烛高照，三人围案而坐。

我肃容看着李妍：“我前几日已经去见过公主，从今日起，你要用最短的时间做完我要求的事情。”

李妍微颔一下首：“愿闻其详。”

我指着左边的书架：“这边是《孙子兵法》，全文共七千四百七十六字，分为始计、作战、谋攻、军形、兵势、虚实、军争、九变、行军、地形、九地、火攻、用间，共十三篇，我要你烂记于心。今日我们所做的就是‘始计’，你的战场在庭院重重的宫廷中，你要和皇帝斗，要和其他美人斗，这是一场没有烟尘的战争，但血光凶险不亚于国与国间的争斗。陛下十六岁登基，今年三十六岁，正是一个男子一切到达顶峰的年纪，文才武功都不弱，行事出人意料，时而冷酷无情，时而细腻多情。他的母亲王太后在嫁给先帝前已经与金氏育有一女，连太后自己都不愿多提，陛下听说后却亲自找寻自己同母异父的半姐，不理会大臣的非议，赏赐封号。”

李妍定定地看着书架上的一册册竹简，半晌后，缓慢而坚定地点了下头：“皇帝既是我要征服的敌人，又是我唯一可以依靠的盟友，我们是男女间的心战。我从没有与男子亲昵相处的经验，而他已经阅过千帆，这场心战中，我若失了自己的心，我就已经输了，是吗？”

我轻叹口气，指向右边的书架：“这是《黄帝内经》《素女真经》《十问》《合阴阳方》《天下至道谈》。”

李妍有些诧异：“《黄帝内经》好像是医家典籍，其余都没听过，我还要学医？”

我道：“色衰日则是爱去时，我们没有办法抗拒衰老，但可以尽量延缓它的到来。《黄帝内经》中细致地描绘了女子的生理，你可以遵其调养自己。不过，更重要的是……”我清了清嗓子，目光盯着几案道，“更重要的是，其余几部书都是讲的……讲的是……”一直沉默地坐于一旁的红姑，微含了丝笑，替我说道：“讲的是‘房中术’‘接阴之道’。”

我和李妍都脸颊绯红，李妍盯着席面，低声问：“小玉，你看了吗？”

我讷讷地说：“没有。”想着心又突突跳起来。

书籍本就是稀罕物，这些书籍更是无处购买。红姑虽有听闻，要我去寻这些书籍，却实际自己也没有见过，只和我说长安城的王侯贵胄家应有收藏。我想着藏书最全处莫过于宫廷，万般无奈下去找了霍去病。

“麻烦你帮我找些书籍。”我低头盯着身下的席子。

霍去病斜倚在榻上，漫不经心地问：“什么书？不会又是要兵法书籍吧？”

我把头埋得更深，声音小如蚊蝇：“不是。”

霍去病纳闷地问：“你今日怎么了？有什么事情不能痛快说？哼哼唧唧的。”

我深吸了口气，声音细细：“是……是和男女……男女……那个有关的。”

“什么？”霍去病猛然坐直身子，愣愣地看着我。我头深埋，眼睛盯着席面，一声不吭，只觉连脖子都滚烫，脸上肯定已是红霞密布。

他忽地侧头笑起来，边笑边道：“那个？那个是什么？我听不懂你说什么。你倒是再说得详细点儿。”

我立即站起欲走：“不找拉倒！”

他一把抓住我的袖子，笑问：“你是自己看，还是给别人看？”

我不敢回头看他，背着身子，低着头：“给别人看。”

他笑着说：“这样的东西就是宫里只怕有些也是孤本，要先找人抄录，过几日我给你送过去。你也看看，以后大有好处，不懂之处，我可以……”他话未说完，我听到他已答应，一挥手用力拽出袖子，急急离开。

我和李妍都低头默默坐着，红姑嘲笑道：“难得看到你们二人的窘态。你们两个日常行事一个比一个精明沉稳，现在却连完整的话都说不下去。李妍，你这才是刚开始，需要做的事情还很多。”

李妍细声说：“我会看的，多谢红姑费心。”

红姑笑着点点头：“我还去娼妓馆重金请了长安城最擅此术的几个女子来给你上课。上课时，我会事先命人用屏风挡开，一是不想让她们知道给谁上课，二是你独自一人听时，不必那么羞怯，好用心琢磨。”李妍脸红得直欲滴出血来，轻轻点了下头。

红姑看看李妍，看看我，一脸贼笑，似乎极其满意看到我们的窘迫：“玉儿，不如你和李妍一块儿学吧！反正迟早用得上。”我侧头瞪向红姑，红姑笑道，“我说错了吗？难道你以后心里会没有中意的男子？你们不会……”

红姑今日诚心戏弄我，再不敢由着她说下去，匆匆打断她的话：“红姑，我还有些话想和李妍私下说。”红姑忙收了嬉笑，起身离去。

我拿出铜镜摆在李妍面前：“你母亲教会你歌舞，教会你如何举止行动美丽优雅，但她漏教了你一些东西。你的眼神可以妩媚，可以幽怨，可以哀凄，可以悲伤，但不可以冰冷，更不可以有刀锋之寒。如果你连我都瞒不过，如何去瞒住皇帝？带着它去田间地头多走走，去看看乡野间那些十六七岁的女子是什么样子，仔细观察她们的眼睛，再看看自己的眼睛。我也不是个正常的十六七岁女子，这些都帮不了你，你要自己用心。”

李妍默默想了会儿：“我一定会做到。”

我道：“你母亲不许你哭，但从今日起，我要你哭，要你随时都可以珠泪纷纷落，不但要哭，还要哭得娇，哭得俏，哭出梨花带雨、海棠凝露。传闻陛下初把卫子夫带入宫廷时，因当时的陈皇后不依，碍于阿娇的母亲、馆陶长公主家族的势力，陛下一年多没有召见卫子夫，后来再遇卫子夫，卫子夫哭着求陛下放她出宫。我相信，这个故事你应该早就听过，结果如何，我们现在都知道。眼泪和笑颜都是你的武器，你应该琢磨着如何使用。”

李妍深吸口气，点点头。

我默默想了会儿看有无遗漏：“大概就是这些，其余的都比较轻松，每日得空时，我们彼此讲述一下传闻中陛下从小到大的故事，虽然你早已熟悉，但借此你可以再在脑中过一遍，结合正在看的兵法，再仔细琢磨下陛下的脾性。”

李妍听完后，站直身子，仔细整好衣服，向我郑重地行跪拜大礼。我欲扶她，她握住我手：“请让我行完这个礼，因为将来你会向我行隆重的跪拜礼，唯如此方不辜负你今日的心思。”我缩回手，坦然受了她一礼。

·——·——·——·——·

刚成熟的金银花果已经送来，我依照种花师傅的交代，把种子种在我新开的小花圃中，明年春天就会出苗。我想等到花开日请你来一同看花，你会来吗？我是不是该在石府也栽一些呢？你待我是很好的，我的每一个问题你都会仔细回答，我的要求，只要和石舫无关，你也都会满足。可你究竟把我搁在心中哪里呢？有时候我能感觉到你走得越来越近，我正要伸手，你却突然一个转身又离我远去，为什么？

……

我停住笔，沉思起来，是呀！为什么？难道我要这么永远去试探、猜测他的心思吗？取出竹箱，将绢帕小心收好后，起身出了卧房。

书房内，李妍正在灯下看书，我在门口站了半晌，她才惊觉，抬头看向我：“要让我背书吗？”我摇摇头，进屋坐在她对面。

我道：“我想请你陪我去问李师傅一件事情。”

李妍道：“什么事情？我哥哥的事情我都看在眼里，问我一样的，还比哥哥爽快。”

我手中玩弄着自己的衣袖：“男子的心思还要男子答，女子想出来的不见得投合男子的心，何况你哥哥正好……”我收了话头，看向李妍，“陪是不陪？”

李妍笑道：“可以偷懒，为什么不去？”说完，扔了书站起。我一面锁门一面说：“等你走后，我把那些东西清理了，就不必如此麻烦了。”李妍的脸又红起来。

我突然好奇起来，握着她的手一边走，一边凑到她耳边低声问：“你究竟学得怎么样了？”李妍推开我，只顾快走，我赶了几步摇了摇她的手，“说一说呗！”

李妍低声道：“你这么想知道，自己也去听听课，不就知道了？”

我压着声音笑起来：“我才不费那工夫呢！我要学就直接学最精华的，等你学好了告诉我。”

李妍甩开我的手：“你好没羞！连婆家都没说到，就想这些。被人知道，肯定嫁不出去。”我哼了一声，没有搭腔。

两人静静走了会儿，李妍挽起我的手：“你虽不知道自己的具体年龄，但估摸着应该和我差不多，你别老盘算着做生意，自己的终身也该好生打算一下。你没有父母替你筹划，自己再不操心，难道坐等年华老去吗？石舫舫主我没见过，但我看你对他很是小心，想来必有不凡之处，如果年龄适当，他又没有娶妻，你不妨……”

我伸手轻拧了一下她的脸颊：“好姑娘，自己要嫁就见不得她人逍遥。”

李妍冷哼一声：“好心没好报。”

我们进门时，方茹恰好出门，看到我俩，低着头小声说：“我来请教李师傅一支曲子。”

我摇头而笑：“我什么都没问，你怎么就忙着解释呢？好像有那么点儿……”李妍暗中拧了一下我的胳膊，对方茹静静行礼后，拉着我让开路，伸手请方茹先行。

方茹向我微欠下身子，疾步离去。我向李妍耸了耸鼻子：“还不是你嫂子呢！完了，有你撑腰，以后我园子中要有个太后了。”

李妍瞪了我一眼：“我哥哥和方茹都是温和雅致的人，可不是你这样的地痞无赖。”

李延年在屋内问：“是小妹回来了吗？”

李妍应道：“是我！大哥，还有玉娘。”

李延年听闻，立即迎出来。

李延年为我倒了一杯清水，歉然道：“我不饮茶，只喝清水，所以也只能用清水待客。”

李妍嘻嘻笑着说：“大哥，她说有事要问你。”

李延年温和地看着我，静静地等我说话。我低着头，手指无意识地在席面上画着圆圈：“宫里的人可好应对？”

李延年道：“因是平阳公主荐去的，大家都对我很有礼。”

我道：“听说陛下听过你的琴声后，大为赞赏。”

李延年淡然一笑：“是赏赐了我一些东西，倒也说不上大为赞赏。”

我道：“你觉得住在这里来回宫廷可方便？”

李延年还未回答，李妍不耐烦地截道：“金玉，你究竟想问什么？难道还要问我大哥每日吃些什么？”

李延年看了妹妹一眼，耐心地回道：“来回都有马车，很方便。”

我端起水，喝了两口，搁下杯子，抬头看着李延年：“是这样的，有个人情感很内敛，也喜欢音乐，有一个女子想告诉他自己的心事，可不知道男子心中究竟怎么想，不敢直接说。李师傅觉得什么法子才能又表明女子的心事，又比较容易让对方接受？”

李延年呆了一下，低头沉思起来。李妍在一旁抓着哥哥的衣袖笑起来，一面笑一面揉肚子，我没有理会她，只是看着李延年。

“金玉，你也太好笑了，你的《孙子兵法》呢？你那一套连篇累牍的理论呢？现在连这点儿事情都要问人。原来你只是一个纸上谈兵的赵括，我要仔细考虑一下你给我讲的那些话究竟能不能用。”

我看向李妍，平静地说：“我没有把这视为一场战争，因为我一开始就是敞开心的，我没有设防，我根本不怕他进来，我怕的是他不肯进来。没有冷静理智，只有一颗心。”

李妍收了笑声，坐直身子看了会儿我，低下头。李延年侧头若有所思地看着妹妹，一时间屋子里只有沉默。

半晌后，李延年向我抱歉地一笑道：“我是个乐师，只会用音乐传递心声，先秦有一首曲子很好，我听方……听人说玉娘学过笛子。”

李延年一边说着，一边取笛子出来，吹奏起来，我专注地听着。李延年吹完后道：“小妹也会吹笛子，虽然不是很好，不过勉强可以教人。你们经常在一起，可以让她教你。”

我笑着点头，李延年的“不是很好”在一般人耳中应该已是很好。

李妍突然站起，一声不吭地向外行去。我向李师傅摆了下手，示意他不必跟来，一转身赶着去追李妍。

屋内没有点灯，只有从窗外泻入的一片皎洁月色。李妍面朝窗外，立在那片月色中，背影一如天上独自寂寞着的皓月，虽有玉神雪魄姿，却是清冷孤单影。

我站在门口：“你若想反悔现在还来得及，大不了就是得罪公主，但我会设法化解。”

她一动不动地站着，柔声说：“我很羡慕你，你活得那么自由，可以做自己想做的事情，追寻自己想要的快乐。”

我截道：“你正在做的也是你想要做的事情，没有人强迫你。”

李妍道：“可我自己在强迫自己。金玉，你现在不懂，我也希望你永远都不用明白一个人强迫自己的感觉。”

我找不到可以宽慰她的话，沉默了会儿说：“你今天早点儿歇息吧！明天一切还要继续。”说完转身慢慢向回走，心情正低沉，在半空盘旋的小淘冲下来落在我的肩头。我看到它腿上缚着的绢条，一下开心起来，急急向屋子跑去。

· —— · —— · —— · —— ·

公主在侍女的搀扶下，边行边问："你早晨问公主府可有竹林，求本宫准你使用府中竹林，为何要特意在此？"

"两个原因，一是美人就和花一样，风姿各异，有如牡丹富丽华贵者，有如秋菊淡雅可人者，也有如海棠娇憨动人者，不同的花有不同的赏法，唯如此才能把每种花独特的美看到极处。二是世人都会有先入为主的想法，觉得其娇弱可怜，以后不免总存了怜惜之心，觉得其仙姿灵秀，也会暗生尊敬。所以初次相见很重要，既然有天时地利可以借助，当然不可浪费。"当时，初听红姑此番道理，我和李妍都很惊叹，也终于明白那些公子少爷为何放着家中的娇妻美妾不理，却日日流连于歌舞坊、娼妓坊，这些狐媚手段一般女子的确难以想到。

话说着，已经可以看到竹林。

恰好日落时分，西边天空浮着层层红云，暖意融融，越往东红色渐轻，渐重的清冷蓝天下，夕阳中的竹林泛着点点红晕，晕光中依旧是郁郁葱葱的绿。

李妍背对我们，人倚修竹，亭亭而立。

公主盯着她背影看了半晌后，方低声问："是你让她如此的？"

"不是，民女只是让她在竹林处等候，并未作任何吩咐，甚至没有让她知道公主要在此处见她。凡事不可不备，但过于刻意却又落了下乘。"

公主轻叹一声："一个背影竟然让人浮想联翩，想看她的容貌，可又怕失望，她的容貌万万不可辜负她的身姿，此种忐忑心态的确不是在屋内召见能有的。"

我微微笑着没有说话，公主又看了一会儿，摆手示意侍女都留在原地，放缓脚步向竹林行去。脚步声终于惊动了李妍，李妍霍然转头，唇边带着一丝笑意，一手指着落日刚欲说话，看清来人，一惊后立即明白，向公主跪下。

公主立即道："起来说话。"李妍仍是磕了一个头后方站起。

身如修竹，青裙曳地，只用一支碧玉簪绾住一头青丝，除此外再无其他首饰。公主又细细看了李妍一眼，笑着侧头看向我："是美玉，而且是绝世美玉'和氏璧'。本宫方才竟然被她容光所慑，心中极其不愿她下跪。"

我看向李妍，我所能做的都已经做了，从此后一切就要靠你自己。李妍与我眼光相接，各自没有变化地移开视线。

去时马车中是两人，回时马车中只余一人，刚进园子，李广利就快跑着迎上来："公主可中意妹妹？"我点了下头，他立即喜悦地挥舞着拳头，欢呼了一声。

李延年依旧站在树下，似乎从送我们走就没有动过。天色已黑，看不清楚他的神色，只看到他一见我点头，猛然一转身朝树上狠狠砸了一拳。李广利惊声叫道："大哥！"方茹不知道从什么地方冒出来，想要走近，却又迟疑着立在原地。

李延年手上已被刺破皮，细小的血珠渗出。我向方茹招手示意她过来，对李广利道："你先回去。"李广利看着哥哥，试探地又叫了声，只见李延年站着纹丝不动，只得一步一回头地慢慢离开。

方茹脸带红晕，用绢帕替李延年吸干血，一点点把附在上面的木屑吹掉。李延年看着我说："也许我这一生最后悔的事情就是来落玉坊。"

我看着方茹，说道："不全是坏事吧？"

李延年目光柔和地在方茹脸上一转，落到我脸上时又变回冰冷："虽然小妹说这是她想要的，是她自己的主意，可我仍旧无法不厌恶你，你真让我失望，你就如此贪慕荣华富贵？不惜牺牲另一个女子的一生去换？"

我淡然一笑："厌恶憎恨都请便！不过李妍已经走上一条无法回头的路，你不管赞成与反对，都必须帮她，用你所有的才华去帮她。"

李延年木然立着，我转身翩然离开，忽然真正明白李妍握住我手时的泪光点点和感谢之语，很多事情不能解释，也无法解释。

回到屋中，红姑正坐在榻上等我，我坐到她对面，她问："一切顺利？"

我点点头："李妍此次真该好好谢你，你谋划的见面方式果然震动了公主，竟然让早就不知道见了多少美人的公主失态，赏人如赏花的言辞应该也已经打动了公主，公主肯定会倾其力让李妍再给陛下一个绝对不一般的初见。"

红姑掩嘴娇笑："混迹风尘半辈子，耳闻目睹的都是斗姿论色，若只论这些，良家女如何斗得过我们？现在就看李妍的了，不知道她打算如何见陛下。"

我静静坐了会儿，忽然起身从箱子里拿出那方红姑交给我的青色绢帕，看了会儿藤蔓缠绕的"李"字，心中轻叹一声，抬手放在膏烛上点燃，看着它在我手中一点点变红，再变黑，然后化成灰，火光触手时，我手指一松，最后一角带着鲜红的火焰，坠落在地上，迅速只余一摊灰烬，曾经有过什么都不可再辨。

·——·——·——·——·

我手中把玩着请帖，疑惑地问：“红姑，你说公主过寿辰为何特意要请我们过府一坐？”

红姑一面对镜装扮，一面说：“肯定是冲着李妍的面子，看来李妍还未进宫，但已很得公主欢心。年轻时出入王侯府门倒也是经常事情，没想到如今居然还能有机会做公主的座上宾，真要多谢李妍。”

我静静坐着，默默沉思，红姑笑道：“别想了，去了不就知道了。赶紧先装扮起来。”

我笑着摇摇头：“你把自己打点好就行，我拣一套像样的衣服，戴两件首饰，不失礼就行。”

红姑一皱眉头，刚欲说话，我打断她道：“这次听我的。”红姑看我神色坚决，无奈地点了下头。

宴席设在湖边，几案沿着岸边而设。布置得花团锦簇、灯火通明处应是主席，此时仍旧空着，而我们的位置在末席的最末端，半隐在黑暗中。四围早已坐满人，彼此谈笑，人声鼎沸中根本无一人理会我们。

红姑四处张望后，脸上虽然还带着笑意，眼中却略显失望。我怡然笑着，端茶而品。等了又等，喝完一整碗茶后，满场喧哗声忽然消失，万籁俱寂，我们还未明白怎么回事，只见人已一拨拨都跪在地上。我和红姑对视一眼，也随着人群跪倒。

当先两人并排而行，我还未看清楚，人群已高呼：“陛下万岁，万万岁，皇后千岁，千千岁。”我忙随着人群磕头。

一番纷扰完，各自落座，红姑此时已经回过味来，紧张地看向我，我笑了笑：“等着看吧！”

因在暗处，所以可以放心大胆地打量亮处的各人，阿爹和伊稚斜口中无数次提到过的大汉皇帝正端坐于席中。还记得当年问过伊稚斜：“他长得比你还好看吗？”伊稚斜彼时没有回答我，这么多年后我才自己给了自己答案。他虽然长得已是男子中出色的，但还是不如伊稚斜好看，气势却比伊稚斜外露张扬，不过我认识的伊稚斜是未做单于时的他，他现在又是如何？

红姑轻推了我一下，俯在我耳边低声调笑：“你怎么脸色黯然地净盯着陛下发呆？的确是相貌不凡，不会是后悔你自己没有……”我嗔了她一眼，移目看向卫皇后，心中一震。伊人如水，从眉目到身姿，都宛如水做，水的柔，水的清，水的秀，都汇集在她的身上。灯光晕照下，她宛如皓月下的天池水，惊人的美丽。这哪里是开败的花？有一种美不会因时光飞逝而褪色。

红姑轻叹口气：“这是女人中的女人，难怪当年窦太后把持朝政，陛下郁郁不得志时会一心迷上她，甚至不惜为她开罪陈皇后和长公主。”

我点点头，心中莫名地多了一丝酸涩，不敢再多看卫皇后，匆匆转开视线。

平阳公主和一个身形魁梧、面容中正温和的男子坐于皇帝的下首，应该是卫青大将军。人常说见面不如闻名，卫青大将军却正如我心中所想，身形是力量阳刚的，气质却是温和内敛的。平阳公主正和皇帝笑言，卫大将军和卫皇后都是微笑着静静倾听，大半晌没有见他们说过一句话，姐弟俩身上的气质倒有几分相像。

主席上的皇亲国戚和显贵重臣，觥筹交错，笑语不断，似乎热闹非凡，可个个目光不离皇帝，暗自留意着皇帝的一举一动，跟着皇帝的话语或笑或应好，一面逢迎着皇帝，一面还要彼此明争暗斗，言语互相弹压或刻意示好。唯独霍去病埋头专心饮酒吃菜，偶尔抬头间，也是目光冷淡，丝毫不理会周围，不交际他人，大概也没有人敢交际他，从开席到现在，竟然只有一个二十二三岁的男子对霍去病遥敬过一杯酒，霍去病微带着笑意也回敬了他一杯。

我看着那个男子问：“他是谁？”

红姑语气惋惜地轻声说：“这就是李家三郎，李敢。”

我神色微动，果然如红姑所说，是一个文武兼备的好男儿，因为出身高门世家，举止高贵得体，有文人的雅致风流，眉目间却不脱将军世家的本色，隐隐藏着不羁与豪爽。

红姑在我耳边低声向我一一介绍着席间的众人：“……那个穿紫衣的是公孙贺，皇后娘娘和卫大将军的姐夫，被赐封为轻车将军，祖上是匈奴人，后来归顺了汉朝……”

主席上不知道公主和皇帝说了句什么，笑语声忽地安静下来，红姑也立即收声。不一会儿，李延年缓步而出。李延年冠绝天下的琴艺在长安已是街知巷闻，可是真正能听到他琴声的却没有几人，末席这边立即响起了低低的惊叹声。李延年向皇帝和皇后行完礼后，坐于一旁，有侍女捧上琴，搁于他面前。众人明白他要抚琴，都忙屏息静听。

李延年带着几分漠然，随手轻按了几下琴弦，却并未成曲，在寂静中撩得众人心中一惊。红姑看向我，我摇了摇头示意她别急。李延年似乎深吸了口气，容色一整，双手拂上琴弦，竟没有任何起音，只一连串急急之音，密密匝匝倾泻而出，宛如飞瀑直落九天，砸得人喘不过气。琴音一波又一波，一波更比一波急，逼得人心乱得直想躲，却又被乐声抓着逃不掉、挣不开，连一直冷淡的霍去病都抬头看向李延年，侧耳细听。

一连串的滑音后，骤然转缓，一缕笛音在琴声衬托下响起，柔和清扬，引得心早已被逼迫得失去方寸的人都立即转向笛声起处——

晚风徐徐，皓月当空，波光荡漾。月影入水，湖与天一色。一只木筏随风漂来，一个女子背对众人，吹笛而立。朦胧月色下，裙袖轻飘，单薄背影带着些红尘之外的傲然独立，又透着些十丈软尘的风流娇俏。弱不胜衣之姿，让人心生怜惜，可高洁之态，又让人不敢轻易接近。

众人的心立即安定下来，正静静品笛时，笛音却渐低，琴声渐高，不同于起先的急促之音，这次是温和舒缓的，伴着木筏悠悠漂到湖中心。

众人此时已顾不上欣赏李延年难得一闻的琴音，都只是盯着木筏上的女子。李妍转身面朝皇帝和皇后的位置敛衽一礼，众人竟然齐齐轻叹口气，月色朦胧，只觉得女子长得肯定极美，可这美笼着一层纱，怎么尽力都看不清，越发勾得人心慌意乱。

李妍行完礼后，水袖往前一甩，伴着音乐跃起，竟然直直从木筏飘落到水面上。席上响起惊呼，有人手中的杯子摔裂在地，有人手中的筷子掉落，连我都是一惊，眼睛不眨地盯着李妍，一时间不明白她怎么能亭亭玉立在水面上。

凌波而行，踏月起舞，罗带飘扬，裙袂翩，只觉得她本就是水中的神女，仙姿缥缈，方能在这一方湖面上来去自如，脚踏水波，与月影共嬉。

众人都是满面震惊倾慕，神态痴迷。李延年的琴音忽然一个急急拔高，李妍扬手将手中的月白罗带抛出，众人抬头看向飞舞在半空中的罗带，琴声居然奇妙地贴合着罗带在空中飘扬回荡，引得众人的心也随着罗带起伏跌宕，蓦然低头间只扫到一抹俏丽的影子落入水中的月亮中。月影碎裂，又复合，佳人却已难寻，只余波光月影，一天寂寞。

也许最早清醒的就是霍去病、卫将军和我，众人仍旧痴痴盯着湖面，我扭头去看皇帝，却看见霍去病和卫将军都只是看着卫皇后，而卫皇后嘴边含着丝浅笑，凝视着湖面，可那眉端似乎滴着泪。我突然不愿再观察皇帝的神情，低下了头。

红姑碰了下我的胳膊，示意我看李敢。只见李敢一脸的惊叹倾慕，身子情不自禁地微微前倾。

一地鸦雀无声中，皇帝突然对平阳公主说："朕要召见这个女子。"红姑立即握住我的手，笑看向我，我略微点点头。

李敢的手轻轻一颤，杯中的酒洒到衣袍上，他怔了一瞬，眼中的怅然迅速敛去，依旧谈笑自若。

平阳公主笑着微躬了下身子："陛下早已说过要召见，昨日李延年曾为陛下弹唱过一首'倾国倾城'曲，她就是曲子中的那位倾国倾城的佳人。"

汉武帝喜极而笑，有些自嘲地说："朕连她的容貌都还未看清，就觉得她已经担得起'倾国倾城'四字，她如何可以立在水面跳舞？"

平阳公主笑说："陛下不妨猜猜。"

皇帝又看了眼湖面："是否在湖下打了木桩？"

公主拊掌而笑："我忙碌了几日的工夫竟被陛下一语道破。"众臣都做恍然大悟状，赞佩地看向皇帝，只是不知道几个真几个假。霍去病只是端着杯酒细品慢啜，神色淡然。

一场晚宴宾主尽欢，或者该说皇帝尽欢，其乐融融地散去。我和红姑站在暗处等人走得差不多时，才携手向外行去。

红姑满脸喜色，我却高兴不起来，很多事情懂得是一回事，亲眼看到它发生又是另一回事。当年的卫皇后也曾在这个府邸中因为一曲清歌引得皇帝注意，今夜另一个女子在她眼前重复了她的传奇，皇帝今晚灯下看李妍时，可会有片刻记起多年前的卫子夫？

幼年时最喜欢参加宴会，觉得热闹非凡，大家都很高兴很快乐的样子，单于在时更是个个妙语连珠，阿爹有时不想去，我还痴缠着要去。今日再次坐在皇室宴席上，才真正看清了富贵繁华下遮藏的全是冷清。

我突然很想阿爹，心绪低沉中脑中浮现的是九爷的身影，很想去看看他灯下温暖的身影。一盏灯，一个人，一屋的平安温馨："红姑你自己先坐车回去吧！我想自己走一走。"

红姑细看了我几眼，柔声说："去吧！不要想太多，不是李妍也会有别人，这世上男儿多薄幸，女子多痴心，卫皇后是聪明人，会懂得如何安然处之。"

月色铺满石街，柔和的银色光华流淌在飞檐屋角，偶有几声狗叫衬得夜色越发静谧。正沿着长街快步而行，一辆疾驰而过的马车忽地在前面猛然停住，霍去病从马车上跳下，凝视着我问："你怎么在这里？刚才你也在公主寿筵上？"

我轻点点头，他冷冷地说："真要给你道喜了。"

我咬着嘴唇未说话，自顾向前行去，他对车夫挥了下手示意他离去，默默在一旁随行。我本想请他离去，可看到他的神色，什么话都说不出来，只安静地走着。

马车的轱辘声渐渐远去，夜也如我们一般沉默下来，长街上只闻我们的脚步声，踢踢踏踏地响着。

霍去病看着前方，轻声说："有些事明白是一回事，看着它发生在眼前又是一回事。"

我低声道："我明白，你若心里不舒服就骂我几句吧！"

他侧头看着我笑摇摇头："就算心里有气，现在也散了，难得见你如此低眉顺眼，何况这本就是预料中的事情，只是没有想到李妍的出场竟然是步步为营，一击大胜。"他慢慢吟道，"'北方有佳人，绝世而独立。一顾倾人城，再顾倾人国。宁不知倾城与倾国？佳人难再得！'李妍简直深谙用兵之道，先让李延年用一首曲子引得陛下心思大动，却因为公主寿筵顾不上立即召见，只能在心里思慕。再又奇兵突现，克敌于先，如果等着陛下召见就落于被动，天时地利都不见得能如意，今晚的一幕真正精彩。"

月色很好，铺满长街，可我依旧只能看清眼前的一点儿路，长街尽头有什么，我看不清。李妍和刘彻的初相逢，以有心算无心，李妍大获全胜，可以后呢？

两人沉默地走着，看路径，霍去病是要送我回落玉坊，拐过一条长街，前方刹那灯火通明，一长串灯笼上"天香坊"三字隔着老远就看得分明。几个人从天香坊内出来，天香坊的几位大牌姑娘竟然亲自相送。我不禁细细打量了几眼出门的客人，心头巨震，脚下一软险些跌倒在地，霍去病立即伸手扶住我。我不敢置信地盯着前方，不可能！怎么可能？他怎么能出现在大汉朝的街头？

他穿着汉家服饰，长身玉立于串串大红灯笼下，白缎袍碧玉冠，灯火掩映下华贵倜傥。因是胡人，他的五官棱角格外分明，刀刻般地英俊，只是神色清冷异常，如千古积雪，寒气逼人，本应温暖的灯光，在他的周身却都泛着冷意。温柔乡解语花，众人环绕中，他却仿若孤寂地立身于雪山顶，只是清清冷冷的一个人。原来做了单于的他是这样子，眉目间再无一丝温润，当年的他却是笑依白马偎红倚翠的风雅王爷。

一瞬间我身不能动，口不能言，只是呆呆看着他们向我走来，蓦然反应过来，仓皇间像再次回到大漠中与於单亡命奔逃时，只觉得我要赶紧逃，赶紧躲起来。我立即回转身子，四处打量，两侧都是密密的屋宇，无处可躲。我想跑，霍去病紧握着我的胳膊问："你在怕什么？"

我听到脚步声已经到身后，满心无奈恐慌下猛然扑到霍去病怀中，抱住他，脸埋在他的肩头。他怔了一下，缓缓伸手搂住我，在我耳边道："既然我在，长安城没有人能伤害你。"

粗豪的笑声，啧啧有声地叹道："长安城的娘皮们也热情得很呢！豪爽不比我们……我们西域的姑娘差，看背影倒是长得……"

霍去病手一动，我紧掐下他的背，他收回了手。

一声轻咳，汉子的话断在嗓子中，一个无比熟悉又无比陌生的声音："足下见谅，家仆口无遮拦，并无轻薄之意，只是地处西域，粗豪惯了。"

我的身子无法抑制地微微抖着，他就站在我身边，我以为我永不可能再见到他，没有想到多年后，我和伊稚斜竟然重逢在长安街头。

如果我突然出手，他会死在我手下吗？不可能，在这样的地方，以他现在的身份，跟随的人肯定都是高手，他的功夫又本就是匈奴中最好的。

可我究竟是自己的功夫不能，还是心里不能？

霍去病用力地搂着我，似乎想借此告诉我，一切有他，他的声音冰冷："各位最好能快点儿消失在我眼前。"

"不识抬举，你……"

"嗯？"伊稚斜很清淡的一声，汉子却火气立消，恭声道："小的该死。"

"打扰了两位，我们这就走。"伊稚斜声音淡淡，语声未落，足音已去。

微显柔软的声音突然响起："我家主人好声好气地给你道歉，你却言语粗鲁，空长了一副好皮相，真正让人失望。"

霍去病猛然搂着我几转，几枚铁刺落地的声音，霍去病显然已是大怒，欲推开我。

我紧紧抱住他，低声求道："让他们走，求你，求你……"

"朵儿，你在做什么？"伊稚斜声音虽然平淡，可我已听出他是带着怒意。

朵儿？又是这样的脾气，目达朵？她竟然也随了来？

目达朵强笑道："这位汉家郎功夫很不弱呢！倒是位英雄，难怪脾气那么大，在下知错了。"

长安城中只怕从没有人想出手伤霍去病后还能站着说话，霍去病强压着怒火，只从齿缝中迸了个字："滚！"

几声高低不同的冷哼却全被伊稚斜淡淡的一个"走"字压了下去，只听脚步匆匆，不一会儿长街又恢复了静谧，夜色依旧，我却已是一背的冷汗。

霍去病轻声说："他们走了。"

我欲站直，却身子发软，险些滑倒，他忙揽住我，我把头搭在他的肩头，没有吭声没有动，短短一会儿，我竟然像经历了一场生死之战，已是筋疲力尽。

他静静地站着，直到我抬头离开他的怀抱，他笑问："利用完要抛弃了？"

我强笑了笑："多谢。"

他上下打量了我一眼，摸着下巴，视线斜斜地瞅着我，坏笑着说："这样的帮助我很乐意伸手，美人在怀，心喜之，不过下次可不能一个'谢'字就打发了我，要有些实质性的表示。"

我低下头找刚才掉在地上的铁刺："谁谢你的怀抱了？我只是谢你不问我他们是什么人。"

"如果你愿意告诉我，我不问你也会说。如果只是你想尘封的过去，你可以永远不解释，我只认识我所认识的金玉。"霍去病蹲在地上也帮我寻找。

我心中一震，抬眼看向他，他却只是低头仔细四处查看："这里有一枚。"他刚要伸手拿，我立即道："不要用手。"

我从怀里掏出绢帕，小心地拿起铁刺，细看后，心中确定果然是目达朵，看来她过得很好，这些年过去，我早已不是当年的我，她却性子依旧。

"一言不合就出手伤人，居然还浸了毒？"霍去病脸色铁青地盯着铁刺。

我摇摇头，有些宠溺地说："不是毒，她最喜欢捣乱，这上面只是一些让人麻痒的药，不过真中了，虽没有性命之忧，可也够你痒得心慌意乱。"

霍去病的眼中有疑惑："没有男子这么无聊，是个女子？难怪说话声音听着有些怪。”

我点点头。

霍去病送我到园子后欲告辞离去，我踌躇地望着他，却实难开口。他等了一会儿，见我仍不发一言，温和地说：“你放心吧！那个男子气度不凡，随从也都不似一般人，他们肯定不是普通的胡商，但我不会派人追查他们的身份。”我感激地向他行了一礼，转身要进门，他又叫住我，柔声说，“如果有什么事情记得来找我，长安城里你不是孤身一人。”

他漆黑的双眼中盛着暖意，我凝视了他半晌，慌乱的心似乎平复了很多，用力点点头。他粲然而笑：“好好睡一觉。”我目送着他的背影远去，直到消失看不见时，才关门回屋。

夜色已深，我却难有睡意，拥着被子，盯着灯，只看烛泪滴滴，似乎一滴一滴全烫落在心尖。

伊稚斜为什么来长安？知己知彼，百战百胜吗？还是有其他目的？是否世事总难如人意？在我以为已经彻底抛开过往的一切时，竟然在一抬眼的灯火阑珊处再次望见他。阿爹，我答应过你绝不会去找伊稚斜，会努力忘记匈奴，也到了汉朝，可他为什么出现在汉朝的街道上？

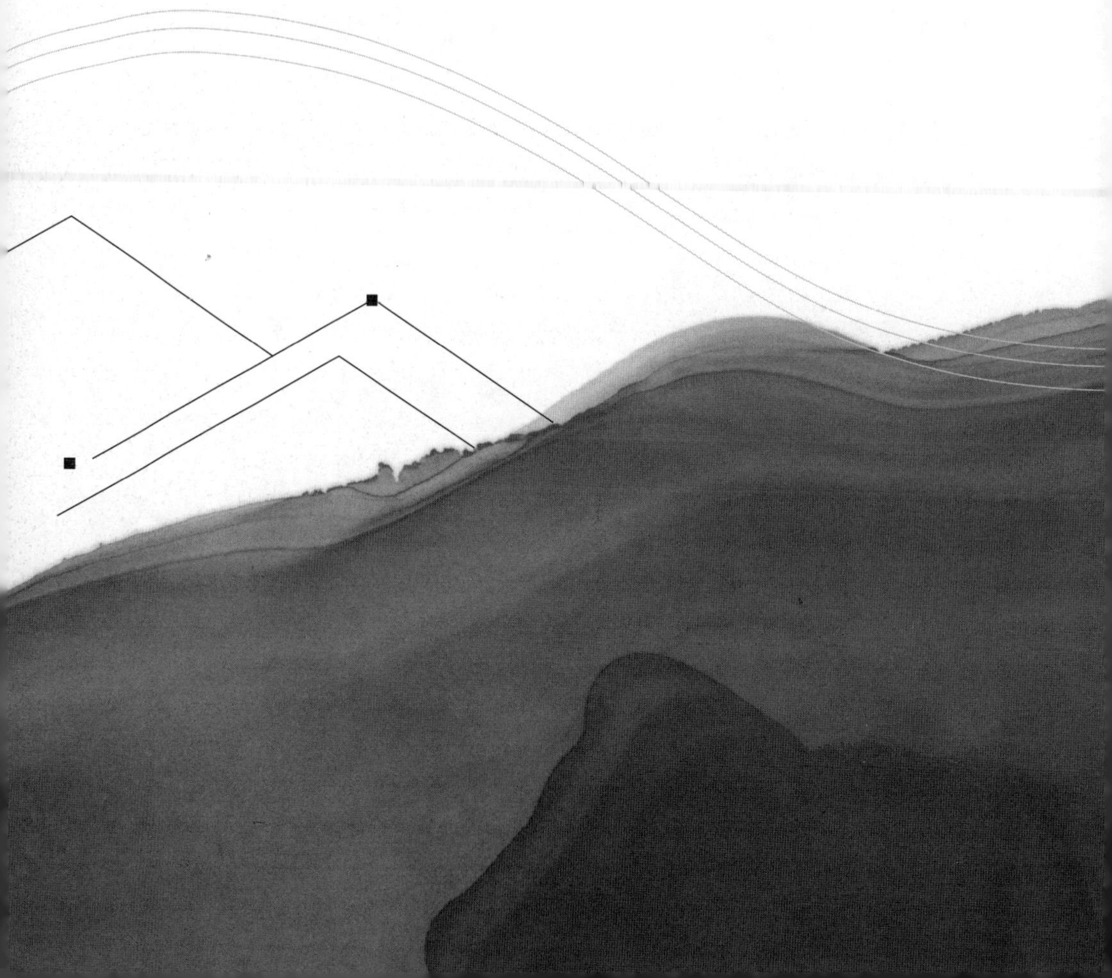

第九章

心曲

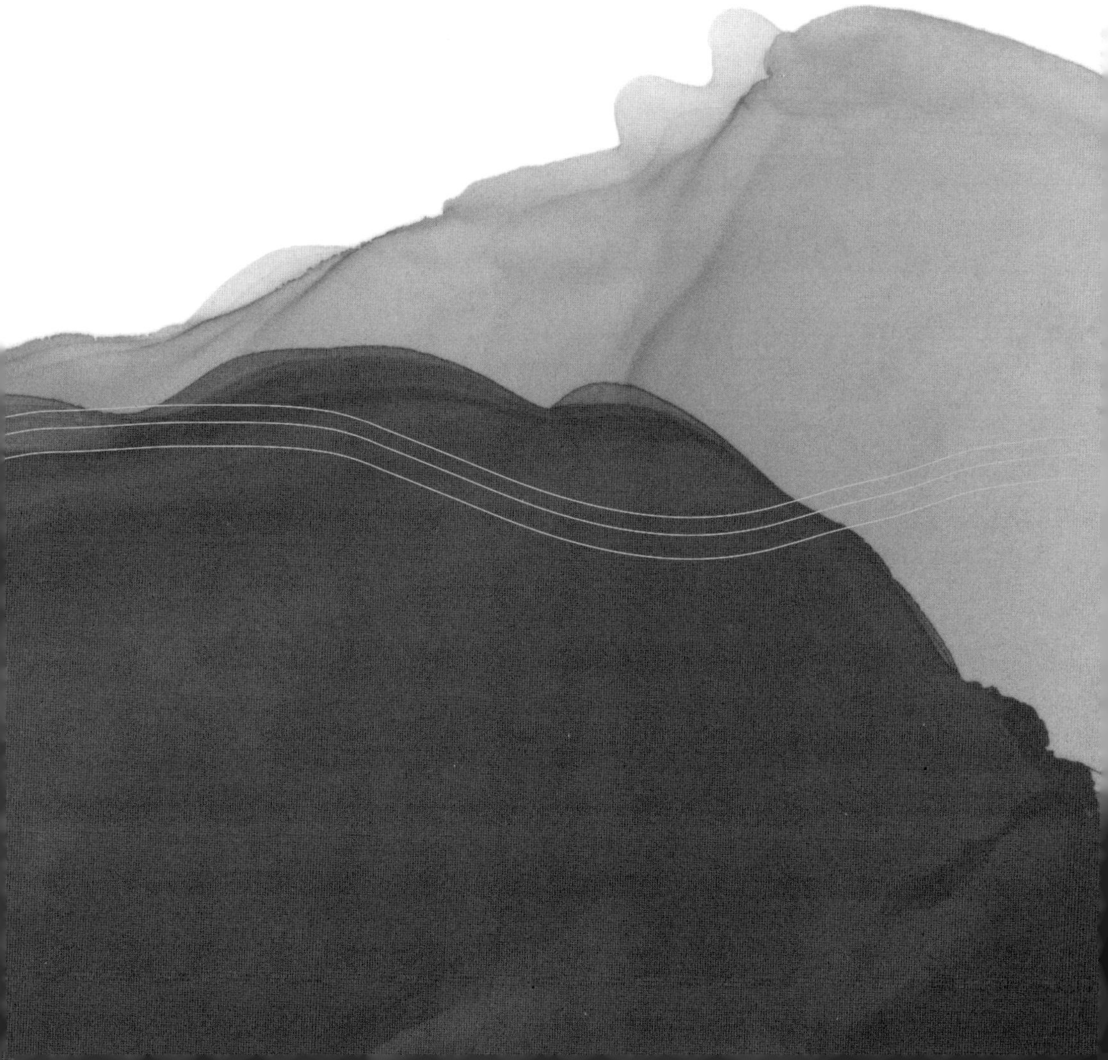

本来应该派人去天香坊打听一下伊稚斜他们的去向，可在长安城一向行事谨慎的我却没有做本该做的事情，只是尽量减少出门，日日待在园子中练习吹笛，或与姑娘们笑闹着消磨时间，我是在刻意忽略和忘记吗？原来过了这么多年，我还是不敢面对。

心中有感，只反复吹着一个曲调：“山有木兮木有枝，心悦君兮君不知。”知是不知呢？旧愁加新愁，心内越发彷徨。

窗外一个声音道，“本不想打扰你，想等着你一曲吹完，可怎么没完没了？”说着叩了几下门。

我搁下笛子：“门没有闩，请进。”

霍去病推门而入，拿起案上的笛子随手把玩：“你刚才吹的是什么？听着耳熟，却实在想不起来是什么曲子。”

幸亏你从不在这些事上留心，我暗自松口气，夺过笛子，放回盒中：“找我什么事？”

他仔细打量着我：“来看看你可好。”

我振作精神，笑了笑：“我很好。”

他笑着反问：“整日躲在屋子中不出门就是很好？”

我低头道：“我乐意不出门。”

他忽然探头到我眼前，眼睛一眨不眨地看着我问：“你问我要的那些书是给李妍看的吗？”

他话题转得太快，我愣了一会儿才反应过来他指的是那些书，身子微侧，扭转头，轻应了声“是”。

他在我耳边低声问：“你看了没有？”暖暖的气息呵在我耳边，半边脸滚烫。我心中一慌，猛然伸手推开他。

他手支着头，笑眯眯地看着我。我被他盯得全身上下都不舒服，从榻上跳起来：“我要忙事情去，你赶紧离开。”

他懒洋洋地站起来，叹道：“女人的脸比沙漠的天气变化得更快。刚刚还晴空万里，霎时就沙尘漫天。”

我一言不发地拉开门，盯着他，示意他快走，他脸色一正，神色冷然地从我身边走过。我正欲关门，他却一回身清清淡淡地说：“你冷着脸的样子让人心里越发痒痒。”我狠狠剜了他一眼，“砰”的一声摔上门。

还满心恼怒地想着霍去病，门口又是几声轻响，我无奈地斥道：“你怎么又回来了？”

红姑纳闷地问：“我不回来还能去哪里？”

我忙笑着开门：“我被人气糊涂了，刚才的火可不是向你发的。”

红姑笑起来：“发发火好，你都蔫了两三天，今天倒看着有生气多了，随我去园中逛逛，我们边走边说，这么好的天气坐在屋子里未免辜负。”

我忽地惊觉，被霍去病一闹，我光忙着生气，堆积几天的满腹愁绪竟然去了大半，他……他是故意的吗？

红姑看我立在门口愣愣发呆，笑着牵起我的手，向外行去：“别胡思乱想了，想些正经事情，我昨日算了一笔账，看余钱可以再买一个园子。你的意思如何？我打算……”我和红姑一面在园子里散步，一面商量着歌舞坊的生意往来。

“陈郎，求您不要这样，不是说好了只陪您走走的吗？”秋香一面挣扎，一面哀求，正欲强抱她的男子却毫不理会，仍旧十分无礼。

我和红姑对视一眼，都有些生气，把我们歌舞坊当什么了？现在就是长安城最下流无赖的权贵到了落玉坊都要收敛几分，今日倒撞见个愣大胆。

红姑娇声笑道：“出来随意走走都能看到雀儿打架，男女之情要的是个你情我愿才有意趣，小郎君若真喜欢秋香，就应该花些工夫打动她的心，让她高高兴兴地跟了你，方显得风流雅致。”

男子放开秋香，笑着回头："讲得有意思，可我偏觉得不情不愿才有意思……"我们眼神相遇时，他的笑容立僵，我的心一窒，转身就走，他喝叫道："站住！"

我充耳不闻，急急前行，他几个纵跃追到我身旁伸手拉我，我挥手打开他，再顾不上避讳，也快步飞奔起来，他在身后用匈奴话叫道："玉谨姐姐，我知道是你，我知道是你……"说着语声已经带了哭腔，女儿腔尽显无疑。

我停住脚步，却仍旧没有回头，她走到我身后，吸了吸鼻子，低声说："就我一个人胡闹着跑出来玩，单于没有在这里。"

我转身看向她，两人都细细打量着对方，半晌无一句话。红姑看了我们一眼，带着秋香快步离去。

"你怎么还是老样子？在长安城都这么无法无天，竟然调戏起姑娘来。"我笑问。

目达朵猛然抱住我哭起来："他们都说你死了，他们都说你死了，我哭了整整一年，为什么於单临死都指天发誓说你已经死了？"

我以为我已经够坚强，眼中却还是浮出点点泪花，紧咬着嘴唇不让它们掉下来："於单……於单临去前，你见过他？"

目达朵一面掉泪一面点头："单于刚开始不相信你死了，知道我们自小要好，所以特意让我去问你的下落。可於单亲口告诉我，说你的确已死，他把你的尸身葬进流沙中。"

我拿出绢帕递给她，却半晌都没有办法开口问於单被捉后的事情。

"姐姐，你也在这里卖歌舞吗？要多少钱给你赎身？"目达朵抹着眼泪说。

我看着她暖暖一笑："这个园子是我的，我是这里的坊主。"

目达朵拍了下自己脑袋，笑起来："我真笨，这天下有谁能让姐姐做不愿意做的事情呢？扔他一枚我们的'痒痒钉'，痒死他！"

我嘴唇微抿，却没有笑出来。目达朵的笑容也立即消失，她沉默了会儿，说道："姐姐，单于没有杀於单，於单是自己病死的。"

我冷笑一声："病死的，是吗？於单和我们从小一块儿玩，他身体有那么差吗？我们大冬天把他骗到冰湖里，我们自己都冻病了，可他什么事情都没有。"

目达朵急急解释道："姐姐，是真的。单于要杀於单，捉他时就可以杀，可单于下过命令只许活捉，否则怎么会追一个人追了几天几夜？而且，你不知道单于得知追你们时已经误伤了你，气得脸惨白，我从没有见单于那么生气过，吓得追你们的几千勇士全跪在地上。而且单于一直不肯相信你会死，一遍遍追问於单你是怎么死的，可於单讲得活灵活现，单于派人从匈奴找到西域，通往汉朝的各个关口都派了重兵，却一直找不到你，后来我们就相信了於单的话。”

我冷笑道：“我不想再探究这些，就算於单是病死的，可还有我阿爹和阏氏，难道他们自己想自尽？这些事情都是谁造成的？他虽未杀他们，可他们是因他而死。”

目达朵含着泪，摇头再摇头：“姐姐，我一点儿都不明白太傅为什么要自尽，单于一直在说服太傅留下帮他，就算太傅不肯也可以求单于放他走，可他为什么要自尽呢？记得那天我刚睡下，突然就听到外面的惊叫声。我赶紧穿好衣服出了帐篷，听到众人都在叫嚷‘先王的阏氏自尽了’。没一会儿，又有人哭叫着说‘太傅自尽了’。我因为想着姐姐，顾不上去看阏氏，一路哭着跑去看太傅，却看到单于飞一般地跑来。估计单于也是刚睡下，匆忙间竟连鞋都没有穿，赤足踏在雪地里，看到太傅尸身的刹那，身子踉跄，差点儿摔在地上。众人吓得要死，齐齐劝他休息，他却脸色苍白地喝退众人，在太傅尸身旁一直守到天明。姐姐，自从单于起兵自立为单于后，我本来一直都是恨单于的，恨他夺了於单的位置。可那天晚上，我看见单于一个人孤零零坐在帐篷内，当时帐篷外下着大雪，我们笼着火盆都觉得冷，可单于居然只穿着一件单衣坐到天明，身子一动不动，他的眼睛里没有高兴，竟然全都是痛苦凄楚，天虽冷，可他的心只怕比天更冷。我在外面偷偷看了他一夜，突然就不恨他了，觉得他这么做肯定有他的理由，而且我真觉得他比於单更适合当我们的单于，这些都是我亲眼看到的，绝对没有欺哄姐姐。单于后来还不顾所有重臣的反对，执意下令按照汉人的礼仪厚葬太傅……”

巨大的痛楚啃噬着心，我紧摁着胸口，痛苦地闭上眼睛。当年在祁连山下听到阿爹已去的消息时，也是这么痛，痛得好像心要被活生生地吃掉。而那一幕再次回到我的心中。

於单丢下我后，我没有听阿爹的话去中原，而是隐匿在狼群中，费尽心机地接近阿爹。凭借着狼群的帮助，我成功地躲开一次次的搜索，我以为我可以偷偷见到阿爹，甚至我可以带他一块儿逃走，可当我就要见到阿爹时，却听到阿爹已死的消息。

当时已经下了三天三夜的雪，地上的积雪直没到我的膝盖，可老天还在不停地下。天是白的，地是白的，天地间的一切都是惨白的。於单死了，阏氏死了，阿爹死了，我心中的伊稚斜也死了。我大哭着在雪地里奔跑，可是再不会有任何人的身影出现。脸上的泪珠结成冰，皮肤裂开，血沁进泪中，结成红艳艳的冰泪。

十二岁的我，在一天一地的雪中，跑了整整一天，最后力尽跌进雪中，漫天雪花飞飞扬扬地落在我的脸上、身上。我大睁着双眼看着天空，一动不动，没有力气，也不愿再动，雪花渐渐覆盖了我的全身，我觉得一切都很好，我马上就可以再没有痛苦了，就这样吧！让一切都完结在这片干净的白色中，没有一丝血腥的气味。

狼兄呼啸着找到我，他用爪子把我身上的落雪一点点挖掉，想用嘴拖我走。可当时的他还那么小，根本拖不动我，他就趴在我的心口，用整个身子护住我，不停地用舌头舔我的脸、我的手，想把温暖传给我。我让他走，告诉他如果狼群不能及时赶到，他就会冻死在雪地里，可他固执地守着我。

狼兄的眼睛一眨不眨地盯着我，我一想闭眼，他就拼命地用舌头舔我。他和阿爹的眼睛根本不像，可眼睛里蕴含的意思是一模一样的，都是要我活下去。我想起答应过阿爹，不管碰到什么都一定会活下去，而且一定要快活地活下去，因为阿爹唯一的心愿就是要我活着。我盯着狼兄乌黑的眼睛，对狼兄说："我错了，我要活下去，我一定要活下去。"幸亏狼群及时赶到，雪也停了，我被狼群所救，他们用自己的身体和猎物的热血让我的手和脚恢复知觉……

我蓦然叫道："别说了！目达朵，对你而言这只是一个个过去，可这些都是我心上的伤痕，曾经血淋淋，现在好不容易结疤不再流血，为什么你会出现在我面前，把结好的伤疤全部撕开？你回去吧！如果你还顾念我们从小认识的情谊，就请当作从没有见过我，早就没有玉谨此人，她的确已经死了，死在那年的大雪中。"

一甩衣袖，就要离开。目达朵紧紧拽着我的衣袖，只知道喃喃叫："姐姐，姐姐……"

离开匈奴前，我、於单、日磾、目达朵四人最要好。因为阿爹的关系，我和於单较之他人又多了几分亲密。於单、日磾和我出去玩时都不喜欢带上目达朵，她一句话不说，一双大眼睛却总是盯着我们，我逗着她说："叫一声姐姐，我就带你出去玩。"她固执地摇头不肯叫我，鄙夷地对我说："你自己都不知道自己多大，说不定比我小，才不要叫你姐姐。"但不管我们走到哪里，她总跟在后面，甩也甩不掉，日子长了，我俩反倒好起来，因为一样地固执，一样地飞扬娇纵，一样地胡闹疯玩。当我决定自己的年龄后，让目达朵叫我姐姐，她思考一晚后竟痛痛快快地叫了我。我还纳闷她怎么这么好说话，从於单那里才知道原来她觉得一声姐姐可以换得我以后事事让着她，她觉得叫就叫吧！

几声“姐姐”叫得我心中一软，我放柔声音道：“我现在过得很好，我不想再回去，也不可能回去。”

目达朵默默想了会儿，点点头：“我明白了，你是不想见单于，我不会告诉单于我见过你。”

我握着她手：“多谢，你们什么时候回去？”

目达朵开心地也握住我：“明天就走，所以今日大家都很忙，没有人顾得上我，我就自己跑出来玩了。”

我笑道：“我带你四处转转吧！再让厨房做几个别致的汉家菜肴给你吃，就算告别。”

目达朵声音涩涩地问：“我们以后还会见面吗？”

回头处，一步步足迹清晰，可我们已经找不到回去的路。我苦涩地说：“我希望不要再见，我和伊稚斜绝不可能相见时一笑泯恩仇，而你已经选择了他，如果再见只怕你会左右为难。”

目达朵的脸立即烧得通红，又是惭愧又是羞赧地低头盯着地面。我原本的意思是说她选择了伊稚斜做他们的单于，可看到她的脸色，心中一下明白过来，说不清楚什么滋味，淡淡问：“你做了他的妃子吗？”

目达朵摇摇头，轻叹口气：“单于对我极好，为此阏氏很讨厌我，像这次来汉朝，没有人同意我来，可我就是想来，单于也就同意了，阏氏因为这事还大闹了一场。可我仍旧看不清单于心里想什么，不过如果他肯立我做他的妃子，我肯定愿意。”她说着有些惭愧地偷偷看了我一眼。

我笑起来，果然是匈奴的女子，喜欢就是喜欢，想嫁就是想嫁，从不会讳言自己的感情，也不觉得有什么羞人。“不用顾及我，你虽然和我好，可你想嫁给伊稚斜是你自己的事情。只希望我和他不要有真正碰面的一天。”

目达朵有些恐惧地看着我：“你想杀单于吗？”

我摇摇头，如实回道：“目前不会，以前非常痛苦地想过、挣扎过，最终一切都慢慢平复，以后……以后应该也不会，我只盼此生永不相见。目达朵，其实不是我想不想杀他，而是他想不想杀我，有些事情一旦做了就要做彻底，否则他会害怕和担心。就如他宁愿在我阿爹自尽后痛苦内疚，也不愿给我阿爹一条生路。”

目达朵神情微变，似乎明白些什么，口中却不愿承认，依旧固执地说：“单于没有想让你们死，他下过命令的，没有……”

我苦笑着说：“你怕什么？还怕我真去杀他吗？他想杀我很容易，而我想杀他谈何容易？他是匈奴的第一勇士，是匈奴帝国的单于，我若要杀他就要和整个匈奴帝国为敌，那我这一生就只能为这段仇恨活着。阿爹只希望我找到赠送芍药的人，用才智守护自己的幸福，而不是费尽心机纠缠于痛苦。目达朵，即使我和伊稚斜真会有重逢的一天，也是我死的可能性比较大，你根本不必担心他。只怕他一旦知道我还活着，我能不能在长安城立足都很困难。”

目达朵眼含愧疚，郑重地说：“我一定不会告诉任何人你还活着。”

·——·——·——·——·

元朔六年正月初一，新一年的第一天。我不知道今年我是否会一直很开心，但新年的第一天我很开心。三十晚上我从小淘腿上解下的绢条让我开心了一整个晚上，九爷请我初一中午去石府玩。这是你第一次主动让我去看你。我在想，是否以后会有很多个第一次，很多个……

将绢帕收到竹箱中，仔细看看，不知不觉中已经有一小沓。不知道这些绢帕上百转千回的心思何时才能全部告诉他。

先去给爷爷和石风拜年，陪爷爷说了大半日的话，又和石风斗嘴逗着爷爷笑闹了会儿，方转去竹馆。

刚到竹馆就闻到隐隐的梅花香，心里微有些纳闷，九爷平常从不供这些花草的。

屋子一侧的案上放着一只胖肚陶瓶，中间插着几株白梅花，花枝不高，花朵儿恰好探出陶瓶，但花枝打得很开，花朵又结得密，开得正是热闹，看着生机盎然。

梅花旁相对摆着两只酒杯、两双筷子，一只小酒壶正放在小炭炉上隔水烫着。我的唇角忍也忍不住地向上弯了起来。我凑到梅花上，深嗅一下，九爷从内屋推着轮椅出来：“梅香闻的就是若有若无。”

我回头看向他：“不管怎么闻怎么嗅，要紧的是开心。”

他温和地笑起来，我背着双手，脑袋侧着，笑看着他问：“你要请我吃什么好吃的？”

他道：“一会儿就知道了。”

他请我坐到胡桌旁，给我斟了杯烫好的酒："你肩膀还疼吗？"

我"啊"了一声，困惑地看着他，瞬间反应过来，忙点头："不疼了。"

他一愣："到底是疼，还是不疼？"

我又连连摇头："就还有一点儿疼。"

他抿着嘴笑起来："你想好了再说，疼就是疼，不疼就是不疼，怎么动作和话语两个意思？"

我敲了下自己的头，没用！摸着自己的肩膀："没有先前疼了，不过偶尔会有一点儿疼。"

他道："生意忙也要先照顾好自己的身子，天寒地冻的人家都捂了一件又一件，你看看你穿的什么？难怪你不是嗓子疼、头疼，就是肩膀疼。"

我低头转动着胡桌上的酒杯，抿唇而笑，心中透着一丝窃喜。

石雨在门外叫了声"九爷"后，托着个大托盘进来，上面放着两个扣了盖子的大海碗。他朝我咧嘴笑了下，在我和九爷面前各自摆了一个海碗。

我掀开盖子，热腾腾的白色雾气和扑鼻的香气一块儿飘了起来，我纳闷地笑问："大过年的，难道就招呼我吃一碗羊肉汤煮饼？"

九爷微笑不语，只是示意我尝尝是否好吃。碗中的饼白如脂，上面漂着嫩绿的葱花，一见就胃口大开。我喝了一口浓汤，惊喜地眯起了眼睛："这滋味和平日吃的不一样。"

九爷还未开口，石雨嘴快地说："当然不一样了，姑娘上次随口说了句长安城的羊肉不好吃，九爷就惦记上了。羊可是敕勒川的活羊，为了让姑娘清晨喝上最鲜美的汤，九爷昨儿晚上可一宿都没睡踏实，还有这饼子是……"

"石雨！"九爷视线扫向石雨，石雨朝我眨眨眼睛，用嘴形无声地说了句："你可要用心品。"一溜烟地跑出了屋子。

我看着九爷，有些不敢相信地问："这碗羊肉汤煮饼是你亲手做的？"

九爷平静地说："金银珠玉你又不在乎，只是想用这碗羊肉汤煮饼恭贺你的生辰，祝你福寿双全。"

我低声道："今日又不是我的生辰。"

他温和地说："每个人都应该有这个特别的日子，你既然不知道自己的生日，那就用这个日子吧！去年的今天我们重逢在此，是个吉利日子，又是一年的第一天，以后每年过生日时，千家万户都与你同乐。"

我声音哽在喉咙里，一句话都说不出来，只是捞起汤饼吃起来，他在一旁静静陪着我吃。

羊肉汤的滋味香滑，喝到肚里，全身都暖洋洋的，连心都暖和起来。

吃完羊肉汤煮饼，两人一面慢慢饮着酒，一面有一句没一句地说着话。我酒量很差，不敢多喝，可又舍不得不喝，只得一点点地啜着，我喜欢两人举杯而饮的微醺感觉，温馨的，喜悦的。

冬日的天黑得早，刚过了申时，屋内已经暗起来，九爷点燃了火烛。我心里明白我该告辞，可又磨蹭着不肯离去，心里几番犹豫，最后鼓起勇气，装作不经意地笑说："我最近新学了首曲子，吹得比以前好听。"

九爷含笑说："你还有空学曲子，看来也没有我想的那么忙，是什么曲子？"

我稳着声音："我吹给你听，看知道不知道。"

他取了玉笛出来，又用干净的绢帕擦拭一遍，笑着递给我。我低着头，不敢看他一眼，握着玉笛的手轻轻颤抖，隐在袖中好一会儿，方把笛子凑到唇边。

今夕何夕兮，搴舟中流。
今日何日兮，得与王子同舟。
蒙羞被好兮，不訾诟耻。
心几烦而不绝兮，得知王子。
山有木兮木有枝，心悦君兮君不知。

已经练了千百遍的曲子，此时吹来，却是时不时地带着颤音。吹完后，我头仍旧低着，握着笛子，一动不动地坐着，唯恐自己的一个细微举动都会打碎一些什么。

寂静，死一般的寂静，静得空气都胶凝在一起，火烛的光都不再跳动，似乎越变越暗。

"听着陌生，曲子倒是不错，可你吹得不好，天快全黑了，你回去吧！"九爷清清淡淡，水波不兴地说。

咔嚓一声，还未觉得痛，心上已经有了道道裂纹，半晌后，疼痛才沿着纵横的裂纹丝丝缕缕地漫入全身，疼得身子微微地颤。抬头看向他，他与我眼光一触，瞳孔似乎骤然一缩，立即移开了视线。我固执地盯着他，他却只是专注地凝视着陶瓶中的白梅，我眼中的“为什么”和伤心，他似乎都看不见。

他不会再理你，离开吧！至少一切还未完全揭破，还可以貌似有尊严地离去。心中一个声音细细地劝着，可另一边仍不死心，总觉得他会再抬头看我一眼。

很久后，我默默站起，向外走去，到门口伸手拉门时，方发觉手中还紧紧地握着玉笛，太过用力，指甲透进手心，渗出些许血丝，浸染到玉笛上，点点惊心地殷红。

我转身将玉笛轻轻搁在胡桌上，一步一步地出了门。

半黑中，我不辨方向地走着，是否回落玉坊，我根本没有想起。脑子中只雷鸣一般的声音，反反复复：“听着陌生，曲子倒是不错，可你吹得不好。”

为什么？为什么？他对我一点儿好感都没有吗？可他为何又对我这么好？为何我晚归时，会在灯下等我？为什么我每一个小毛病都惦记着，都仔细开了方子给我，时时叮嘱？为什么会温和疼惜地和我说话？为什么给我过生日？为什么？太多的为什么，让我的脑袋疼得似乎要炸裂。

新年时节，户户门前都挂着巨大的红灯笼，温暖的红光映晕在街道上，空气中飘着浓郁的肉香味，一切都是温馨甜美，抬眼处手一掬就是满手家的幸福，可低头处只有自己的影子相随，随着灯光忽强忽弱，瑟瑟晃动。

几个贪玩的孩童正在路口点爆竹玩，竹子在火光里发出阵阵的噼啪声。孩子们嘻嘻笑着，半捂着耳朵躲在远处，等着那几声惊天动地的炸响。

我直直从火旁走过，恰巧竹火爆开，一声巨响后，几点火星落在我的裙上，微风一吹，迅速燃起。孩童一看闯了祸，叫嚷了几声一哄而散。我低头看着裙裾上的火越烧越大，呆了一瞬，才猛然反应过来究竟怎么回事，情急下忙用手去拍，火势却是止也止不住，正急得想索性躺到地上打滚灭掉火，一件锦鼠毛皮氅扑打在裙上，三两下已经扑灭了火。

“手伤着了吗？”霍去病问。我摇摇头，把左手缩到了身后。

霍去病抖了抖手上的大氅，叹道：“可惜了，前几日刚从陛下那得来的，今日才上身。”

我本想说赔他一件，一听是皇帝赏赐，又闭上了嘴巴。他看了我两眼，把大氅披在我身上：“虽说不好了，可比你这大洞小窟窿的裙子还是好很多。”

我拢了拢大氅：“你怎么在街上？”

他道：“刚去给公主和舅父拜年回来。你怎么一个人在街上，看样子还逛了很长时间，头发梢都结了霜。”说着用手替我轻拍了几下鬓角发梢，细心地把冰霜拍去。

我没有回答，转头四处打量，看究竟身在何方，竟然稀里糊涂转了小半个长安城。他细看了我一会儿：“大过年的，怎么一副丧气样子？跟我来！”

我还没来得及出声反对，他已经强拽着我跳上马车，我的力气都已在刚才用完，此时只觉一切都无所谓，默默地任由他安置我。

他见我一声不吭，也沉默地坐着，只听到车轱辘轧着地面“吱扭”的声音。

半晌后，他道：“我知道你吹的是什么曲子了，我随口哼了几句被陛下无意听见，打趣地问我哪个女子向我唱了《越人歌》，我还稀里糊涂地问陛下：‘为什么不能是男子唱的？’”

我向他扯了扯嘴角，勉强挤了一丝笑。

“楚越相近，但言语不通，楚国鄂君乘舟经过越国，河上划舟的越女见之倾心，奈何语言不能说，遂唱了这首歌。鄂君听懂了曲意，明白了越女的心意，笑着把她带回家。”霍去病娓娓讲述着这段发生在一百多年前的故事。

因为美丽的相遇与结局，也许很多女子都会效仿越女，试图抓住自己的幸福，可不是每一个人都会得偿心愿。我不愿再听这个故事，打断他的话：“你要带我去哪里？”

他静静地盯了我一会儿，忽地一个灿如朝阳的笑容：“带你去听听男儿的歌声。”

霍去病竟然带着我长驱直入建章营骑的军营。当今皇帝刘彻登基之初，选陇西、天水、安定、北地、上郡、西河六郡出身良家的少年护卫建章宫，称建章营骑。当时朝政还把持在窦太后手中，刘彻虽有扫荡匈奴之志，但在连性命都无法保障的情况下，只能做起了沉溺于逸乐的纨绔少年，常命建章营骑分成两队，扮作匈奴和大汉相互厮杀操练，看似一帮少年的游戏取乐，却正是这支游戏队伍，经过刘彻多年的苦心经营，变成大汉朝军队的精锐所在。

虽然是过年，可军营内仍旧一片肃杀之气，直到转到休息的营房才有了几分新年的气象。门大开着，巨大的膏烛照得屋子透亮，炭火烧得通红，上面正烤着肉，酒肉的香气混在一起，惹得人食指大动。

霍去病自小出入军营，屋内围炉而坐的众人显然和他极是熟稔，看到霍去病都笑着站起来。一个锦衣男子笑道："鼻子倒是好，新鲜的鹿肉刚烤好，你就来了。"我闻声望去，认出是李敢。

霍去病没有答话，带着我径直坐到了众人让出的位置上，大家看到我都没有任何奇怪的神色，仿佛我来得天经地义，或者该说任何事情发生在霍去病身上都很正常。一个少年在我和霍去病面前各摆了一个碗，二话不说，哗哗地倒满酒。

霍去病也是一言不发，端起酒向众人敬了一下，仰起脖子就灌下去。大家笑起来，李敢笑道："你倒是不啰唆，知道晚了就要罚酒。"说着又给他斟了一碗，霍去病转眼间已经喝下三碗酒。

众人目光看向我，在炭火映照下，大家的脸上都泛着健康的红色，眼睛是年轻纯净、坦然热烈的，如火般燃烧着，不知道是炭火，还是他们的眼睛。我竟觉得自己的心一热，深吸了口气，笑着端起碗，学着霍去病的样子向众人敬了下，闭着眼睛，一口气灌下去。

一碗酒下肚，众人鼓掌大笑，哄然叫好。我抹了把嘴角的酒渍，把碗放在案上。第二碗酒注满，我刚要伸手拿，霍去病端起来，淡淡道："她是我带来的人，剩下两碗算我头上。"说着已经喝起来。

李敢看着我，含笑道："看她的样子不像会喝酒，竟肯舍命陪君子，拚却醉红颜，难得！在下李敢。"说着向我一抱拳，我怔了一瞬后，方沉默地向他一欠身子。

李敢和霍去病的关系显然很不错。霍去病在众人面前时很少说话，常常都是一脸倨傲冷漠，一般人不愿轻易自找没趣，也都与他保持一定距离。可李敢与霍去病一暖一冷，倒是相处得怡然自得。

李敢又给霍去病倒满一碗酒，也给自己满上，陪着霍去病饮了一碗。又用尖刀划了鹿肉，放在我和霍去病面前，霍去病用刀扎了一块肉，递给我，低声道："吃些肉压一下酒气。"

其他人此时已经或坐或站，撕着鹿肉吃起来，有的直接用手扯下就吃，有的文雅点儿，用刀划着吃，还有忙着划拳的，吆五喝六，吆喝声大得直欲把人耳朵震破。

我的酒气开始上头，眼睛花了起来，只知道霍去病递给我一块肉，我就吃一块，直接用手抓着送到嘴里，随手把油腻擦在他的大氅上。

醉眼蒙眬中，似乎听到这些少年男儿敲着几案高歌，我也扯着喉咙跟着他们喊：

日月光，河山壮
狼烟阵阵起边疆
血肉躯，英雄胆
将士铸成铁铜墙
铁弓冷，血犹热
奋勇杀敌保家乡
好男儿，莫退让
马踏匈奴汉风扬
汉风扬……

大喊大叫中，我心中的悲伤愁苦似乎随着喊叫从心中发泄出少许，我也第一次约略明白了几分少年男儿的豪情壮志、激昂热血。

第二日早上，我呻吟着醒来。红姑端着一碗醒酒汤，嘀咕道："往日不喜饮酒的人，一喝却喝成这个样子。"

我捧着自己的脑袋，还是觉得重如千斤。红姑摇摇头，拿勺子一勺一勺地喂我喝，我喝了几口后问："我是怎么回来的？"

红姑嘴边带着一丝古怪的笑，娇媚地睨着我："醉得和摊烂泥一样，能怎么回来？霍少送到门口，我想叫人背你回屋，霍少却直接抱着你进了屋子。"

我"啊"了一声，头越发重起来。红姑满脸幸灾乐祸："还有更让你头疼的呢！"

我无力地呻吟着："什么？"

红姑道："霍少要走，你却死死抓住人家袖子不让走，嚷嚷着让他说清楚，你说得颠三倒四，我也没怎么听懂，反正大概意思好像是'为什么要对我那么好？你可不可以对我坏一些？你对我坏一些，也许我就可以不那么难过'。弄得霍少坐在榻边一直陪着你，哄着你，直等你睡着才离去。"

我惨叫一声，直挺挺地跌回榻上，我究竟还胡说八道了多少？

渐渐想起自己的荒唐之态，一幕幕从心中似清晰似模糊地掠过。我哀哀苦叹，真正醉酒乱性，以后再不可血一热就意气用事。

我伸着裹着白罗的左手道："我记得这是你替我包的。"

红姑点头道："是我包的，不过霍少在一旁看着，还督促着我把你的指甲全剪了，寒着脸嘀咕了句'省得她不掐别人就掐自己'。可怜我花在你指甲上的一番心血，但看到霍少的脸色，却不敢有丝毫废话。"我忙举起另外一只手，果然指甲都变得秃秃的。我哀叹着把手覆在脸上，昨夜的情景浮现在眼前……

"怎么没人唱歌了？"我趴在马车窗上大口吸着冷风。

霍去病把我拽进马车，一脸无奈："怎么酒量这么差？酒品也这么差？"

我笑着挣开他的手，朝着车窗外高声大唱："铁弓冷，血犹热，奋勇杀敌保家乡……好男儿，莫退让，马踏匈奴汉风扬……"

他又把我揪回了马车："刚喝完酒，再吹冷风，明天头疼不要埋怨我。"

我要推开他，他忙拽住我的手，恰好碰到先前的伤口，我龇牙咧嘴地吸气，他握着我的手细看："这是怎么了？难道又和人袖子里面打架了？"

我嘻嘻笑着说："是我自己掐的。"

他轻声问："疼吗？"

我摇摇头，指着自己的心口，瘪着嘴，似哭似笑地说："这里好痛。"

他面容沉静，不发一言，眼中却带了一分痛楚，定定地凝视着我，看得已经醉得稀里糊涂的我也难受起来，竟然不敢再看他，匆匆移开视线。

红姑笑得和偷了油的老鼠一样，揪着我的衣服，把我拽起来："不要再胡思乱想了，喝完醒酒汤，吃些小米粥，再让婢女服侍着你泡个热水澡，就不会那么难受了。"

·——·——·——·——·

小谦和小淘现在喜欢上吃鸡蛋黄。小谦还好，虽然想吃，也只是在我喂食的时候"咕咕"叫几声；小淘就很是泼皮，我走到哪里，它跟到哪里，在我裙边绕来绕去，和我大玩"步步惊心"的游戏。我在"踩死它"还是"胖死它"之间犹豫之后，决定让它慢性自杀。这个决定害得我也天天陪着它们吃鸡蛋：它们吃蛋黄，我吃蛋白。

我时不时就会看着小谦和小淘发呆，我尽力想忘记九爷的话，那句"曲子倒是不错，可你吹得不好”每从心头掠过一遍，心就如被利刃划过般地疼。我们已经一个多月没有任何联系，有时候我会想，难道我们从此后就再无关系了？

夜色低垂时，我倚在窗口看点点星光，小谦和小淘在黑夜中刺眼的白时刻提醒着我，今晚的夜色和以前是不同的。我暗自问自己，我是否做错了？我也许根本不应该吹那首曲子，否则我们之间至少还有夜晚的白鸽传信。我太贪心，想要更多，可我无法不贪心。

清晨刚从水缸中汲了水，一转身却无意中扫到窗下去年秋天开的一小片花圃中的几点嫩绿。我一惊下大喜，喜未上眉头，心里又有几丝哀伤。

走到花圃旁蹲下细看，这些鸳鸯藤似乎是一夜间就冒了出来，细小的叶瓣还贴着地面，看着纤弱娇嫩，可它们是穿破了厚重的泥土才见到阳光。从去年秋天，它们就在黑暗的泥土里挣扎，从秋天到冬天，从冬天到春天，一百多个日日夜夜，不知道头顶究竟多厚的泥土，它们是否怀疑过自己真的能见到阳光吗？

我轻轻碰了下它们的叶子，心情忽地振奋起来，催心砚去找花匠帮我扎一个竹篾筐子，罩在鸳鸯藤的嫩芽上，好挡住小谦和小淘。它们还太弱小，禁不得小淘的摧残。

晚上，我在石府围墙外徘徊良久，却始终不敢跃上墙头。我一直以为自己是一个有勇气的人，现在才明白人对真正在乎和看重的事，只有患得患失，勇气似乎离得很远。

想进不敢进，欲走又舍不得，百般无奈下，我心中一动，偷偷跳上别家的屋顶，立在最高处，遥遥望着竹馆的方向，沉沉夜色中，灯光隐约可见，你在灯下做什么？

这是一个没有月亮的夜晚，只三两颗微弱的星星忽明忽灭。黑如墨的夜色中，整个长安城都在沉睡，可他却还没有睡。我独自站在高处，夜风吹得衣袍飒飒作响，身有冷意，可那盏温暖的灯却遥不可及。

那灯一直亮着，我就一直望着，不知道痴站了多久，隐隐传来几声鸡鸣，方惊觉天已要亮，我的心蓦然酸起来，不是为自己。一盏孤灯，一个漫漫长夜，独自一人，你又是为何长夜不能眠？你究竟为什么守着寂寞孤清？

街上就要有早起的行人，我不敢再逗留，匆匆跃下屋顶，未行几步，脚步一顿，瞬时待在当地，霍去病正站在街道当中。

暗淡的晨曦下，他微仰头，一动不动地凝望着我站了一夜的屋顶，清冷的晨风吹过，他的袍袖衣角也似仍带着几分夜的寒意。

他在此处站了多久？

他低头看向我，深黑双瞳中喜怒难辨，似乎没有任何感情，即使隔着千山万水，依旧躲不开那样专注的视线。我的心一窒，不敢与他对视，仓促地移开视线。两人遥遥立着，他不语，我不动，一径地沉默。

路上偶有经过的行人望望他又望望我，满面好奇，却因为霍去病气宇不凡，又都不敢多看，只得快步走过。阳光由弱变强，明亮地洒满一地，他忽地笑起来，似乎笑得很是畅快："风露立通宵，所为何事？"

我嘴微动一下，却嗓子发涩，难以回答他的问题，蓦然拔脚从他面前匆匆跑过，不敢回头，也不能回头。

烛光下，砚台中的墨又已变稠，可我仍旧找不到一句可以落笔的话。我该说什么？从白日想到晚上，竟然还是一无所得，最后一咬牙，提笔写道：

我陪小谦和小淘一块儿吃鸡蛋，吃得多了，好像有些贴食，吃不下饭。我不喜吃药，你可有法子？

写完后不敢再想，怕一想就勇气全消，会把绢条烧掉。急急把绢条绑在小谦脚上，吹了竹哨让它去石府。

小谦走后，我坐卧难安，从屋内走到院中，又从院中走回屋内，最后索性打起灯笼蹲在小花圃前仔细看着鸳鸯藤。它们长得真是快，昨日早晨还贴在地面上，现在已经高出地面小半指的距离。是不是像它们一样足够努力，我也终有一日，肯定能见到阳光？他会给我回信吗？会？不会？

头顶传来鸟儿拍翅膀的声音，我立即跳起，小谦一个漂亮的俯冲落在我平举的胳膊上。我一时不敢去看小谦的脚，闭了会儿眼睛，才缓缓睁眼看去。不是我送出的绢条！一瞬间，心里又是酸楚又是高兴。解下绢条，进屋趴在灯下细看：

山楂去核，山药适量，命厨子将山楂和山药蒸熟做成薄饼，若喜甜可滴数滴蜂蜜，每日适量食用。平日煮茶时可加些许陈皮，既可消食又对喉咙好。

我装作什么都没有发生过，他也装作什么都没有发生过，我们绕了一个圈子，似乎又绕回了原地。

我盯着绢条看了半晌，想努力看出这平淡得就像一个大夫开给病人的方子中可有些许感情的流露，一字字读了一遍“若喜甜可滴数滴蜂蜜……既可消食又对喉咙好”。心里轻叹口气，隔了这么久，你还记得我去年曾说的嗓子疼，也记得我说过讨厌苦味，只是那丝有情总是透着事不关己的疏离。

·——·——·——·——·

仲春的阳光明亮慷慨，毫不吝啬地倾注在鸳鸯藤上。光线落在颜色已深的老叶上，如鱼入水，涟漪刚起踪影已无，激不起任何变化。刚生出的新叶在阳光下变得薄如蝉翼、脉络清晰。光与影，明与暗，老与新，和谐与不和谐，谱出半架藤缠蔓纠、叶绿枝繁。

“你何时种了这么一片藤蔓？”霍去病在我身后问。语气轻快，好似我们没有那一场夜色中的风露立通宵。

将近一个月未见，忽然听到他的声音，一时有些恍惚，心中透出几分欢欣。身子不敢动，依旧看着鸳鸯藤，装作什么都没有发生过地说：“你下次能否不要这么不声不响地站在我身后？”

他走到我身旁，伸手碰了下藤条：“连你都不能察觉，看来本人武艺确是不错。这叫什么？开花吗？”

我道：“金银花，不但开花，而且很美丽，夏天才开，现在还不到季节。”

他在我身旁静静地站了会儿，忽地问：“你想回西域吗？”

他的问题问得古怪，我想了一会儿才约略明白：“你要出征了？”

“是，只要陛下准可，不过应该八九不离十。”

“对了，我还忘了给你道喜，听说你被陛下封为天子侍中了。”我边想边说。

他自嘲道：“这有什么喜可道？难道你没有听到别的话吗？无知竖子，不过是靠着姨母娘舅而已。”

我抿嘴而笑：“我没有听到，我只听我愿意听的，你今年多大？”

霍去病眉毛一挑，似笑非笑地说："你问我年龄做什么？本人年方十八，正当少年，相貌堂堂，尚未婚配，家中有田有地，婢女奴仆也不少，嫁给我倒是个不错的主意。"

我瞪了他一眼："年少就居高位的确惹人嫉妒，何况你现在……"我吐吐舌头，没有再说。

霍去病冷哼一声："我会让他们无话可说。"

我笑起来。今年春天，皇帝派遣卫青大将军率军与匈奴打了一仗，前两日卫大将军才胜利而归。看来，霍去病再也无法忍受在长安城做一个清闲的王侯贵戚，也想学舅舅，展翅高翔，搏击于长空。

我道："你上次不是已经把西域的地貌气候都熟悉了一遍吗？你的准备工夫做得很充足，何况军中肯定有熟悉西域和匈奴的人做探子和向导，我不见得能起什么作用。"

他静静地看了我一会儿，嘻嘻笑着向我拱拱手："这么多日，明里暗里都是鄙夷声，终于除了陛下，又听到一个赞我的。再熟悉草原大漠的向导和你一比都差了一截，匈奴常年游牧，论对草原大漠的熟悉是汉朝军士难及的。"

我望着鸳鸯藤架说："我目前不想回去。"

他手扶着鸳鸯藤架："那就算了。"

我道："有件事情想拜托你，如果大军过楼兰时征用当地人做向导，请善待他们。"

他若有所思地看了我一眼："别人的事情我懒得管，在我手下的，只要他们不生异心，我不会刻薄他们。"

我向他屈身行了一礼："多谢。"

他道："今日起，我应该再没时间来看你，你若有什么事要找我，可以直接去我府上找陈管家，你也认识的，就是在西域时见过的陈叔，他自会派人告知我。"

我点了下头，昂首看着他："等你得胜而归，得了陛下赏赐，可要请我在一品居大吃一顿。"

他神色骄矜，不屑地道："你现在就可以去订酒席了，省得一些稀罕物他们到时备办不齐全。"

我笑着摇头："好！明日我就去一品居。"

他也笑起来，笑声中，大步向外行去，临到门口忽地回身问："我出征时，你会来相送吗？"

我笑着反问："我算什么人？岂能有地方给我站？"

他凝视着我未说话，我沉默了一会儿："什么时候出发？"

他微露了一丝笑意："再过月余。"

我笑说："那我们一个月后见。"

他微颔下首，快步而去。春日明丽的阳光下，青松般的身影渐行渐远。在他身后，一地灿烂的阳光热热闹闹地笑着。

鸳鸯藤翠绿的叶儿在微风中欢愉地轻颤，我微眯双眼看向湛蓝的天空。人间三月天，树正绿，花正红，而我们正年少。

第十章

刺杀

我敲敲院门："九爷呢？"

小风正在摆围棋子，头未抬地说："在书房整理书册。"

我提步向书房行去，小风道："书房不让人进，连打扫都是九爷亲自动手，你坐着晒晒太阳，等一会儿吧！这里有水，自己招呼自己，我正忙着，就不招呼你了。"

我伸手重敲了小风的头一下："你人没长多大，架子倒是摆得不小。"

小风揉着脑袋，气瞪向我。我哼了一声，没有理会他，自顾向书房行去。

我虽在竹馆住过一段时间，可书房却是第一次来。一间大得不正常的屋子，没有任何间隔，宽敞得简直可以跑马车，大半个屋子都是一排排的书架，九爷正在架子前翻书册。

我有意地放重脚步，听到我的脚步声，他侧头向我笑点下头，示意我进去："你先坐一会儿，我马上就好。"

我心中几分欣喜，回转身朝着石风得意地做了个鬼脸。

我好奇地在一排排书架前细看："这些书，你都看过吗？"

九爷的声音隔着几排书架传来，不甚清晰："大都翻过。"

《诗经》《尚书》《仪礼》《周易》《春秋》《左传》《孝经》……这一架全是儒家的书籍，《诗经》好像翻阅得比较多，放在最容易拿取的地方。

《黄帝四经》《道德经》《老莱子》……这一排是黄老之学。老子的《道德经》，庄子的《逍遥游》和《知北游》显然已经翻阅了很多遍，穿竹简的绳子都有些松动。

法家、兵家……这些我自幼背过大半，没什么兴趣地匆匆扫了几眼，转到下一排。这一排比较奇怪，前半排只孤零零地放了一卷书，后半排却堆满了布帛卷。

我疑惑地拿起竹简，是《墨子》，这个听说有一部分很是艰涩，当日连阿爹都头疼。翻阅了下，有些地方读着还能懂，有些却是佶屈聱牙，好像有说工具的制作，做车轴云梯的，又有讲一种太阳的现象，什么穿过小孔成倒像，什么平面镜、凹凸镜成什么像的，完全不知其所云。我摇摇头放下，走到后半排拿起一卷帛书，是九爷的字迹，我愣了下，顾不上看内容，又拿了几卷，全是九爷的字迹。我探头看向九爷，他仍在低头摆弄书籍，我犹豫了下问："这排的书我能翻看一下吗？"

九爷回头看向我，思量了一瞬，点点头："没什么看头，只是我闲暇时的爱好。"

我拣了一卷，因为很长，没时间细读，只跳着看：

……公输般创云梯欲助楚攻宋，奈何遇墨翟。般与墨论计：般用云梯攻，墨火箭烧云梯；般用撞车撞城门，墨滚木礌石砸撞车；般用地道，墨烟熏……般九计俱用完，城仍安然。般心不服，欲杀墨。墨笑云："有徒三百在宋，各学一计守城。"楚王服，乃弃。余心恨之，公输般，后世人尊其鲁班，号匠艺之祖，却为何徒有九计，不得使人尽窥墨之三百计。闲暇玩笔，一攻一守，殚精竭虑，不过一百余策，心叹服……

随后几卷都细画着各种攻城器械、防守器械，写明相辅的攻城和守城之法。

我匆匆扫了一眼，搁好它们，拿了另外一卷："……非攻……兼爱天下……厌战争……"大概是分析墨子厌恶战争和反对大国欺辱小国的论述，一方面主张大国不应倚仗国势攻打小国，一方面主张小国应该积极备战，加强国力，随时准备对抗大国，让大国不敢轻易动兵。

我默默沉思了好一会儿，方缓缓搁下手中的书帛，又拿了几卷翻看，全是图样：各种器具的制作流程，一步步极其详细，有用于战争的复杂弩弓，有用于医疗的夹骨器具，也有简单的夹层陶水壶，只是为了让水在冬天保温，甚至还有女子的首饰图样。

我挠了挠脑袋，搁了回去，有心想全翻一遍，可更好奇后面的架子上还有什么书，只得看以后有无机会再看。

这一架全是医书，翻了一卷《扁鹊内经》，虽然九爷在竹简上都有细致的注释心得，但我实在看不懂，又没有多大的兴趣，所以直接走到尽头处随手拿了一卷打开看。《天下至道谈》，一旁也有九爷的注释，我脸一下变得滚烫，“砰”的一声把竹简扔回架上。九爷听到声响扭头看向我，我吓得一步跳到另一排书架前，拿起卷竹简，装模作样地看着，心依旧“咚咚”狂跳。

九爷也看这些书？不过这些书虽然是御女之术，可讲的也是医理，很多更是偏重论述房事和受孕的关系，心中胡乱琢磨着，低着头半晌没有动。

“你看得懂这些书？”九爷推着轮椅到我的身侧，微有诧异地问。

我心一慌，急急回答：“我只看了几眼，已经都被我烧掉了。”

九爷满眼困惑地看着我，我反应过来，他指的是我手中现在捧着的竹简，而不是……我懊恼得想晕倒，天下竟然有心虚至此的人。赶忙扫视了几眼书册，不能置信地瞪大眼睛，全是小蝌蚪般的文字，扭来扭去，一个字都不认识，不甘心地再看一眼，我仍旧一个字都不认识。

天哪！这样的书我竟然盯着看了半天，现在我已经不是懊恼得想晕倒，而是想去撞墙……我低着头，讷讷地说：“嗯……嗯……其实我是看不懂的，但是我……我很好奇，所以……所以还是认真地看着，这个……这个我只是研究……研究自己为什么看不懂。”

九爷眨了眨眼睛，貌似好奇地问：“那你研究出什么了？”

“研究出什么？嗯……我研究的结果是……嗯……原来我看不懂这些字。”

九爷的嘴角似乎有些微不可见的抽动，我心中哀叫一声，天哪！我究竟在说什么？我低下头，盯着自己的脚尖，多说多错，还是闭嘴吧！

屋子内安静得尴尬，我沮丧地想着，为什么会出丑？恨不得撞死自己！

九爷忽地靠在轮椅上大笑起来，欢快的声音在大屋中隐隐有回音，一时间满屋子似乎都是快乐。我头埋得越发低，羞赧中竟透出一丝甜，从没听到过他大笑的声音，只要他能经常如此笑，我宁愿天天出丑。

他掏出绢帕递给我：“随口一问而已，你竟然紧张得满脸通红，急出汗来，哪里像闻名长安城的歌舞坊坊主？”

我讪讪地将竹册搁回架上，接过绢帕擦去额头和鼻尖的小汗珠。

我的目光从架上的书册扫过：“这些书都不是汉字的吗？”

九爷微一颔首，我转开视线笑着说：“我刚才看到你绘制的首饰图样，很漂亮呢！”

九爷眼光从书册上收回，凝视着我问：“你为什么不问这些书是什么？”

我沉默一瞬后，轻叹一声：“你也从没有问过我为什么会和狼生活在一起。为什么说生在西域，却讲得一口流利的汉语，反倒西域各国的话一句不会说。每个人心中都有些事情在没有合适的心情、合适的人时绝不想提起，如果有一天你愿意告诉我时，我会坐在你身旁静静倾听，若不愿意说，我也不想探询。有一个人曾给我说过一句话，只认识他眼中的我，我想我也如此，我只认识我心中的你。”

九爷静静地坐了一会儿，推着轮椅从书架间出去，背对着我道：“很多事情究竟该如何做，我自己一直犹豫不定，所以也无从谈起。”

我的声音很轻，语气却很坚定：“不管你怎么做，我一定站在你这边。”

他正在推轮椅的手一顿，又继续转动着轮椅：“找我什么事？”

我道：“没什么特别事情，就是正好有空，所以来看看爷爷、小风和……你。”出书房前，忽瞟到墙角处靠着一根做工精致的拐杖。是九爷用的吗？可我从来没有见过他用拐杖。

我们刚出书房门，不知道触动了哪里的机关，门立即自动关上。我伸手轻推了下，纹丝不动，我以前以为竹馆内所有的机关都是他为了起居方便特意请人设置的，今日才明白全是他的手笔。

他道：“一会儿我要出去一趟。”

我忙说：“那我不打搅你，我回去了。”

他叫住我，想了一瞬，淡淡说：“我去城外的农庄见几位客人，你若有时间，也可以去庄子里玩玩，尝一尝刚摘下的新鲜瓜果。”

我抑着心中的喜悦，点点头。

石伯手中握着根黑得发亮的马鞭，坐在车椽上打盹儿，九爷往日惯用的秦力却不在，九爷还未说话，石伯已回道：“秦力有些事情不能来。”

九爷微点下头：“找别的车夫来驾车就行，不必您亲自驾车。”

石伯笑着挑起车帘：“好久没动弹，权当活动筋骨。”石伯问，“是先送玉儿回落玉坊吗？”

九爷道：“和我一块儿去山庄。”石伯迟疑了下，似乎想说什么，最后却只是沉默地一甩马鞭，驱车上路。

马车出了城门后，越跑越快，我趴在窗口，看着路边快速退后的绿树野花，心情比这夏日的天更明媚。九爷也微含着笑意，目光柔和地看着窗外。两人虽然一句话未说，可我觉得我们都在享受着吹面的风、美丽的风景和彼此的好心情。

石伯低低说了声：“急转弯，九爷当心。”说着马车已经急急转进林子中，又立即慢了速度，缓缓停下。石伯的驾驭技术绝对一流，整个过程马儿未发出一点儿声响。我困惑地看向九爷，手却没有迟疑，立即握住了系在腰间的金珠绢带。

九爷沉静地坐着，微微笑着摇了下头，示意我别轻举妄动。在林子中静静等了一会儿，又有两骑忽地从路旁也匆匆转入林中，马上的人看见我们，好像毫未留意，从我们马车旁急急掠过。

“装得倒还像！”石伯一挥马鞭，快若闪电，噼啪两声，已经打断了马儿的腿骨，两匹马惨叫着倒在地上。马上的人忙跃起，挥刀去挡漫天的鞭影，却终究技不如人，两人的刀齐齐落地，虬髯汉子微哼一声，石伯的马鞭贯穿他的手掌，竟将他钉在树上。

我一惊，立即反应过来，石伯的马鞭应该另有玄机，绝不是普通的马鞭。另一个青衣汉子呆呆盯了会儿石伯手中的鞭子，神色惊诧地看向石伯，忽地跪在石伯面前叽里咕噜地说起话来。被钉在树上的虬髯汉子本来脸带恨色，听到同伴的话，恨色立即消失，也带了几分惊异。

石伯收回长鞭，喝问着跪在地上的青衣汉子，两人一问一答，我一句也听不懂。九爷听了会儿，原本嘴边的笑意忽地消失，诧异地看了我一眼，吩咐道：“用汉语把刚才的话再说一遍。”

青衣汉子忙回道：“我们并非跟踪石府的马车，也不是想对石府不利，而是受雇查清落玉坊坊主在长安城的日常行踪，伺机暗杀了她。”他说着又向石伯连连磕头，“我们实在不知道老爷子是石舫的人，也不知道这位姑娘和石舫交情好。若知道，就是给我们一整座鸣沙山的金子，我们也不敢接这笔买卖。”

仿佛晴天里一个霹雳，太过意外，打得我头晕，发了好一会儿的蒙，才问道：“谁雇你们的？”

青衣人闻言只是磕头：“买卖可以不做，但规矩我们不敢坏，姑娘若还是怪罪，我们只能用人头谢罪。”

石伯挥着马鞭替马儿赶蚊蝇，漫不经心地说：“他们这一行，不管任何情况下都不能说出雇主的来历，其实就是说了，也不见得是真的。既然是请人暗杀，自然是暗地里的勾当。”

我苦笑道：“也是，那放他们走吧！”

石伯看向两人，没有说话，两人立即道：“今日所见的事情，我们一字不会泄露。”

石伯显然还是想杀了他们，握着马鞭的手刚要动，九爷道：“石伯，让他们走。”声音徐缓温和，却有让人无法抗拒的威严，石伯凌厉的杀气缓缓敛去。

石伯看着九爷，轻叹一声，冷着脸挥挥手。两人满面感激，连连磕头：“我们回去后一定妥善处理此事。老爷子，以罗布淖尔湖起誓，绝不敢泄露您的行踪。”

我有些惊讶，对沙漠戈壁中穿行的游牧人而言，这可比天打雷劈不得好死的誓言要沉重得多。

两人捡起刀，匆匆离去。那个手掌被石伯刺穿、一直没有说过话的汉子一面走一面回头看向马车，忽地似明白过来什么，大步跑回，扑通一声跪在马车前，刚才生死一线间都没有乱了分寸的人，此时却满面悔痛，眼中含泪，声音哽咽着说：“小的不知道这位姑娘是恩公的人，竟然恩将仇报，想杀了她，真是猪狗不如。”说着挥刀砍向自己的胳膊，一支袖箭从车中飞出，击偏了刀，他的同伴赶着握住他的手，又是困惑又是惊疑地看向我们。

九爷把小弩弓收回袖中，浅笑着说：“你只怕认错了人，我没有什么恩给过你，你们赶紧回西域吧！”

刚才的一幕刀挥箭飞，我全未上心，心里只默默念着“这位姑娘是恩公的人”，看向车下的两人，竟觉得二人长得十分顺眼。

虬髯大汉泣道：“能让老爷子驾车，又能从老爷子鞭下救人的人，天下除了恩公还能有谁？我一家老小全得恩公接济才侥幸得活，母亲日夜向雪山磕头，祈求您平安康健，我却稀里糊涂干了这没良心的事情。”

他身边的汉子闻言似也明白了九爷的身份，神色骤变，竟也立即跪在一旁，一言不发，只重重磕头，没几下血已经流了出来。九爷唇边虽还带着笑意，神情却很是无奈，石伯的眼神越来越冷厉。我叫道：“喂！你们两个人好没道理，觉得心愧就想着去补过，哪里能在这里要死要活的？难道让我们看到两具尸体，你们就心安了？我们还有事情，别挡路。”

两人迟疑了一会儿，缩手缩脚地站起，让开道路。我笑道：“这还差不多，不过真对不住，你们认错人了，我家九爷就是长安城的一个生意人，和西域没什么干系，刚才那几个头只能白受了，还有……”我虽笑着，语气却森冷起来，“都立即回西域。”

两人呆了一瞬，恭敬地说：“我们的确认错了，我们现在就回西域。”石伯看看我，又看看九爷，一言不发地打马就走。

马车依旧轻快地跑在路上，我的心里却如同压了一块巨石，沉甸甸的。我和西域诸国的人从未打过交道，又何来恩怨？难道是匈奴的人？目达朵不小心泄露了我还活着的事情吗？我现在的平静生活是否要改变了？

九爷温和地问：“能猜到是谁雇的人吗？”

我点点头，又摇摇头：“不知道，我一直在狼群中生活，应该只和一个人有怨。他们从西北边来倒也符合，那边目前绝大部分都还在他的势力范围内，可那个人为何要特意雇人来杀我呢？他可以直接派手下的高手来杀我。难道是因为在长安，他有所顾忌，所以只能让西域人出面？”

九爷道：“既然一时想不清楚，就不要再伤神。”

我把头伏在膝盖上，默默思量，他问：“玉儿，你怕吗？”

我摇摇头：“这两个人功夫很好，我打架不见得能打过他们，可他们肯定杀不了我，反倒我能杀了他们。”

石伯在车外喝了声彩：“杀人的功夫本就和打架的功夫是两回事情。九爷，雇主既是暗杀，肯定要么怕玉儿知道他是谁，要么就是没机会直接找玉儿。只要西域所有人都不接他的生意，他也只能先死心。这事交给我了，你们就该看花看花，该赏树赏树，别瞎操心。”

九爷笑道：“知道有你这老祖宗在，那帮西域的猴子猴孙闹不起来。”又对我说：“他们虽说有规矩，但天下没有天衣无缝的事情，要我帮你查出来吗？”

现在的我可不是小时候只能逃跑的我了，我一振精神，笑嘻嘻地说：“不用，如果是别人，这些花招我还不放在心上，如果真是那个人，更没什么好查的，也查不出什么来。他若相逼，我绝不会怕了他。”

九爷点头而笑，石伯呵呵笑起来：“这就对了，狼群里的姑娘还能没这几分胆识？”

九爷的山庄还真如他所说就是农庄，大片的果园和菜田，房子也是简单的青砖黑瓦房，方方正正地分布在果园菜田间，说不上好看，却实在得一如脚下的黑土地。

刚上马车时，石伯的神色让我明白这些客人只怕不太方便让我见，所以一下马车就主动和九爷说，要跟庄上的农妇去田间玩耍。九爷神情淡淡，只叮嘱了农妇几句，石伯却笑着向我点点头。

虽然路途上突然发生的事情让我心里有些许愁烦，可灿烂得已经有些晒的阳光、绿得要滴油的菜地，以及田间地头辛勤劳作的农人，让我的心慢慢踏实下来。我的生活我自己掌控，不管是谁，都休想夺走属于我的生活。

视线扫到石伯的身影，我忙对一旁的农妇道："大婶，太阳真是晒呢！帮我寻个草帽吧！"

大婶立即笑道："竟给忘了，你等等，我这就去找。"

她一走，我立即快步去追石伯："石伯，你不等九爷吗？"

石伯回头盯着我一言不发，我道："放过他们，你瞒不过九爷的。"

石伯冷着声说："我这是为他好，老太爷在，肯定也支持我这么做。"

我道："如果你做的事情让他不开心，这就不是为他好，只是你自以为是的好罢了。况且你现在的主人是九爷，不是以前的老太爷。"

石伯有些动怒："你是在狼群中长大的吗？这么心慈手软？"

我笑起来："要不要我们性命相搏一番，看谁杀得了谁？石伯，九爷不喜欢莫名地杀戮，如果你真的爱护他，不要让他因为你沾染上鲜血。你可以坦然，可他若知道了，就会难受。每个人处理事情的手段不一样，既然九爷愿意这样做，他肯定已经考虑过一切后果。"

大婶拿着草帽已经回来了，我道："我要去地里玩了，石伯还是等我们一块儿走吧！"我向他行了一礼，奔跳着跑回田间。

"这是什么？"

"黄豆。"

"那个呢？"

"绿豆。"

"这是胡瓜，我认识。"终于有一个我认得的东西了，我指着地里的一片藤架，兴冲冲地说。

一旁的大婶强忍着笑说："这可是新鲜玩意儿，我们也是第一次种，听说是从西域那边传进来的，正是最嫩的时候。”

我蹿进地里，随手摘了一个，在袖子边蹭了蹭就大咬了一口。

挽着篮子在藤架下钻来钻去，拣大一点儿的胡瓜摘，一抬头意外地看见九爷正在地边含笑看着我。隔着碧绿的胡瓜藤叶，我笑招了招手，向他跑去，顺手又摘了两个胡瓜：“你怎么来了？你的客人走了吗？”

他点点头，笑把我从头到脚打量了一番，指指我头上的草帽和胳膊上挽着的篮子：“把衣服再换一下，活脱儿的一个农家女了。”

我把篮子拿给他看：“这是我摘的豆角，这是胡瓜，还有韭菜。”

他笑道：“我们在这里吃过晚饭再回去，就吃你摘的这些菜。”

我喜出望外地跳着拍了拍掌。

我和九爷沿着田边慢步而行，日头已经西斜，田野间浮起蒙蒙暮霭。袅袅炊烟依依而上，时有几声狗叫鸡鸣。荷锄而归的农人从我们身边经过，虽有疲惫之色，神态却安详满足，脚步轻快地赶着回家。

我脑子里忽然滑过“男耕女织”四字，不一定真的男要耕、女要织，其实只要能如他们一样，彼此相守、和乐安宁。偷眼看向九爷，没想到他也正在看我，两人的眼神蓦然相对，彼此一怔，他的脸竟然有些微红，视线匆匆飘开。

我第一次看见他脸红，不禁琢磨着他刚才心里在想什么，直直盯着他，看了又看。九爷的轮椅越推越快，忽地侧头，板着脸问：“你在看什么？”

我心中仍在思量，嘻嘻笑着随口说：“看你呀！”

“你……”他似乎没有料到我竟然如此“厚颜无耻”，一个字吐出口，被我噎得再难成言。

我看到他的神色，明白自己言语造次了，心中十分懊恼，我今日怎么了？怎么频频制造口祸？想道歉又不知道该从何道歉，只能默默走着。九爷忽地笑着摇头：“你的确是在狼群中长大的。”

我放下心来，也笑着说：“现在已经十分好了，以前说起话来才真是一点儿顾忌都没有。”

·——·——·——·——·

自从城外的农庄回来，我心中一直在琢磨，却总觉思绪凌乱，难有齐整，找出预先备好的绢帕，边想边写：

一、儒家那一套学说，你显然并不上心，只是《诗经》翻得勤。既如此，应该并不赞同皇权逐渐地高度集中，也不会认同什么天子受命于天、为人子民除了忠还应忠的胡说八道。二、你显然极喜欢老子和庄子。黄老之学，我只听阿爹断断续续讲过一些，并没真正读过，但也约略知道一二，如果你喜欢老庄，那现在的一切对你而言，岂不都是痛苦？三、你最崇敬的是墨子，墨子终其一生为平民百姓奔走，努力说服各国君主放弃战争，帮助小国建造城池兵器对抗大国。你心中的大国是汉朝吗？小国是西域各国吗？你愿意选择做墨子吗？可那样，不是与老子和庄子背道而驰吗？

我轻叹一声，在砚台边轻顺着笔，是我理解矛盾，还是你心内充满矛盾？我不关心你的身世如何，现在又究竟是什么身份，我只想明白你的心意如何。

收好绢帕，我匆匆去找了红姑："你帮我请个先生，要精通黄老之学和墨家，懂诸子百家的。"

红姑惊疑道："难道还要园子里的姑娘学这些？认识字，会背几首《诗经》已足够了。"

我笑道："不是她们学，是我想听听。"

红姑笑应了："行！派人打听着去请，你再学下去，可以开馆授徒了。"

因为不管出多少钱，先生都坚决不肯到园子中上课，所以我只好先生不就我，我去就先生，到先生那里听课。今日听完庄子的《逍遥游》，心中颇多感触，下了马车依旧边走边琢磨。

人刚进院子，红姑突然从屋里冲了出来，兴冲冲地说："猜猜有什么好事。"

我故意吃惊地看着红姑："难道红姑有了意中人想出嫁？"

红姑伸手来抓我："你这张刁嘴！"

我闪身避过："谁让你不肯痛痛快快地说。"

红姑见抓不到我，无奈地瞪了我一眼：“公主派了人来，赏赐了很多东西，你不在，我就代收了，不过你最好明日去给公主谢恩。听来人说，李……李已经被赐封为夫人，今日的金银玉器是公主赏的，只怕过几日李夫人会派宫中人再来打赏。”

我笑而未语，红姑笑道：“难怪人人都想做皇亲贵戚，你看看公主历次赏你的那些个东西，不是有钱就能买到的。”她朝院外看了眼，低声道，“李妍也真争气，去年秋天入的宫，这才刚到夏天就位居夫人，仅次于卫皇后。”

我脑子里似乎有些事情，不禁侧头细思，看到鸳鸯藤架上嫩白的小小花骨朵，猛然一拍额头：“这段时间光忙着老子庄子、大鹏蝴蝶了，陛下可曾派大军出发？”

红姑愣愣问：“什么？”

我放下心来：“看来是没有了，照老规矩办，公主赏赐的东西你仔细地一一记录好，看着能用的、实在喜欢的留下，不适合我们用的，想办法出售了，那些个东西没有金钱实惠，慢慢卖能卖出好价钱，如果将来一时着急仓促出手，就只能贱卖。李夫人知道我喜欢什么，不会给我找这个麻烦的，肯定是金子。”

红姑频频点头，乐呵呵地说：“我们都是红尘俗人，那些东西看着富丽堂皇，可还是没有金子压箱底来得实在。”

第十一章

送帕

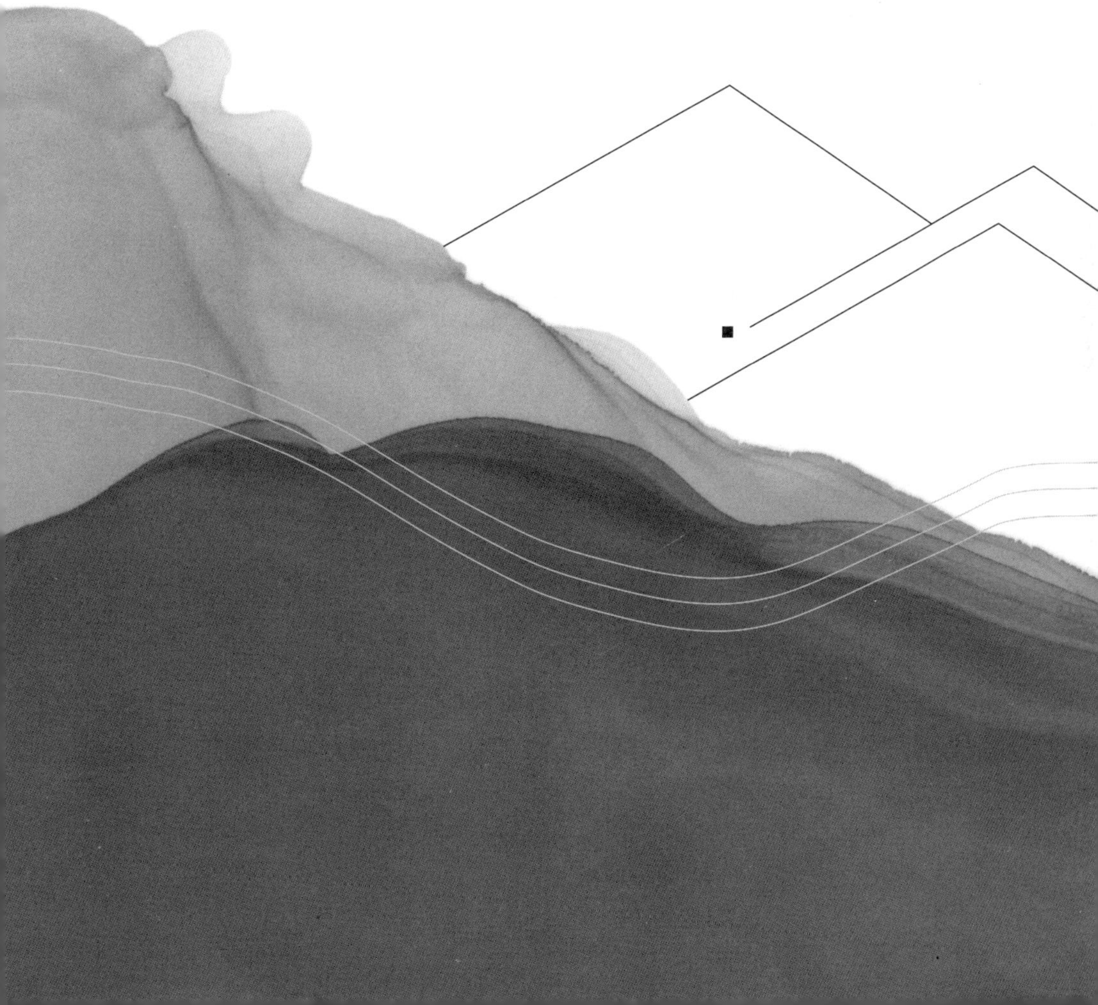

河南地是秦始皇设立的一个郡，秦朝覆灭，群雄逐鹿中原时，被匈奴乘机夺取。匈奴在河南地的前锋势力距离长安城最近的只有七百里，轻装骑兵一日一夜就可以到达。匈奴每次在河南地发动侵略，长安城都要戒严。

刘彻登基后，立志要除去大汉帝国的这个心腹之患。元朔二年，卫青大将军由云中出塞，率军西行，一面切断河南匈奴的后路，一面包抄攻击，将陷于困境的以白羊王、楼烦王为首的河南匈奴势力驱逐出去，一举收复河南地。

刘彻在河南地置朔方、五原两郡，下令移民十万到河南地，加筑朔方城。但匈奴不甘丢掉具有重要战略地位的河南地，遂频频出兵攻击朔方城。刘彻为了保卫河南地，巩固朔方城，于元朔六年夏诏令卫青为大将军，以合骑侯公孙敖为中将军，太仆公孙贺为左将军，翕侯赵信为前将军，卫尉苏建为右将军，郎中令李广为后将军，左内史李沮为强弩将军。卫青大将军统率六军从定襄出发攻打匈奴。十八岁的霍去病被任命为骠姚校尉，统领八百年纪相当的骑兵男儿，随着舅父卫青和姨父公孙贺出征。

我坐在大树的顶端，遥遥望着大路。碎金般的阳光下，铁甲和枪头反射着点点银光，晃得人眼睛要微眯。霍去病身着黑色铠甲，正策马疾驰。相较广袖宽袍，一身戎装的他，少了几分随意倜傥，多了几分骁勇飒爽，真正英气逼人。

一月未见，他的皮肤变得几近古铜色，看来是日日在太阳下晒着。隔着老远，仍旧能感到他内心紧绷着的肃杀之气，我忽然觉得他很像我的同类，很像狼群中初绽锋芒的狼兄，当年狼兄每有重大的攻击前，不动声色下也是凝结着一股一往无前、绝不回头的气势。

他不时会视线扫向路旁，我站直身子，立在一条探出的树枝上盯着他。他终于迎上我的视线，我笑着向他挥了下手，伸手遥指着长安城中一品居的方向。他在马上端坐未动，马速丝毫不慢，冷凝的神色也未见任何变化，两人视线相碰间，他的马已冲过了我所在的树旁，我扭头目送着他的身影在烟尘中迅速远去消失。

人刚进城门，就碰上了正要出城的石慎行和石风。石风从马车里探出脑袋朝我大喊几声“玉姐姐”，叫住了我。

我对慎行道：“石二哥，你这个徒弟怎么没有半点儿你的风范？”

慎行微露了一丝笑意，看着石风，没有回答我的话。石风哼了一声：“九爷都说了，人贵在真性情，喜欢说话的人就说，不喜欢说话的人就不说，干吗喜欢说还非要逼自己不说？想当年，我可是靠着一张嘴吃遍四方，我……”

我乐道：“你叫住我究竟什么事？难道还要和我在这里讲古？”

石风瞪了我一眼：“九爷好像派人去找你呢！”

我听完，笑说了声“多谢”，转身就走。

竹馆内日暖风轻，翠竹依依。九爷穿了一件水蓝袍子正在喂鸽子，我刚走进院子，地上的鸽子纷纷腾空而起，扑扇的白色间，惊破的光影间，我却只看到那一抹柔和的蓝。

他招呼我坐，我笑问：“找我什么事情？”

他倒了碗甜浆给我，沉吟着没有说话，我收了笑意，轻声说：“你对我说话，不必有任何顾忌。”

他看向我道：“只是有些难以解释，我想问你借用一笔钱，数额不小，按常理，我应该告诉你钱财用途，让你考虑是否愿意出借，但我不能告诉你钱的去向。如果生意顺利，石舫明年应该可以归还。”

我笑道：“没有问题，那么大个石舫放在那里，难道我还会怕？你要多少钱？”

他用手蘸了点儿水，在案上写了个数字。我倒抽一口冷气，抬头看向他。他看着我的表情，忽地摇头笑起来：“不要怕，我已经有了一多半，剩下的你能出多少就出多少，不要勉强。”

我皱了皱鼻子："谁怕了？我只是需要点儿时间，剩下的我应该都能出。"

九爷微有些吃惊，打趣道："你不会是又问你园子中的姑娘们借吧？"

我半笑半嗔："你怎么如此看不起人？如今长安城中一半的歌舞坊都在我名下，哪个生意不是好得让其他歌舞坊嫉妒？虽然今年春天以来，歌舞坊的生意不如去年，但落玉坊因为出了个宫廷乐师和一个倾城美人，受的波及并不大，一般人连门槛都休想进来，外面现在也只有一个天香坊生意还不错。"

九爷笑道："你的生意是好，可你前面花的钱也不少，这些账我心里还约莫有数。如果再迟两年，你能周转出这笔钱一点儿不奇怪，可如今总是有些蹊跷。"

我哼道："现在不告诉你，回头钱给你送过来，你就没话说了。"

晚上回到落玉坊，用过饭后，和红姑两人在灯下仔细对了一遍账，发觉从里扫到外，再从外扫到里，一个铜钱都不漏，能挪出来的钱不过三分之一。

我郁闷地敲着竹简："真是钱到用时方恨少！早知道，平时就该再贪心一些。"

红姑一面揉眉头，一面道："这还叫少？究竟多少才算多？你要那么多钱做什么？"

我嘻嘻笑道："做生意，成功之前先不告诉你。嗯……那个公主历次赏赐的财物账在哪里？"

红姑抽了一卷竹简给我："我就知道你该打它们的主意了。"

我一面低头细看，一面嘀咕："说着李夫人要赏赐我，怎么还不见人？她用了我们那么多上好珍珠和各种补品，也不赶紧惦记着带利息还我，我看我应该找李大乐师攀谈攀谈。"

红姑伸了个懒腰，掩嘴打着哈欠："小财迷，你慢慢数吧！我明日一大早还要去其他园子转一圈，没精神陪你闹腾。"她说完就要走，我赶紧一把抓住她道："别急，我给你立完字据，你再走。"

"字据？立什么字据？"红姑问。

我低头找绢帛："我挪用这些钱的字据呀！"

红姑笑骂："你数钱数糊涂了吧？这些钱本就是你的，你要用，给我立什么字据？"

我拖着她坐下："这些钱一半是我的，一半是你的。"

红姑愣愣地看了我半晌，最后才道："你平日已经给了我不少钱，有什么好玩好用的也都是让我先挑。"

我摇头道："园子的日常琐事，我几时操过心？平日从早忙到黑，哪个姑娘闹了小脾气，哪些姑娘争风头、斗心机，都是你在管。我很少到别的园子去，可哪里有风吹草动，我都一清二楚，这又是谁的功劳？公主赏赐的东西是因为李夫人，可送李夫人进宫，你花的精力其实比我多。所以这些钱财，我们一人一半，绝对公平。"

红姑喃喃道："那些个活儿，你找个伶俐的人都能干。"

我笑起来："你几时学会谦虚了？找个伶俐人就能干？我物色了那么久，想找个人分担一些你的辛苦，却根本没有合适的。如今只能学石舫，让聪明好学的小婢女跟在你身边进进出出，看过三四年，能不能调教两三个能干的出来。"

我一面提笔开始写，一面道："你不要再推辞，否则我以后心难安，再说我们之间何必那么矫情地推让？"

红姑静静坐了一会儿，笑起来："我瞌睡糊涂了，钱到了门前竟然往外推！快点儿写，写完了，我仔细收好，也可以放心睡大觉了。"

我笑着把绢帛递给红姑，红姑随手叠好，收进怀中，风摆杨柳地出了门。

我点完银钱后，看着灯火默默想了会儿，抽出一条绢帕提笔写道：

今天你问我借钱，我很开心，石舫想借钱，在长安城中实在不难，可你找了我，至少你是相信我的。石舫的生意，除了玉石和药材之外都在收缩，虽然外面最近新开了玉石场，可没有任何地方需要用这么大一笔钱。钱虽多，但以石舫数十年的经营，怎么会拿不出来？石舫以前的钱都到哪里去了？你要如何用这笔钱？听闻西域下了一场百年难遇的冰雹，农田和草场毁了十之六七，又砸死了不少出生未久的小牲畜，再加上汉朝和匈奴打仗，兵祸动荡中已经有不少人饿死，你是同情西域诸国的人吗？如果是真的，我愿倾我所有、竭我所能，助你一臂之力……

我嘴里咬着毛笔杆，默默出神。

·——·——·——·——·

雕梁画栋，朱廊玉桥，红渠绿柳，一切都美如画。一个年轻的女子正倚在绮窗前逗鹦鹉，一屋寂寥。她逗着鹦鹉，鹦鹉逗着她，都是在笼子里，所以相依做伴。

这重重的宫阙、密密的珠帘下锁着多少女人的韶华和眼泪，甚至鲜血？和汉朝的妃子们比起来，匈奴的王妃似乎都还算幸福，她们至少寂寞时，还可以打马奔跑于蓝天白云下，而这里的女人却只能在一方院墙里静坐。

平阳公主望了眼我看的方向，淡淡道："能有鹦鹉逗的女子不算差，你以前虽然行事……但你的确聪明，运气也比她们好。"

我忙收回视线，专心走路："公主谬赞，民女不敢当。"心中却在琢磨公主未出口的那半句话。

临进门的一刹那，平阳公主侧头又看向我，我一点头，表示一切都会留心。

李妍端坐于坐榻上，见到公主笑着站起，两人彼此谦让一番后各自落座。

李妍看向仍立在帘子外的我，对侍女轻抬了下手，侍女打起珠帘命我觐见。我低着头小步上前，仔细地行了跪拜大礼，李妍淡然地点下头，命我起身，又吩咐侍女都退下，让她和公主清静地说话。

公主与李妍笑着聊了会儿，对李妍道："我还要去见皇后，走时会打发人来接金玉。"

李妍忙起身相送："有劳阿姊费心。"

公主一走，李妍招手让我坐到她的下首。

我仔细打量着她，虽然宠冠后宫，可她的穿着仍然简约淡雅，衣服上连刺绣都少有，不过质地手工都是最好的，所以贵从素中出，倒是别有一番味道。也许是已经嫁作人妇，她的容貌清丽中多了几分娇媚，只是身形依旧单薄，虽说这样更让她多了一分楚楚动人、惹人怜爱的风致，可……

李妍看我一直盯着她看，脸忽地红起来："你想看出些什么？"

我一下笑出来："我本来没想看什么，你这么一提醒，我倒是想看些什么出来了。"

李妍伸手刮着自己的脸颊道："你肯定偷看那些书了，真是不知羞，不知羞！"

她眼波流转，似喜似羞，樱唇半撅，半带恼半带娇，真正千种风情。我呆看了她一瞬，点头叹道："好一个倾国倾城的佳人，陛下真是得了宝，有了你，只怕再烦心时也能笑出来。"

李妍神色一滞后立即恢复正常，笑着问："我带了消息给你，公主常常进宫，你可以随公主进宫来看看我，你却总是不来，难道是嫌我给的金子不够多？"

我笑着欠了下身子：“金子多多益善，永远不会嫌多，当然只会嫌不多。”

李妍伸着纤纤玉指，虚点了点我，一脸无奈：“你这次入宫所为何事？”

我嬉皮笑脸地摊开手掌：“要钱！”

李妍一愣，盯着我看了一瞬，看我不是开玩笑，她毫不犹豫地说：“没有问题，我如今最不缺的就是这些。”

“你都不问问我要这么多钱干什么？”

李妍端起小案上的一碗汤，悠悠说道：“你是什么样的人，我心里很清楚，有什么不放心的？”她喝了几口汤水，从袖中抽出一方绢帕，轻印了印唇角。

我盯着她的帕子：“想扩张生意，一时缺少周转资金，算你借给我的，日后我会还在你的哥哥身上。”

“不用解释，你遇到为难事，肯来找我，证明你心里或多或少是把我看作朋友的，我很高兴。”

我笑道：“那就谢谢了。”

李妍笑抖了抖她的绢帕说：“这是贡绢，你若喜欢，待会儿走时，我让侍女找两条新的给你，只是上面我都绣了字，你先凑合着用。”

我笑了笑道：“我就是看你这个‘李’字绣得别致，都是娘娘了，怎么还做这些事情呢？”

李妍摊开帕子，随手抚着刺绣的“李”字，淡淡道：“正因为我是娘娘了，陛下是我唯一的男人，我却不是陛下唯一的女人，所以我现在才有大把的空闲。”

“你后悔吗？”

“不后悔！”李妍的手狠狠地抓紧了帕子。

我的心情随着李妍的手振荡着。如果有朝一日李敢看到这方绢帕，会发生什么？李氏家族从高祖时代就是朝廷重臣，早有名将广武君李左车，今有安乐侯李蔡和飞将军李广，历经几代帝王，在朝中势力盘根错节，军中更是有不少李氏子弟。相对于卫青的贱民出身和倚靠裙带关系的崛起，朝中的文官更倾慕于李氏家族的丰仪。如果李敢真对李妍有思慕之心，李妍怎么可能会放弃这个对自己夺嫡有利的家族呢？

两人沉默着坐了一会儿，李妍忽地说：“你可知道西域春天时下了一场大冰雹？”

我点下头：“略闻一二，长安城内忽然涌入了不少西域舞娘，为了活下去，长安城里看一场有名歌舞伎歌舞的钱，居然可以买她们的处子身。”

李妍嘴角噙着丝妩媚的笑，声音却是冷如冰：“各个歌舞坊的价格势必要降下来，然后就是一降再降，乱世人命贱如狗！一场天灾还能受得住，可兵祸更胜天灾，虽有‘阿布旦’，她们却只能沦为‘阿布达勒’。”

我道：“事情并未如你所料，我名下的歌舞坊都不许降价，其他的歌舞坊还没有那个能力影响行市。”

李妍眼中透出暖意，看着我点点头：“你为她们留了一条活路。”

我浅浅而笑：“降价也不见得就能多赚，如今降下去简单，将来想抬上来可不容易，何必费那个工夫？”

李妍笑起来：“你这个人脾气真是古怪，人家都巴不得被人夸被人赞，你倒好，做什么事情都把自己撇得一干二净，唯恐人家把你当好人。”

我淡漠地说：“我和你不一样，我虽在西域长大，可对西域没什么感情，也没有什么要帮助西域的心思，我所做的一切只是为了歌舞坊的生意。”

李妍轻叹一声：“我虽然很希望你能和我一样，但这些事情强求不了。只要你不反对我所做的一切，我就很开心。大掌柜，最近生意如何？”

我笑向她作了一礼：“托娘娘洪福，小人的生意做得不错。”

“我哥哥可好？”李妍脸上的笑意有些暗淡。

“你应该能偶尔见到李乐师吧？”

“见是能见到，陛下常召大哥奏琴，我有时也会随琴起舞，但没什么机会说话，而且我也有些怕和大哥说话。”

我从案上取了块小点心丢进嘴里：“你二哥现在和长安城的那帮王孙公子混得很熟，他本来想搬出园子，但李乐师没有同意。”

李妍满脸无奈：“二哥自小很得母亲宠爱，行事颇有些不知天高地厚，如今日日跟那些纨绔子弟在一起，被人刻意哄着巴结着，迟早要闹出事情来。大哥性格太温和，对我们又一向百依百顺，他的话二哥肯定是面上听，心里却不怕。我看，二哥对你倒是有几分忌惮，你回头帮我说说他。”

我皱了皱眉头，无奈地说：“娘娘发话，只能听着了。”

李妍嗔道：“你别做这副样子给我看，二哥真闹出什么事情，对你也不好。”我只能频频点头，李妍又道：“还有我大哥和方茹……”

我从坐榻上跳起："李娘娘，你是打算雇我做你两个哥哥的女吏吗？这也要我管，那也要我管，估计公主该出宫了，我走了。"说完不敢再听她啰唆，急急往外行去。李妍在身后骂道："臭金玉！就是看在大哥为你的歌舞坊排了那么多歌舞的分儿上，你也应该操点儿心。"

我头刚探出屋子，又几步跳回去，李妍立即站起来，疑惑地看着我。我露出个和哭一样的笑："我运气没有那么好吧？那么多人在宫中几年不得见陛下一面，我这第一次进宫，居然就能得见天颜。"

李妍问："还有多远？"

我一脸沮丧："远是还远着呢！我只看到一个身材高健的男子和公主并肩而行，连面目都还未看清，可陛下既然是和公主一块儿过来的，还有躲的必要吗？"

李妍幸灾乐祸地笑起来："那你就陪本宫接驾吧！公主肯定会为你好话说尽。"

·——·——·——·——·

小谦扑腾着落在窗棂上，我一面解下它腿上缚着的绢条，一面道："看看你的笨样子，你们要减肥了，再胖下去就只能整天在地上走来走去做两只不合格的瘦鸡。"

就着窗口的灯看着绢条：

"阿布旦"是楼兰人对自己土地的热爱赞美之词，意思类似于汉语中"美丽富饶的土地"，但更多了一种家园恋慕之情。"阿布达勒"在楼兰语中类似于"叫花子"的意思，没有家的乞讨者。这些词语是从哪里听来的？看来你新招的西域歌舞伎中有楼兰人。别再喂小谦和小淘吃鸡蛋黄，再胖下去，没法见鸽了。

我"扑哧"一声笑了出来，人太丑会没法见人，原来鸽太丑也会没法见鸽。收好绢条，我抽了条绢帕出来，趴在窗前，发了会儿呆，提笔写道：

我现在正趴在窗口和你说话，你在干什么？我猜你一定在灯下静静看书。我一抬头就可以看见天上不停眨眼睛的星星，窗外的鸳鸯藤花开得正好，白的皎如玉，黄的灿如金，香气清静悠长，晚上睡觉时我也能闻到。我已经摘了很多花放在竹箩里晒着，这样等到夏天过去，花儿谢掉时，我仍然可以捡几朵干花，热水一冲就能看到水中鸳鸯共舞。冬夜的晚上，如果能手捧一杯金银花泡的热水，与你共坐，听你吹笛，那是人生何等乐事……

九爷，什么时候你眉宇间的愁才可以消散？你的心才可以真正自由，只做自己想做的事情，不再勉强自己……

我握着毛笔静静看了好一会儿鸳鸯藤架，转身把毛笔搁下，仔细叠好写满字的绢帕，打开锁着的小竹箱，小心地把绢帕放进去，又检查了一下樟脑叶是否还有味道。

日子过得好快，转眼间已经夏末，满架的花越来越稀疏，已经没有了白色，只剩下零落几点金黄。今天，我忽然觉得鸳鸯藤真的像红尘中的一对情人，一对曾有波折但最终幸福的情人。一朵花先开，它会等着生命中另一朵开放，是不是很像一对未曾相遇的情人？待到另一朵花开，它已变黄，此时相遇，一朵白一朵黄，白金相映，枝头共舞。日随水去，它们相携着变老，都变成了金色，最后也像生命的陨落，总会一朵更先离去，另一朵仍停留在枝头，可是停留的花仍然在怒放，因为生命只有一次，它不可以辜负，而且它的绽放提醒着赏花人在它的身边曾有另一朵美丽怒放过的花，当它也飘入风中时，我想在风中，在一个我看不到的地方，另一朵花一定在静静等候它……

已经秋天，绵绵细雨中，人无缘无故地多了几分慵懒的情绪，常常胡思乱想。听公主说，李妍为一直未能身怀龙种而烦恼，她的烦恼不仅仅是为了女人做母亲的渴望。如果没有孩子，她的一切计划都无从谈起。太子之位现在还虚悬，如果她能生一个男孩子，势必会有一场夺嫡之争。似乎一个女子即使有再多的宠爱，最后真正能确保一切的也只能靠自己的孩子。

看到李妍，除了敬佩，我会害怕这个女子，究竟要多强烈的恨意和爱意，才能让一个女子把自己的一生甚至孩子的一生赌进一场生死之争中？我自问自己无论如何都做不到。如果我有一个孩子，我绝对，绝对不会让他一出生就置身于一场战争，我虽然会如阿爹当年对我一样，教他权谋机变，但我要让他快活平安地长大，权谋机变只是用来保护自己的幸福。

脸有些烧，连人还没有嫁，竟然就想孩子的问题。如果这一生都不能有孩子呢？

想了许久，都没有定论，但看到屋外已经只剩绿色的鸳鸯藤时，我想我明白了，生命很多时候在过程，不是每一朵花都会结子儿，但活过，怒放过，迎过朝阳，送过晚霞，与风嬉戏过，和雨打闹过，生命已是丰足，我想它们没有遗憾……

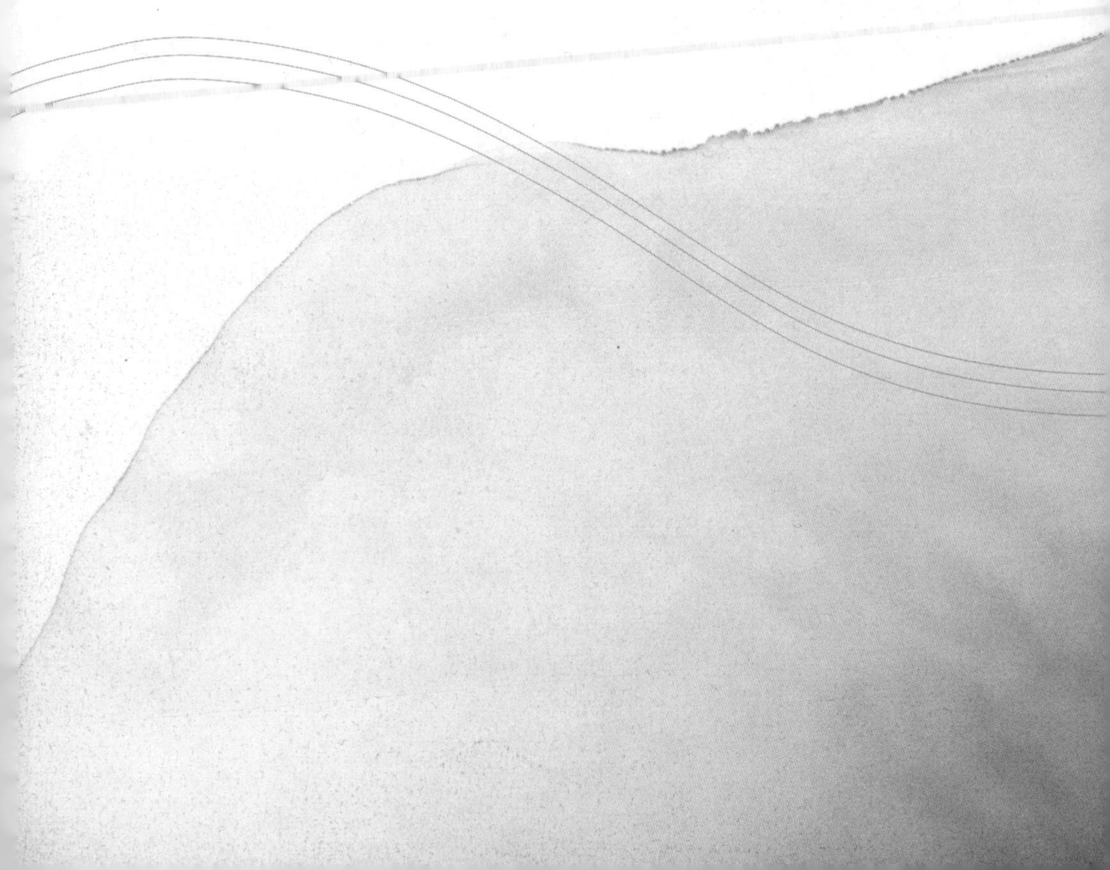

第十二章

请客

秋天到时，汉朝对匈奴的战争结束，虽然卫青大将军所率军队斩获匈奴万余人，但前将军翕侯赵信、右将军卫尉苏建所率的军队碰到了匈奴单于的军队，接战一日，汉军死伤殆尽。前将军赵信祖上虽是胡人，可归顺汉朝已久，一直忠勇可嘉，否则也不会得到皇帝的重用。可不知道伊稚斜究竟对赵信说了些什么，反正结果就是赵信在伊稚斜的劝诱下，竟然置长安城的妻儿老小不顾，投降了匈奴。

消息传到长安城，皇帝下令抄斩赵信全家，待兵士赶到时，却发现赵信的两个小儿子已经失踪，龙颜顿时震怒，幸亏紧接而至的消息又让他眉头稍展。霍去病以一种近乎不顾一切、目无军纪的态度，私自率领八百名与他一样热血沸腾的男儿抛开大军，私自追击匈奴，出乎匈奴意料地深入匈奴腹地，在匈奴后方的营地杀了匈奴相国和当户，杀死单于祖父一辈的籍若侯产，活捉单于叔父罗姑比，斩首二千零二十八人。

霍去病一次出击，以少胜多，竟然活捉斩杀了匈奴的四个重臣显贵。在两路军士全部阵亡、一名将军投降匈奴的战败阴影下，越发凸显了霍去病的战绩。皇帝龙心大悦，封霍去病为冠军侯，划食邑一千六百户。对卫大将军，功过相抵，不赏不罚。

我听到这一切时，心中多了几分困惑。伊稚斜既然能从长安城救走赵信的两个儿子，应该可以直接用暗处的势力来杀我，何必再费事请西域的杀手？

·——·——·——·——·

霍去病呆呆看着一品居，上下三层，里里外外坐满了人，绝大多数是年轻的女子。听着莺声燕语，看着彩袖翩飞，闻着各色胭脂水粉，他一脸沉默。我在一旁低头而笑。

他忽然一扭头拽着我又跳上了马车，我嚷道：“喂！喂！冠军侯，你要请我在一品居吃饭的。”

他没好气地说：“我请的是你，不是你歌舞坊里所有的歌舞伎。”

我笑道：“几个园子的姑娘们一直没有机会聚在一起维系一下感情，我有心请大家吃一顿，可请得便宜了，徒惹人笑，请得贵了，又实在心疼。难得你当时发话让我去拣稀罕之物点，我就吩咐了一品居尽全力置办。何必那么小气？你这出门转了一圈，就封了侯，请我们几百号人吃顿好的还是请得起的。”

“出门转了一圈？说得可真是轻描淡写！你下次随我一块儿转一圈，我把我的所得分你一半，如何？”他紧紧盯着我。

我避开他的目光，笑看向马车外面：“你要去哪里？我可为了能多吃一点儿好的，特意饿了半晌。还有，不管你去不去一品居，账你照付。”

他的嘴角噙着丝笑，静静地看着我，不说付也不说不付。

一别多月，他和以前似乎一样，但又似乎不一样。我心里有些说不清的慌乱，情不自禁地往后缩了缩，背脊紧紧贴着马车壁。

马车停住，他一个利落漂亮的旋身，人已经落在地上，伸手欲扶我。我笑着扬了扬下巴，避开他的手，钻出马车的刹那，双手在车座上一撑，借力腾空而起，脚尖在车棚顶上轻轻一触，人在半空，转了一个圆圈，裙带飞扬，袍袖舞动，轻盈地落在他的面前，得意地看着他。

他笑起来：“这么重的好胜心？不过，真是好看。”

车夫赶着马车离去，我打量了下四周，我们在一条清静的巷子中，左右两侧都是高高的围墙。我纳闷地问：“这是什么地方？你要干吗？”

他道：“翻墙进去。”

我瞪大眼睛，看着他：“看这围墙的气派不是等闲人家，我被捉住了也就捉住了，你如今可是堂堂冠军侯。”

他道："现在是真要看你的手段了。这么高的围墙，我不借助工具上不去。"

我心里有些好奇，有些好玩，更有些兴奋，嘴里嘟囔着："真倒霉！吃顿饭也这么麻烦。"可手中已握住了自己平日束在腰间的一条绢带，带头缚着一颗滚圆的赤金珠子，看着是装饰，实际却另有妙用。手一扬，金珠滑过一道美丽的金色弧线，翻卷着缠在了探出围墙一点儿的槐树上。

霍去病顺着绢带，脚儿踩墙壁，已经一个利落的翻身坐在了槐树上。我取下绢带，缠在手腕上，手钩着槐树树枝，居高临下地小心打量着院落。

霍去病闷声笑道："我看你做贼做得挺开心。"

我低声道："长安城中谁敢轻易打这些显贵的主意？反正我不用担心自己的小命，该怎么玩就怎么玩，出了事情都是你指使的，你若被捉住，就更好玩了。"

我和霍去病刚从槐树上跳下，几条黑色大狗悄无声息地扑了上来。我绢带一挥，金珠击向它们的脑袋，身后的霍去病忙一拽我，我身子跌入他怀中，他一手揽着我腰，一手扶住我的胳膊把金珠上的力量卸去。

我惊疑不定间，几条狗已经到了脚边，围着我们打转转，拼命地向他摇着尾巴。我气道："别告诉我这是你自个儿的宅邸。"

他搂着我的胳膊没有松劲，反倒身子紧贴着我，下巴搁在我的肩头，低低道："不幸被你猜中了。"

我使劲挣了下，未挣脱。他的口鼻间温暖的气息，若有若无地拂过肌肤，又是痒又是麻。他身上有一股完全不同于女儿脂粉气的阳刚味道，像青松和阳光，萦绕在鼻端，我竟有些喘不过气的感觉。身子发软，脑袋有些晕，似乎任何招数都想不起来。

着急失措间正想着干脆金珠一挥，索性把他砸晕了拉倒，又犹豫着，力道控制不好，不知道会不会砸死他？他却松了劲，仿佛刚才他什么都没有干，拖着我的手蹲下，对着几条大狗说："认识一下，以后别误伤了我的人。"

我无奈地任由几条狗在我身旁嗅来嗅去："就它们几个能伤我？简直是笑话！你这是在侮辱我们狼。"

他用手轻拍着一只狗的脑袋道："如果不是我在这里，你落地的刹那，它们不但攻击你，而且会出声呼叫同伴。以多取胜，这好像也是你们狼的拿手好戏。何况还有紧随而至的人。"

我哼了一声，甩开他的手，站起道："我干吗偷偷摸摸来你这里？根本不会有机会和它们斗。”

他口中呼哨一声，几条狗迅速散去。他拍了拍手，站起来看着我，带着丝笑，似真似假地说：“我看你很喜欢晚上翻墙越户，也许哪天你会想来看看我，先带你熟悉熟悉路径，免得惊动了人，你脸皮薄就不来了。”

我的脸有些烧，把绢带系回腰间，板着脸问：“大门在哪里？我要回去。”

他没有理会我，自顾在前面慢走：“我带了个匈奴的厨子回来，烤得一手好肉。草原上从春天跑到秋天的羊，肉质不老不嫩不肥不瘦，刚刚好，配上龟兹的孜然、焉耆的胡椒，厨师就在一旁烤，味道最好时趁热立即吃，那个味道该怎么形容呢？”

我咽了口口水，脸还板着，脚却已经随在他身后迈了出去。长安城羊肉的做法以炖焖为主，我实在馋得慌时也自己动手烤过，可我的手艺大概只有我们狼才不会嫌弃。

我蹲在炭火旁，双手支着下巴，垂涎欲滴地盯着匈奴厨师的一举一动。那个匈奴厨师年纪不过十六七，不知道是因为炭火还是我的眼神，他的脸越来越红，头越垂越低。

霍去病一把把我从地上拽起：“你再盯下去，我们该吃煳肉了。”我使劲地嗅了嗅空气中木炭和羊肉的味道，依依不舍地随他坐回席上。

厨师将飘着浓郁香味的肉放在几案上，我立即拿了一块塞进嘴里。霍去病吃了几口后问：“我不在长安时，你都干了些什么？”

我一面吃着一面随口道：“没什么有趣的事情，就是做做生意。哦！对了，我进了趟皇宫，看见陛下了……”

话音未落，我头上已经挨了一巴掌。霍去病怒道：“你发什么疯，跑到皇宫去干什么？”

我揉着脑袋，怒嚷道：“要你管？我爱干什么就干什么！”

他恨恨地瞪了我一会儿，忽地问：“打得疼吗？”

我双眼圆睁，瞪着他：“你让我打一下试试！”

没想到他竟然真的把头凑了过来，我又是气又是笑，推开他的头：“打了你，我还手疼呢！”

他面沉如水，盯着我问：“陛下说了些什么？”

我侧着头，边想边说：“夸了我两句，说幸亏我出现得及时，赶走了沙盗，赏赐了我一些东西。还笑着说，我以后可以常入宫去陪李夫人说说话。”

"你对陛下什么感觉？"

我凝神思索了半晌后摇摇头，霍去病问："摇头是什么意思？什么感觉都没有？"

我道："怎么可能？那样的一个人，感觉太复杂反倒难以形容。陛下的实际年龄应该已经三十七，可看容貌像刚三十岁的人，看眼神像四十岁的人，看气势却像二十岁的人，他对我们说话温和，亲切风趣，可我知道那只是他万千语调中的一种。在他身上一切都似乎矛盾着，可又奇异地统一着。他蔑视身份地位，对李夫人的出身丝毫不在乎，因而对我也极其善待。可一方面他又高高在上，他的尊贵威严不容许任何人冒犯，我回话时一直是跪着的。"说完，我皱了皱眉头。

霍去病一声冷哼："明明在外面可以站着，自己偏要跑进去跪着，活该！"

我看他脸还板着，忍不住道："不要担心，李夫人就在我身边。"

他摇摇头，一脸不以为然："芙蓉花看腻了，也有想摘根狗尾巴草玩的时候。"

我气笑起来："原来我就是一根狗尾巴草，倒是难为你这只……"忽惊觉话不对，忙收了口。

他嘴角溢出丝笑："我这只？我这只什么？"

我哼了一声，不再理会他，低头吃着肉，脑袋里却满是李妍当日微笑的样子。皇帝和公主早知霍去病与我是故交，唯独她是第一次听说我与霍去病居然还有这么一层关系。皇帝在，我不敢多看李妍，可偶尔掠过的一眼，总觉得那完美无缺的笑容下满是无奈和思虑。

霍去病问："你想什么呢？"

我"啊"了一声，抬头迎上霍去病锐利的双眸，摇摇头，又赶在他发作前立即补道："我在想李夫人。"

他唇边一丝若有若无的笑意，我在水盆里浸浸手，拿了绢帕擦手，一面想着那帮文人才子背后的议论。甯乘劝卫大将军用五百金为李夫人祝寿，皇帝知道后，竟然就因为这个封了甯乘为东海都尉，李夫人非同一般的荣宠可见端倪。我搁下绢帕，柔声说："让卫大将军从所得赏赐的千金中分五百金进献给李夫人绝非李夫人的本意，那些为了讨好陛下四处蝇营狗苟的人，她也无可奈何。"

霍去病一声冷笑："我在乎的是那五百金吗？甯乘居然敢说什么'大将军所以功未甚多，身食万户，三子封侯，都是因为皇后'。我们出入沙场，落到外人眼中都只是因为皇后。当初舅父也许的确是因为姨母才受到重用，但这么多年，出生入死多次，未打一次败仗，难道也是因为姨母？可文人的那支笔始终不肯放过我们，司马迁说我倨傲寡言，我见了他们这帮腐儒，还真不知道除了望天还能说什么。”

看着他几分无奈、几分不平的样子，我轻声笑着：“原来你也有无可奈何的人，我还以为你谁都不怕呢！大丈夫行事，贵在己心，管他人如何说？司马迁说大将军‘柔上媚主’，难道为了他一句话，卫大将军也要学司马迁梗着脖子和陛下说话？风骨倒是可嘉，可是置全族老小于何地？而且司马迁怎么行事都毕竟是一介文人，陛下会生气，可是不会提防，更不会忌惮。卫大将军却是手握重兵，一言一行，陛下肯定都是在细察其心意，一不小心后果很可怕。”

霍去病轻叹一声，一言不发。看他眉头微锁，我心里忽有些难受，扯了扯他的衣袖，一本正经地说：“司马迁是端方君子，你行事实在不配人家赞赏你。”

他看着我的手道：“你这么和我拉拉扯扯的，似乎也不是君子赞赏的行径，不过……”他来拉我的手，“不过我喜欢。”

我佯怒着打开他的手，他一笑收回，眉梢眼角又是飞扬之色，我心中一松，也抿着唇笑起来。

“好香的烤肉，很地道的草原上的烤炙法，去病倒是会享受。”人影还没有看到，却已听到远远传来的人语声。

我一惊立即站起，霍去病笑摇摇头：“没事的，是我姨父。”

早知道就不应该来，我懊恼地道：“你姨父？陛下还是你姨父呢！是公孙将军吗？”

霍去病轻颔下首，起身相迎。公孙贺和公孙敖并排走着，望到立在霍去病身后的我，一丝诧异一闪而过，快得几乎捕捉不到。我心赞道，果然是老狐狸。

·——·——·——·——·

晚上，回到园子，心情算不上好，当然也不能说坏，我还不至于被不相干的人影响到心情，只是心中多了几分怅然和警惕。

公孙贺看到我握刀割肉的手势时，很是诧异，问我是否在匈奴生活过。我一时紧张，思虑不周，竟然回答了一句“从没有”。公孙贺自己就是匈奴人，我的手势娴熟，他如何看不出来？他虽未再多问，却显然知道我说了假话，眼中立即对我多了几分冷漠。

现在想来，如果当时能坦然回一句曾跟着牧人生活过一段时间，反倒会什么事情都没有。我如此避讳，反倒让公孙贺生了疑心又瞧不起。公孙敖似乎更是不喜欢我，甚至颇有几分不屑。

霍去病觉察出他们二人的情绪，嘴里什么话都没有说，举止间却对我越发好，甚至从我手中接过刀，亲自替我把肉一块块分好，放到我面前。从来只有他人服侍霍去病，何曾见过霍去病服侍他人，公孙贺和公孙敖都很震惊。原本傲慢的公孙敖看到霍去病如此，也不得不对我客气起来，把那份不喜强压了下去。

·——·——·——·——·

这几日一到开饭时间，我就记起鲜美的烤羊肉和那个好手艺的厨子，一案的菜肴顿时变得索然无味。霍去病如果知道我吃了他的美食，居然还贪心到琢磨着如何把那个厨子弄到自己手里，不知道是否会骂我真是一头贪婪的狼。

我还在做着我的美食梦，婢女心砚哭着冲了进来："坊主，您快去看看，李三郎来砸园子，谁都拦不住。我还被推得跌了一跤，新上身的衣裳都被扯破了。"

她一面说一面抚弄着衣服的破口子，哭得越发伤心。我笑起来，给她拧了帕子擦脸："快别嚷了，不就是一套衣裳吗？我送你一套，明天就叫裁缝来给你新做。"

心砚破涕为笑，怯生生地说："我要自个儿挑颜色。"

我道："好！说说究竟是怎么回事！"

她脸上仍有惊色："我们也不知道为什么，李三郎是顶温和儒雅的人，说话和气，给的赏赐也多，平日我们都最喜欢他来。可今日他一进园子就喝命红姑去见他，然后说着说着就砸起了东西，把整个场子里能砸的都砸了。我们想拉住他，他把我们都推开，一副想打人的样子，我们就全跑掉了，现在肯定还在砸东西呢！"

正说着，红姑披头散发地走了进来，我想忍没忍住，"扑哧"一声笑出来。红姑怒骂道："你还有心情笑，再砸下去，今年大家都去喝西北风。"她一说话，乱如草窝的头发晃来荡去，仿如鸟儿直在里面钻，连一旁的心砚都低下头，咬着唇笑。红姑气得想去掐心砚，我使了个眼色，心砚赶紧一扭身跑出了屋子。

"好了，别气了，李三郎要砸，我们能怎么样？别说他一身武艺，我们根本打不过，就是打得过，难道我们还敢把他打出去？让他砸吧！砸累了也就不砸了。"我拖着红姑坐到榻上，拿了铜镜给她瞅。她惊叫一声，赶紧拿起梳子理头发。

“这辈子还没丢过这么大人，被一个少年郎推来搡去，直骂我毒妇。”

我心中涌起几分不妙的感觉：“是为了李妍？”

红姑意外地点点头：“还记得那方被你烧掉的帕子吗？李三郎不知道从哪里知道了那帕子是李妍的，今日上门就是来找麻烦的。起先，他装作很平静地问起帕子的事情，我说的确是坊主告诉我是那个姑娘的，他一下就发作起来，怒斥我们蛇蝎心肠，为了自己的荣华富贵不惜害了一个女子的一生。他嚷着要你去见他，我看他眼睛里全是恨意，情势不太对，所以推托说你出门去了，一时半会儿回不来。”

我长叹口气，李敢知道了帕子的主人就是李妍，却不知道李妍是主动要进宫，并不是我为了攀龙附凤而欺骗他，我当时烧毁帕子只是不想让他成为李妍的棋子，可人算不如天算。

红姑哭丧着脸说：“李三郎是如何知道了李夫人就是他要找的女子？这事只有你知我知，他是怎么知道的？帕子不是都被你烧掉了吗？”

“我烧了旧帕子，李妍又做了新帕子，大概无意中李敢看到了，他自然会设法去问李妍，以李妍的机敏自然三两句话就能明白李敢所想，自然也会立即想出如何因势利导，让一切为她所用。”我替红姑挽着头发，方便她编发髻，“红姑，从今日起，你要把帕子的事情彻底忘掉，这件事情从没有发生过，以后无论任何情况下都不许再提。”

我和红姑的眼睛在镜子中对视，红姑眼中满是震惊，甚至有隐隐的惧怕，好一会儿后，她若无其事地说：“我已经全忘了。”

婢女端热水进来，满面愁容：“李三郎还在砸呢！”

红姑一听，眼睛快要滴出血的样子。我嘻嘻笑着说：“快别心疼了，你放心，李敢砸了多少，我就要他赔多少。”

红姑不相信地说：“你还敢问他去要账？我是不敢。他现在要是见了你，砸的肯定是你。”

我笑道：“我干吗要问他去要账？子之过，父来还。李广将军为人中正仁义，传闻饥饿时如果士兵没有吃饭他都不肯先吃，得了赏赐也必与士兵共享，这样的人还会赖账吗？我们只需把账单送到李将军手上，他会不赔给我们？”

红姑想了会儿，脸上愁容终散，笑着点头："李敢上头的两个哥哥都英年早逝，听说李将军十分伤心，李敢因此对父亲越发孝顺，从没有任何违逆。李将军若知道了这事，估计李敢再大的怨气也不能再来闹事。玉儿，还是你聪明，打蛇打七寸。"

我拿了胭脂给她："待会儿把砸坏物品的清单多准备一份给我。"红姑纳闷地看了我一眼，点点头。

李妍，不知你如何点了把火，竟然烧到了我这里，所以钱你也得给我赔一份。砸坏东西可得翻倍赔偿。李将军是个仗义疏财的人，不好意思太欺负老实人，只能要你出了。

第十三章

落花

过新年，乐呵呵？乐个鬼！我憋着一肚子的气。

爷爷看我眉头攒在一起，疑惑地看向小风，小风摇头，表示一无所知。我坐了半日实在坐不下去，跳起来，给爷爷行了个礼后冲向了竹馆。

我第一次用脚踹了竹馆的门，“砰”的一声大响，院门敞开。我还未出声，屋子里传来九爷带着笑意的声音：“是小玉吗？”

他的声音仿佛最好的去火药，我一腔蹿得正旺的气焰，瞬间熄灭。轻叹口气，放缓脚步，温柔地推开了屋门。

九爷坐在案前，手中握着一杆竹子，似在雕东西，我站在门口看着他，他放下手中的竹子和小刀，扭头看向我：“怎么不坐呢？”

我走到他的身侧坐下，低着头一言不发，九爷问：“你在生气吗？”

我继续保持沉默，他道：“看来不是生气了，年可过得好？昨日晚上，天照硬拖着我和他们一块儿……”

我皱着眉头恨恨地瞪着自己的裙带，他却絮絮叨叨没完没了，从入席讲到开席，从开席讲到敬酒，从敬酒讲到喝醉，从……

我从没有见过他这么健谈，终于忍不住了，抬头看着他问：“我在生气，难道你看不出来吗？你应该关心地问：‘你为什么生气？是不是我做错了什么？’”

他一脸无辜的样子，忍着笑意：“哦！你为什么生气？是不是我做错了什么？”

我又恼又无奈地长叹口气，身子软软地趴在案上，他怎么如此不解风情呢？我究竟看上他什么了？脾气古怪，表面上温和易近，实际上拒人千里。虽然知识渊博，懂得不少，可我又不是想嫁给书。身份还有些诡秘……我脑子中拼命地想着他的坏处。

他一脸的无可奈何和茫然："我问了，可你不回答，我接着该怎么办？"

我恼怒地砸了砸几案："一点儿诚意都没有！不如不问。你接着说你过年的趣事吧！"

屋子陷入沉寂中，半晌都无一丝声音，我心里忽然有些紧张，他不会生我气了吧？正想抬头看他，眼前摊开的手掌中，多了一副镶金的碧玉耳坠，"不知道这个算不算是有点儿诚意？"

我抬头看了他一眼，把耳坠子拿起。金色为沙，碧色为水，竟然是个卧在黄沙中的小小月牙泉。难得的是化用了我的名字，却又很有意义。漫漫黄沙旁初相见，潋潋碧波前不打不相识。能把这么小的玩意儿打造得如此灵动精致，打造师傅的手艺也是罕见。

我看了一会儿，不声不响地戴在耳朵上，板着脸说："马马虎虎，难得你这么大方，我就姑且不生气了。"

我一本正经地说着，可唇边的笑再也难抑制，话还未完，笑意已经荡了出来，眼睛快乐得眯成了月牙。他本来看着我的眼睛，忽掠过一丝黯然，匆匆移开视线。

石雨在外禀报了一声，端着托盘进来。我看着面前的碗，低声道："你没叫我，我还以为你说话不算话，故意忘记了呢！"

九爷半晌没有说话，最后声音小到几乎听不到地说了句："怎么会忘呢？不管怎么样，今天总是要你开开心心的。"

我一面扒拉着海碗中的羊肉，一面含混不清地小声嘀咕了句："开不开心全在你。"

吃完羊肉汤煮饼，九爷一面陪我说话，一面又拿起了竹子和薄如柳叶的小刀，我看了会儿问："你是要做一支笛子吗？"

九爷"嗯"了一声："这杆竹子是下面人特地从九嶷山带回来的，在山石背阴处长了十年，质地密实，不论气候如何变化，音质都不会受影响。它有一个很美丽的名字，叫'湘妃竹'，音色也比一般竹子更多了一份清丽悠扬。"

我凑上去细看："这就是大名鼎鼎的娥皇女英竹？是呀！这些点点斑痕可不就像

眼泪吗？看着古朴大气，真是好看！”

九爷身子僵了一下后，不着痕迹地与我拉开了距离，笑道：“我手头笛子很多。这次主要是看材质难得，怕宝物蒙尘，一时手痒才自己动手，你若喜欢，做好后就给你吧！”

我嘻嘻笑道：“我可是个有好东西收就不会拒绝的人。”

九爷笑着摇了下头，没有说话。

·——·——·——·——·

我出石府时，恰好撞上了慎行和天照。我弯身行礼：“祝石二哥、石三哥新年身体康健，万事顺意！”

两人都向我回了一礼，慎行的目光在我耳朵上停留了一瞬，面无表情地移开了视线。天照却是忽地笑道：“九爷费了那么多工夫，原来是给你的新年礼。”

我听他话中有话，情不自禁地摸了下耳坠子，顺着他的话意问：“此话怎讲？九爷费了什么工夫？”

天照笑说：“九爷幼时虽专门学过玉石制作，可毕竟不是日日练习，这次打磨的又是精巧小件，为了这东西，九爷专门又跟着老师傅学了一段日子，可是浪费了不少上好玉石。九爷在这些手艺活上很有些天赋，从兵器到日常所用陶器，无不上手就会，可看了他做东西，我才知道天下最麻烦的竟是女子的首饰。”

我呆了一会儿，喃喃地问：“你说这是九爷亲手做的？”

天照笑而未语，向我微欠了下身子后与慎行离去，我站在原地怔怔发呆。

我不知道我今年究竟多大。李妍已有身孕，都快要有孩子了，我却还在这里飘来荡去，七上八下。如果没有合适的人，我不一定要嫁人；可如果有合适的人，我一定要抓住。属于自己的快乐和幸福如果抓不住，阿爹知道后肯定会气得骂我是傻子。我是傻子吗？我当然不是，我是又聪慧又机敏又美丽又可爱的金玉，所以即使你是浮云，我也要挽住你。你是喜欢我的，对吗？你曾说过你和我是不同的人，我把你喜欢看的书都认真学了，我觉得我可以做和你同样的人。如果你想做大鹏，我愿意做风，陪你扶摇直上；如果你只愿做稀里糊涂的蝴蝶，那我也可以做一只傻蝴蝶；如果你羡慕的是一头青驴西出函谷关，从此踪迹杳然，那我们可以买几匹马，跑得比老子更快，消失得更彻底；幸亏你不喜欢孔老夫子，我虽然尊敬此人，但却不喜他，不过即使你真喜欢他，我们也可以老老实实做人……

我用力咬着毛笔杆，皱着眉头看着几案上的绢帕。我是在给自己打气的，怎么却越写心越虚？我心里默默对自己说了好几遍，他是喜欢我的，是喜欢我的……再不敢多写，在帕角注明日期：元狩元年。写好后匆匆收起了绢帕。

·——·——·——·——·

我摇了好一会儿，签筒方掉出一根签，霍去病刚欲伸手捡，我已紧紧握在手中，他问："你问的是什么？"

我摇摇头："不告诉你。"

他哼了一声："你能问什么？不是生意就是姻缘，现在生意一切在你自己的掌控中，你的性格岂会再去问别人，唯有姻缘了。"

我硬声辩道："才不是呢！"

一旁的解签先生一直留神地看着我们，看我们向他走过去，立即站起来，我猛然停下脚步，握着签转身走开。霍去病笑问："怎么又不问了？"

我握着手中的竹签，走了好一会儿，突然一扬手将竹签扔到了路旁的草丛中："不问了，能解他人命运却解不了自己命运。就是我们这一桩生意，他看你穿着非同一般，肯定是想着说出个名堂后大进一笔，却为何不替自己测一下是否能做成呢？"

霍去病含笑道："倒是还知道悬崖勒马，看来还没有急糊涂。"

现在想来也觉得自己有些荒唐，可当时一看到牌匾上写的"解姻缘"，腿就不受控制地走了进去，病急乱投医。心很虚，面上依旧理直气壮："我不过是看着新鲜，进去玩玩。"

霍去病笑着瞟了我一眼，一副懒得和我争辩、你说什么就是什么的样子。

一阵风过，我用力吸了吸鼻子："真香！什么花？"

霍去病道："槐花。"

我侧头看向他："叫我出来干吗？难道就是爬山？"

他边走边道："没什么事情，就不能叫你出来了吗？随便走走，随便逛逛，你看头顶的槐花……"

他后面说什么我全没有听到，我全部心神都盯着前面的马车。霍去病侧头看向我，又顺着我的眼光看向马车，马车停在一个庄园前。我朝他赔笑道："我突然有些事情，要先行一步。"

他一把抓住我："不许走！"

我用力拽开他的手："改日我去找你，再给你赔礼道歉。"话还未说完，人已经飘向了马车。他在身后叫道："小玉！"

我头未回，径直向前，落在了马车旁，赶车的秦力握鞭的手猛然一紧，看是我又立即松下来，笑着点了下头。我敲了敲马车壁，九爷掀开帘子，看是我，含笑问："你怎么在城外？"

我躬身替他打着帘子："你不是也在郊外吗？"说完疑惑地看向秦力。

九爷看到我的表情，笑着说："祖母姓石，单名一个青字，这园子取名'青园'，是祖父年轻时特意为祖母盖的。我不愿改动任何格局，所以不方便轮椅进出。"

我侧头望着园子，心头很是羡慕，这位老爷子竟然痴情至此。我当年还纳闷为什么明明姓孟，却将自己的生意命名为石舫，而且石舫所有收养的孤儿都会姓石，今日才明白，原来这是他心爱女子的姓。

九爷从车里拿了一根拐杖出来，是以前我在他书房角落见过的。他撑着拐杖立在地上，一根拐杖本应该让他看着笨拙，可那根精致的拐杖隐在他的广袖宽袍间，让人丝毫没有突兀的感觉。反倒是我因为第一次看见他站立的样子，人有些痴傻，呆呆地凝视着他。

他自嘲地一笑："可是看着有些怪异？"

我忙摇头，拼命摇头："不是的，是……是……是好看！"他看向我，我急道："难道从来没有人告诉你，你给人的是什么感觉吗？你……你……一举一动都很……"我越急越找不到合适的词语形容他，可又怕他因为我刚才一直看着他误会我，话说得几次险些咬到舌头。

他伸手替我捋了下被风吹乱的头发，凝视着我，极其温柔地说："玉儿，不要说了，我懂得你的意思。"

我朝他笑起来，视线越过他的肩头，看到霍去病依旧站在原地，远远看着我们。我的心说不清楚地一涩，忙移开了视线。

九爷扶着拐杖而行："祖父因为此山多温泉，所以特地选在这里盖了一个园子。"我慢走在他身侧，笑问："你是特地来泡温泉的吗？"

他回道："是，温泉有助于我腿上的血脉运行。"

我偷偷瞟了眼他的腿，可惜隐在袍子下，无法知道究竟是什么病。但看他行走，似乎不算费力。

进门前，我下意识地又侧头看向远处，霍去病的身形仍旧一动未动。暮春时节，头顶的槐花正是最后的繁密，一树压雪的白。风过时，花瓣纷纷飘落，漫天飞雪中，一向喜洁的他却纹丝不动，任由花瓣落在头上，落在锦袍上。

·——·——·——·——·

鸳鸯藤开始打花骨朵，一朵朵娇嫩的白在绿叶间和我玩着捉迷藏，我要很细心才能发现新加入的它们藏在哪里，昨天是九朵，今天就十五朵了，我又数了一遍，确定没有错。按照这个速度，再过一段时间，我就会数不清了。

我站在藤架前，嘴里喃喃地说："我可是捉了无数条蚯蚓，初春又专门施了牛粪，你们今年一定要争气呀！要开得最多，最美！"

鸳鸯藤的叶片在风中轻轻颤动，似乎回应着我的请求。

"等你们开到最美时，我就带他来见你们。"轻轻亲了一片新长出的叶子，"你们努力，我也努力！"

我进竹馆时，只看到天照坐在案前抄写东西。我诧异地指了指院子中空着的轮椅问："九爷呢？出门了吗？"

天照笑道："去兰屋看小风的爷爷了。"

我点了下头，看着轮椅，依旧有些纳闷。

天照放下笔，走到我身侧，看着轮椅道："九爷一条腿完全用不上力，另一条腿还能用力，拄着拐杖虽说走不远，但日常多动动对身体还是比坐在轮椅上好。"

我“嗯”了一声，天照沉默了一会儿，接着道：“小时候，九爷虽然腿脚不方便，却也爱动，对什么都好奇新鲜，总喜欢跟在我们身后玩，可我们那时候不懂事，总觉得带着他干什么都不方便，做什么都要等着他，所以表面上不敢违逆他，可背地里总是商量着能甩掉他就甩掉他，甚至为谁出的主意最高明而得意，我就是自以为最聪明的那个。九爷慢慢明白了我们的心思，人开始变得沉默，开始花更多的时间在书籍上，因为只有这些沉默的朋友才不会嫌弃他。有一次九爷背着老太爷，独自一人拄着拐杖出门，到天黑人都没回来。老太爷急得把我们一个个都痛骂了一遍，罚我们跪在青石地上。后来九爷回来时，身上的衣服撕裂了，脸上乌青，头上手上都是血。问他发生了什么，他却一句都不说，只说是自己不小心，求老太爷让我们都起来。”

天照凝视着轮椅，沉重地叹了口气，我沉默不语，酸楚心疼，种种情绪在心中翻腾。

“那一次我们心里真正感到愧疚，大哥把长安城的小混混一个个敲打了一遍才问出缘由。原来九爷看到《墨子》上对兵器制造的论述，就上街去看铁匠打铁，那些和我们一样不懂事的顽童跟在九爷身后唱‘一个拐子，三条腿，扭一扭，摆一摆，人家一步他十步，讨个媳妇歪歪嘴’。边唱还边学九爷走路，惹得众人大笑。九爷和他们大打了一架，吃亏的自然是九爷，被打得头破血流。大哥气得和那些唱歌的孩子都打了一架。从那之后，我们都想带九爷出去玩，可九爷再不在人前用拐杖。”

我现在明白为什么那根拐杖放在书架的角落里，也明白为什么虽然放在角落里却一点儿灰尘也没有。他是医者，自然明白适量运动对自己身体的好处，可那首歌谣和众人无情的讥笑却让他只在无人时才愿意用拐杖。

天照侧头看着我问：“你会埋怨我们吗？”

“有些！不过九爷自己都不计较，我也只能算了，否则……”我哼了一声，挥挥拳头。

天照笑道：“玉儿，你的性格可真是只认准自己心头的一杆秤，别的是是非非都不理会。”

我微扬着下巴问：“我只要自己过得好，自己关心的人过得好，别的人我不会无缘无故地伤害，难道这有错吗？”

天照忙道：“没错，没错！你可别误会我的话。我们三兄弟感激你还来不及呢！九爷去了趟青园，回来后居然不再避讳外人地用拐杖。你不知道，连二哥那么镇静的人看到九爷再在我们面前用拐杖，眼睛都有些红。九爷这么多年的心结，我们心上的一块大石，总算因你化解了。”

我脸有些烫，垂目看着地面，低声骂道：“好个秦力，看着老实巴交的，嘴巴却一点儿不牢靠。”

天照哈哈大笑起来：“他可不只不牢靠！你若看了他学着你一脸倾慕地呆看着九爷的样子，就知道没有把这样的人才招进你的歌舞坊可真是浪费！我们几个当时乐得脚发软，大哥更是笑得没控制好力道，居然把一张几案拍裂了。”

“你说什么？你有胆子再说一遍！”我叉着腰，跳着脚吼道。

天照还未回答，正拄着拐杖进院子的九爷笑问：“什么要再说一遍？”

我狠狠瞪了一眼天照，跑到九爷身边道：“秦力不是个好东西，你要好好罚他，或者你索性把他交给我，我来整治他。”

九爷看了眼天照问：“秦力几时得罪你了？”

天照满脸愁苦，哀求地望着我。我支支吾吾了半晌，自己却不好意思说出缘由，只能无赖地道：“得罪不需要理由，反正就是得罪我了。”

九爷走到轮椅旁坐下，天照忙拧了帕子来，九爷擦了擦额头的汗道：“罚他给你做一个月的车夫，由着你处置。”

我得意地笑看向天照，九爷又来了句：“大哥、二哥、三哥最近也是太闲了，我看蓝田那边的玉石场倒是挺需要一个人长期驻守在那里看管，三哥觉得谁去比较好？”

天照的脸越发垮了下来，满面诚恳地对九爷道：“大嫂刚生了个儿子，大哥喜得一步都不愿离开。二哥为了照顾大哥，把大哥手头的事情接了一部分过来做，也忙得分不开身。我最近正打算把长安城所有生意历年来的账务清查一遍。再加上我们还要教导小风、小雨他们，天地可鉴，日月作证，山河为誓，其实我们真不闲！”

我手扶着九爷的轮椅背，低头闷笑，九爷轻叹：“听上去的确好像不闲。”

天照忙道：“确实不闲！我们只是极其，极其，极其偶尔在一起饮了次茶、聊了个天、听了个故事而已，以后再不会发生此类事情，我们肯定忙得连说话的时间都没有。”

头先光顾着乐，竟然没有听出九爷的话外话，这会子天照的话说完，我猛然明白九爷已经猜到天照他们干了些什么，心里透着些羞、透着些喜、透着些甜，静静地立在九爷身旁。

谨言大跨步地奔进院子，看到我立即脸上一个灿烂的笑，阴阳怪气地道：“玉儿怎么也在？来看九爷的？”

天照几步跑到他身旁，推着他往外走：“昨天刚到的香料你还没有验收完，这事缓不得……”

谨言的声音从院外传来：“没有呀！你不是说……你别捂……啊？什么……蓝田？哦！”几声后谨言的声音已完全不可闻，只听到天照说：“九爷，那些没誊抄完的旧账我明天再接着弄，今日还有些事情急着办，先回去了。”说完只听到脚步飞快，不一会儿院外已经静悄悄。

我心中七上八下，甜蜜中带着尴尬，不知道说些什么。九爷仿佛未发生任何事情，推着轮椅进了屋子：“湘妃竹的笛子已经做好了，纹理自然雅致，再雕刻装饰反倒画蛇添足，我也就偷了回懒，你看看可满意？”

我伸手接过笛子：“我可不懂这些，你若说好那肯定就是好了。”

九爷笑道：“你园子里住着一位名满天下的宫廷乐师，多少人想拜师都不可得，你不趁着机会向他讨教一二？”

提起李延年，不禁想起李广利，我的眉头皱了皱。

九爷问：“怎么了？”

我叹了口气：“想到李广利此人，只能感叹‘龙生九子，个个不同’。”

九爷笑说：“你操心太多，若真烦把他轰出去也就完事了。”

我浅笑未语，事情不是那么简单。

九爷轻轻咳嗽了一声：“你最近歌舞坊的生意扩张得很快，我还听下头人说你做了娼妓坊的生意，这是明面的，你暗中……还做了其他生意，为什么？你若只是想赚钱，不妨做些其他生意，你如今这样，走得有些急促和过了。”

我一惊后，心中又是喜，自以为不可能被人知道的事情还是没有瞒过他，除非……除非他一直密切地留意着我的举动，讷讷道：“我自有我的打算和计较。”

他默默发了会儿呆，忽地问：“玉儿，知道我为什么一直尽力不在外面用拐杖行走吗？没有特殊情形，我都只愿坐轮椅，而且一直刻意让众人以为我的身体很差，就是天照他们也以为我身体弱得根本难以走远，身体还经常不妥当。我的确腿有残疾，身体也的确内弱，却没有我表现出来的那么严重。”

我愣了好一会儿，难道不是天照他们所说的那个原因，不仅仅是因为幼时的自卑？

“为什么？你是故意做给谁看的吗？”

九爷轻点下头："做给陛下看的。我的母亲是窦太后的侄孙女，幼时常常进宫玩耍，当年陛下和母亲也算感情不错的表兄妹。所以窦太后在世时，石舫和窦氏一直走得很近。窦氏败落后，陛下对石舫盘根错节的势力很是忌惮。父亲和母亲过世后，偌大一个石舫落在了我手中，如果不是因为我是个病秧子，一副苟延残喘的样子，石舫的生意又在我手中一点点没落，石舫在长安城肯定逃不过彻底覆灭的命运。"

他第一次主动提及一点儿身世，我听得怔怔发呆，当年他才多大？竟然要以稚龄担负起众多人的性命，与汉朝的皇帝周旋。而且他只说了家族中和汉朝的关系，和西域的关系呢？那边他又肩负着什么？这一路行来，他究竟承受了多少？

他凝视着我，慢慢道："玉儿，当今陛下心思深沉机敏，行事果断狠辣，必要时是一个除对自己外的任何人都能下杀手的人。不要做触犯天家的事情。你在长安城怎么和别的商家争斗，我都可以……但……"他吞下了已到嘴边的话，只语重心长地说，"玉儿，行事务必三思。"

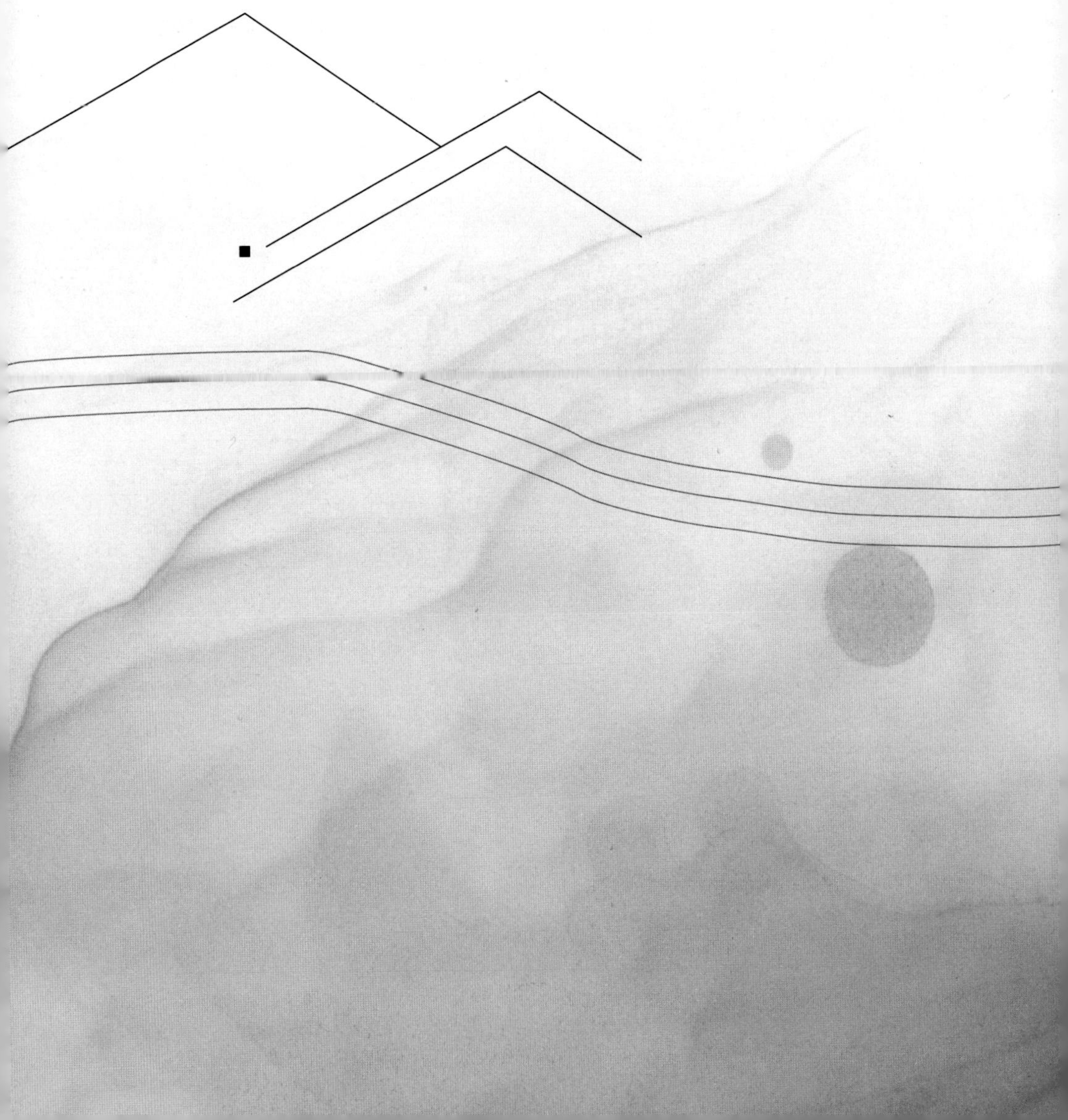

第十四章

赏星。

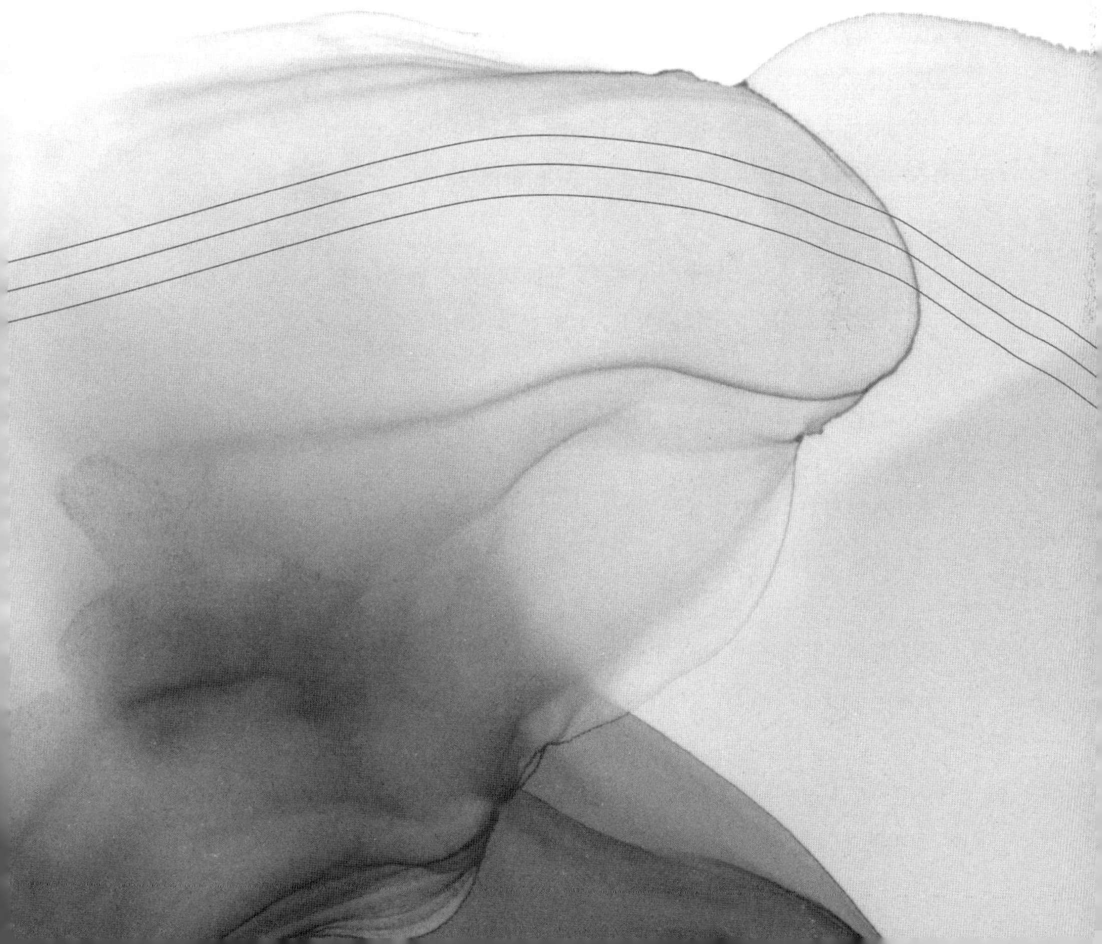

“啪”的一声，我把筷子扔到了案上：“这是干什么？好好的蒸饼，为什么要乱放东西？”

红姑瞟了我一眼，继续吃着手中的饼：“用槐花蒸的饼吃着香，是我特意吩咐厨房做的。前段日子看到我用槐花泡水喝发了通脾气，今日好好的蒸饼又惹了你，槐花究竟哪里犯了你的忌讳，一见它你就火冒三丈？”

我闷闷地坐着，红姑自顾吃饭，不再理会我。

不是槐花犯了我的忌讳，而是我一直不愿意再想起那个立在槐花下的人。

晚上，躺了好久却一直无法入睡，索性披衣起来，摸黑拉开门。点点星光下，只见一个黑黢黢的人影立在鸳鸯藤架下，我被唬了一跳，立即认出是谁，一时竟然没有一句合适的话可说。

霍去病转身静静地看着我，半晌后忽地说：“你言而无信，既说了改日来找我，可到现在也没有找过我。”

我走到他身前，仍然想不到一句合适的话说，看向鸳鸯藤，一朵花儿正羞怯怯地半打开了皎洁的花瓣，惊喜下，忘乎所以地叫道：“你看！那朵花开了，今年的第一朵花。”

霍去病侧头看向花：“看来我是第一个看到它开花的人。”

我深吸了口气：“很香，你闻到了吗？”

霍去病道："去年人在外打仗错过了它们，它们倒是知情识趣，今年的第一朵花就为我绽放。"

我笑道："没见过你这么自大的人，连花都是为你绽放！不过是恰好赶上了而已。"

霍去病凝视着花，一脸若有所思："一个'恰好赶上'才最难求，有些事情如果早一步，一切都会不一样。"

"一、二、三……"我头埋在花叶间，一个一个点着花骨朵。

霍去病笑道："你不是打算把这么多花蕾都数一遍吧？"

我点了一会儿，笑着放弃了："就是要点不清，我才高兴，证明它们很努力地开花了。"

霍去病问："为什么叫它们金银花？银色好理解，是现在看到的白，可金色呢？"

我笑道："现在卖个关子，不告诉你，再过段日子你来看花就明白了。"

霍去病笑起来："我就当这是个邀请了，一定赶赴美人约。"

我"啊"了一声，懊恼地说："你这个人……"

他忽地拽着我的胳膊，向外行去："今夜繁星满天，带你去一个好玩的地方。"

我犹豫了下，看他兴致高昂，心下不忍拒绝，遂默默地随他而行。

·——·——·——·——·

因为上林苑没有修筑宫墙，视线所及，气势开阔雄伟。我看着前面的宫阙起伏，千门万户，嗓子发干，咽了口口水道："上林苑中有三十六座宫殿，我们要去哪个？"

霍去病笑道："胆子还算大，没有被吓跑。"

我没好气地说："要死也拖着你垫背。"

他的眼睛在我脸上瞟了一圈："这算不算同生共死，不离不弃？"

我冷笑两声，不理会他的疯言疯语。

"我们去神明台，上林苑中最高的建筑，到台顶可以俯瞰整个上林苑和大半个长安城。躺在那里看星星的感觉，不会比你在沙漠中看星星差。整个长安城只有未央宫的前殿比它高，可惜那是陛下起居的地方，戒备森严，晚上去不了。"

一览无余的视野？毫无阻碍的视线？我心立动。

他领着我翻墙走檐，一路安全地到了神明台，因为一无人住，二无珍宝，这里没有卫兵守卫，只有偶尔巡逻经过的兵士。

我和霍去病在黑暗中一层层地爬着楼梯，人未到顶，忽隐隐听到上面传来一两句人语声。我们俩都立即停了脚步，霍去病低声骂道：“这是哪个混账？”

我侧头而笑：“只准你来，还不准别人也来风雅一回？既然有人，我们回吧！”

霍去病却道：“你找个地方躲一躲，我去看看究竟是哪个混账，轰了他走。”我欲拽他，他却已几个纵身上去了。

真是个霸王！难怪长安城中的人都不敢得罪他。我四处打量了下，正想着待会儿索性躲到窗外去，霍去病又悄无声息地落在了我身边，拖着我的手就往下走。我纳闷地问：“谁在上面，竟然让你这么快又下来了？”

他淡淡地说：“陛下。”

我捂着嘴笑起来，低低道：“原来是陛下那个混账。”

他虽是警告地瞪了我一眼，板着的脸却带出一丝笑意。我一拽他的手，向上行去：“我们去看看。”

“有什么好看的？被捉住了，我可不管你。”霍去病身子不动地道。

我摇了摇他的胳膊，轻声央求：“皇帝的壁角可不是那么容易听到的，我们去听听。何况他正……留意不到我们的。”

霍去病看了我一瞬，轻叹口气，一言不发地拖着我向上行去。

果然如我所猜，李妍也在这里。满天星光下，李妍正坐在刘彻腿上，刘彻用披风把李妍围了个严严实实，自己随便地坐在地面上。两人依偎在一起，半晌一句话都未说。

霍去病紧贴着我耳朵道：“没有壁角可听，待会儿倒说不定有春……戏……看。”我狠狠掐了他一下，他一把揽住我，猛地咬在了我耳朵上。两人身体紧贴在一起，我想叫不敢叫，欲挣不敢挣，摸索着去握他的手。他本以为我又会使什么花招，手虽让我握住，却是充满力量和戒备。结果我只是握着他的手轻轻摇了摇，他静了一瞬，手上的劲力忽然撤去，温柔地亲了下我的耳垂，放开了我。我轻轻一颤，身子酥麻，一瞬间竟有些无力。

反应过来时，刚想再报复他，忽听刘彻柔声说：“未央宫前殿比这个更高，等你生产后，身子便利时，我们去那上面看整个长安城。”

我忙凝神听李妍如何回答。

“未央宫前殿是百官参拜夫君的地方，妾身不去。”

李妍和刘彻私下居然仿佛民间夫妻，不是皇帝，而是夫君，不是臣妾，而是妾身。紧站在我身后的霍去病长长地呼了一口气，我轻轻握了下他的手。

刘彻哈哈大笑：“我说能去就是能去，谁敢乱说？”

李妍搂着刘彻的脖子，亲了他一下：“陛下偷偷带臣妾来这里眺望远景，仰看星星，臣妾已很开心。最重要的是这里就我们两个人，你是我的夫君，我是你的妻，啊！不对，还有我们的孩子，是我们一家子在这里，妾身已经心满意足。陛下能想着哄臣妾开心，那臣妾绝不要因臣妾让陛下皱眉头。上前殿的屋顶对我们的确不是什么大事情，可万一落在他人眼中，只怕又会对陛下进言，陛下虽不在意，可总会有些不悦。我不要你不开心，就如你希望我能常常笑一样。”

刘彻沉默了好一会儿方道：“此心同彼心。”说完把李妍紧紧拥入怀中。

李妍呀李妍，这样一个男子近乎毫无顾忌地宠着你，你的心可守得住？真情假戏，假戏真情，我是眼睛已经花了，你自己可分得清楚？你究竟是在步步为营地打这场战争，还是在不知不觉中步步沦陷？

我有心想再听一会儿，想到霍去病，却觉得罢了，拽了拽他的手示意他离开。两人刚转身，却不知道我的裙裾在哪里钩了一下，只听“哧”的一声，布帛裂开的声音在寂静中分外清脆。

刘彻怒喝道：“谁？”

我慌乱内疚地看向霍去病，他向我摇摇头，示意不必担心，一切有他。

霍去病一转身拉着我走上了台子。

“臣想着今夜倒是个看星星的好时候，没想到一时不谋而合，却打扰了陛下和娘娘的雅兴。陛下一个侍卫都没带，恐怕也是溜进来的吧？”霍去病一面向刘彻行礼，一面笑道。

他对偷进宫廷的事情毫不在乎，说得好像只是不小心大家路边偶遇。刘彻似乎颇有几分无奈，但又有几分赞赏，扫了眼跪在地上的我，含笑道：“朕还没审你，你倒先来查问朕。我们的不谋而合好像不止你小子说的那两点，都起来吧！”

我重重地磕了个头后，随在霍去病身后站起。刘彻放开李妍，李妍起身后下死眼地盯了我一下。我心中轻叹一声，盘算着如何寻个机会向李妍解释。

刘彻对我道："既然是来赏星看景的，就不要老是低着头，大大方方地该干什么就干什么，听闻你是在西域长大的，也该有几分豪爽。"

我低头恭敬地道："是！"说完扭头看向远处，其实景物无一入眼。

李妍温柔地说："陛下，我们景致已看过，现在夜也深了，臣妾觉得身子有些乏。"

刘彻看着李妍隆起的腹部，忙站起来："是该回去了，这里留给你们。"笑着瞟了眼霍去病，提起搁在地上的羊皮灯笼，扶住李妍向台阶行去。

霍去病和我跪送，刘彻走到台阶口时，忽地回头对霍去病笑道："今晚上放过你，过几日你给朕把事情交代清楚了。"

霍去病笑回道："臣遵旨。"

李妍忽道："过几日要在太液池赏荷，臣妾想命金玉同去，陪臣妾说话解个闷。"

刘彻颔首准可，我忙磕头道："民女谨遵娘娘旨意。"

刘彻和李妍的身影消失在台阶下。

"起来吧！"霍去病拉着我站起来，"你见了陛下居然这个样子，比兔子见了老虎还温驯。"

我走到台沿，趴在栏杆上："那你说我见了陛下该如何？难道无所顾忌、侃侃而谈？"

霍去病趴在我身侧道："这个样子好，宫里到处都是温柔婉转、低眉顺眼的女子，陛下早腻烦了。像李夫人这样的，不失女子温柔，骨子里却多了几分不羁野性，更能拴住陛下的心。"

"你刚才还好吧？"我细看着他的神色。霍去病无所谓地笑笑："整日在宫廷里出出进进，陛下行事又是全凭一己之心，不是没见过陛下和后妃亲昵，倒是你这还未出阁的姑娘看到……"

我瞪了他一眼："废话少说，你知道我问的不是这个。"气势虽然十足，脸却真有些烫，板着脸望向远处。

霍去病沉默了会儿道："就如我所说，陛下和各色女子亲热的场面，我无意撞到的次数不少，可这是我第一次看到陛下和一个女子只是静静相靠，什么都不做，也是第一次听到有后妃和陛下之间你你我我，刚听到心下的确有些震惊，别的倒没什么。"他轻叹一声，又道："陛下也是男人，他有时也需要一个女子平视他，因为已经有太多仰视他的人，不然他视线转来转去都落了空，岂不是太寂寞？姨母不是不好，可她的性格过于温婉柔顺。当年的陛下处在窦太后压制下，帝位岌岌可危，陈皇后又刁蛮任性，陛下的苦闷和痛苦的确需要姨母这样的女子，一个能温柔体贴地仰视着他的人。可现在的陛下正是意气风发、大展宏图时，他更需要的是一个能和他把臂同笑，时而也能给他一点儿脸色看的人。”

我笑道：“你竟然如此偏帮陛下，难怪陛下对你与众不同。”

霍去病笑说：“自古帝王有几个专情的？这个道理姨母自己都想得很清楚，所以也没什么，今日是李夫人，几年后肯定还会有王夫人、赵夫人的。难道还一个个去计较？”

话确如他所说，后宫中永远没有百日红的花，不是李妍也会有别人得宠，只要李妍不触碰你们的底线，你们应该都不会计较。可是如果李妍生的是男孩，势必要扶持自己的孩子继承皇位，李氏和卫氏的斗争无可避免，我第一次有些头疼地叹了口气。

“你怎么了？”霍去病问。

我摇摇头，仰头看向了天空，今夜我们并肩看星，他日是否会反目成仇，冷眼相对？如果一切的温情终将成为记忆中不能回首的碎片，那我所能做的只能是珍惜现在。

我笑着看向他，指着空中的银河：“知道银河是怎么来的吗？”

霍去病嘲笑道：“我虽不喜欢读书，可牛郎织女的故事还是听过。那颗就是牛郎星，你能找到织女星吗？”

我仔细地寻找着：“是那颗吗？”

霍去病摇头：“不是。”

“那颗呢？”

霍去病又摇摇头：“不是。”

我疑惑地看向他：“这个肯定是，你自己弄错了吧？”

霍去病笑着敲了我的额头一下：“自己笨还来怀疑我，我会错？打仗时凭借星星辨识方向是最基本的功课，我可是路还没有走稳时就坐在舅父膝头辨认星星了。”

我摸着额头，气恼地说：“我笨？那你也不是聪明人，只有王八看绿豆，才会对上眼……”话还未说完就懊恼地去掩嘴，我这不是肉肥猪跑进屠户家——自找死路吗？竟然哪壶不开提哪壶。

霍去病斜斜靠着栏杆，睇着我，似笑非笑。我被他看得心慌，故作镇定地仰头看向天空：“那颗呢？”

他轻声而笑："你脸红了。"

"现在是夏天，我热，行不行？"

……

良辰美景，赏星乐事，两人细碎的声音，在满天繁星下隐隐飘荡，星星闪烁间仿佛在偷笑。

·——·——·——·——·

岸下芙蓉，岸上美人，芙蓉如面，面如芙蓉，人面芙蓉相交映，我看得有些眼晕。

"你可看到了后宫这些女子？每一个都是花一般的容貌，我在想陛下看到这么多女子费尽心机只为让他多看一眼，究竟是一种幸福，还是一种疲惫？"李妍轻扇着手中的美人团扇，淡漠地说。

"只要你是最美的那朵花就行，别人我可懒得探究。"我笑道。

李妍扶着我的手，边走边说："希望你这话说得出自真心。"

我停了脚步，侧头看着李妍解释道："当日救冠军侯时，我并不知道他的身份，长安城再见全是意外，你那天晚上碰到我们也是一个意外，我和他之间什么都没有。"

李妍浅浅笑着："你和他没什么？但他肯定和你有些什么。霍去病是什么脾气？眼睛长在额头顶上的人，可他看你时，那双眼睛乖乖地长在了原处。"

我无奈地道："我毕竟算是他的救命恩人，他总得对我客气几分，再说他怎么看人，我可管不了。"

李妍盯着我的眼睛道："听说你给我二哥请了师傅，还找了伴学的人。你手中虽没有方茹的卖身契，但方茹对你心存感激，你不发话，她一日不能说离开，而我大哥就等着她，还有公主，李……"李妍顿了下，一字字道，"我们每个人似乎都是你的棋子，金玉，你究竟想要什么？"

我沉默未语，我想要什么？其实我想要的最简单不过，比所有人想象的都简单，非权力非富贵非名声，我只想和九爷在一起。如果九爷肯离开长安，我随时可以扔下这里的一切。可他似乎不行，那我也只能选择留下，尽我的力，做一株树，帮他分担一些风雨，而不是一朵花，躲在他的树冠下芬芳，只能看着他独自抵抗风雨。也许如花朵般娇艳纯洁才是女人最动人的样子，可我宁愿做一株既不娇艳也不芬芳的树，至少可以分担些许他肩头的重担。

李妍一面扇着扇子，一面优雅地走着："你用歌舞影响着长安城，你坊中不断推陈出新的发髻梳法、衣服修饰，引得长安城中的贵妇纷纷效仿。据说你和红姑专门开了收费高昂的雅居，只接待王侯贵戚的母亲夫人小姐。看在外人眼里，你不过是经营着歌舞坊而已，可你既然说过我是你的知己，我也不能辜负了你的赞誉。毛毛细雨看着不可怕，但如果连着下上一年半载，恐怕比一次洪涝更可怕。不是每个儿子都会听母亲的话，也不是每个夫君都会听夫人的话，可十个里面有一两个，已经很了不得。而且女人最是嘴碎，很多话只要肯用心分析，朝堂间很多官员的心思只怕都在你的掌握中。"

看来李妍已经在宫中颇有些势力了。上次来见她时，她对宫廷外所发生的一切还是道听途说的居多，现在却已经清楚地知道一切。"我以为我这次已经做得够小心，为此还把天香居一众歌舞坊特意留在那里，让它们跟着我学，甚至有些事情故意让它们先挑头，我再跟着做，居然还是被你看了出来。"

李妍娇俏地横了我一眼："谁叫你是金玉？对你我不能不留心。还有你逐渐购进的娼妓坊，男子意乱情迷时，只怕什么秘密都能套取。金玉，你究竟想做什么？"

我握着李妍的手道："我向你保证，不管我做什么，我们的目的没有冲突，我们都不想要战争。"

李妍道："本来我一直坚信这点，肯定你至少不会阻碍我，可当我知道你和霍去病之间的事情，我突然不太确定。金玉，我刚刚说的话还漏说了一句，那就是我们每个人似乎都是你的棋子，可你为何偏偏对自己手旁最大的棋子视而不见？你处心积虑，步步为营，为何却漏掉了霍去病？别告诉我是不小心忘掉了。"

"我……我……"我无法解释，心念电转，竟然编不出一个能说服李妍的解释，甚至这是我第一次意识到，原来我在步步为营中，遗忘了他，我居然真的忘掉了他的身份，他在我眼中，只是他！我苦笑道："我的确给不出一个让你相信的合理解释，也许我觉得这个棋子太珍贵，不愿轻易动用。"

李妍浅笑着瞟了我一眼，神态怡然、漫不经心地欣赏着荷花。我琢磨了会儿说："还记得你入宫前，我曾去问你大哥的事情吗？那首《越女曲》还是你教会我的。"李妍"嗯"了一声，侧头专注地看向我，我道，"那首曲子我是为了石舫舫主而学。你现在可相信我和霍去病之间什么都没有？"

李妍面无表情地盯了我一会儿，缓缓点了下头："金玉，你能起个誓言吗？"

我摇摇头："我不可能对你发誓说，我绝对不做你的敌人，我不会主动伤害你，可万一你想伤害我呢？"

李妍笑起来："好一个金玉，言语够坦白，我不是要你发誓这个，的确强人所难。我只要你保证不会泄露我的身份，不会日后用这个来要挟我。"

我们俩的目光对峙着，我笑说："只怕不给你保证，我的日子不会好过呢！"

李妍不置可否地淡淡一笑，我默默想了一瞬后道："我用自己的生命发誓，绝对不会泄露你的身份。"

李妍笑着摇摇头："金玉，忘了你夸过我是你的知己吗？你心中最重要的不是这个，用你喜欢的人的生命起誓。"

我有些发怒地盯着李妍，李妍笑意不变，我气笑着点点头："李妍，李娘娘，宫廷改变一个人的速度居然如此之快，我好像已经不认识你了。好！如你所愿，我以九爷的生命起誓，绝不会……"

李妍摇摇头："不，用你喜欢的人的生命。"

我冷笑一声："有什么区别？用我喜欢的人的生命起誓，我永远不会泄露你的身份。"

李妍笑指了指天："老天已经听见了。"

我沉默地盯着池中密密的荷叶，李妍脸上的笑意也消失："金玉，不要怪我，你根本不知道我现在一步步走得有多苦。卫皇后主后宫，外面又有卫将军、公孙将军，现在还多了个霍去病，我虽然得宠，可君王的恩宠能有几时？宫里的人都是势利眼，卫皇后看着脾气柔和，似乎什么都不争，那只是因为她身边的人把能做的都替她做了，她乐得做个表面好人。"她望着一池荷叶，长叹一声。

两人各自满腹心思，无语发呆，身后一个男子的清亮声音："娘娘千岁！"我和李妍转过了身子。

李敢正恭敬地屈身行礼，李妍淡淡道："平身！"李敢抬头的一瞬，眼中满是炽热痛苦，却立即恢复清淡，仿佛只是我眼花。

文武兼备的李三郎，虽不像霍去病那样如阳光般耀眼，但他应该才是长安城中每个少女的梦里人。霍去病锋芒太重，让人觉得不敢接近、不敢依靠，甚至完全不知道这个人将跑向何方，而李敢如一座山，让女子看到他心里就踏实起来。

李敢的目光从我脸上轻扫而过，一怔下笑起来，我向他行礼，他笑道："去年的新年我们见过，还记得吗？今日是去病带你来的吗？"

我回道："记得，不是冠军侯带民女来，是奉娘娘的旨意。"

李敢不落痕迹地看了眼李妍，虽有困惑但没有多问，李妍却笑着说："说她的名字，你大概不知她是谁，可如果告诉你这位金玉姑娘是落玉坊的主人，恐怕长安城不知道的人不多。"

李敢的面色骤变，眼光寒意森森，如利剑般刺向我。我避开他的视线，看向李妍，李妍笑眯眯地看着我，嘴唇微动，虽没有声音，我却猜出了她的意思：我们总不能老是由你摆布，你也不能凡事太顺心。

我瞪了她一眼，决定垂目盯着地面扮无辜，李敢盯累了自然就不盯了。视线扫过李敢时，惊得一跳，立即看向李妍，示意她看李敢的袍袖里面。

李妍本来脸上一直带着一抹浅笑，当看到李敢袍袖里绣着的那个小小的藤蔓"李"时，笑容顿时僵硬，她向我使了个眼色，我得意地笑看着她，刚整完我就又来求我，这世上可有那么轻巧的事情？

李敢看着我的眼睛里飞出的全是冰刀，李妍看着我的眼睛里却是溺死人的温柔，我笑得灿烂无比。

霍去病冷冰冰的声音："李三，你在看什么？"霍去病的角度只看到李敢直勾勾地凝视着我，根本不知道李敢是用什么目光在看我，他只看到我灿若阳光的笑，却不明白我那是在和李妍斗气。

李敢欲解释，可这事怎么解释？难道告诉霍去病，他因为李妍正恨着我？李敢对着霍去病，一脸欲言又止。霍去病的脸色却是越来越冷。究竟什么事情让李敢竟然难以解释？估计心思早想到偏处。

事情太过微妙滑稽，让人无奈中竟然萌生了笑意。李妍的目光在我们脸上打了个转，"扑哧"一声，手扶着我，笑得花枝乱颤。我忍了一会儿，实在没有忍住，也笑出了声音。李敢默默站了一会儿，忽地长长地叹口气，也摇着头无奈地笑起来，只有霍去病冷眼看着我们三个笑得前仰后合。

皇帝和平阳公主安步而来，笑问道："何事让你们笑得如此开心？朕很少听到夫人笑得如此畅快。”

我们都忙向皇帝和公主行礼，平阳公主看着李妍笑道：“究竟什么事情？本宫也很好奇呢！”

李妍剜了我一眼，神色平静地说：“刚才金玉讲了个很好笑的笑话。”

皇帝和公主都看向我，我张了张嘴，没有声音，又张了张嘴，还是编不出话来。李妍带着两分幸灾乐祸，笑意盈盈地看着我，我也轻抿了一丝笑，想整我还没有那么容易：“这个笑话我是从李三郎那里听来的，不如让他讲给陛下和公主听。”

李妍蹙了蹙眉，嗔了我一眼，我向她一笑，以彼之道还施彼身，我做得并不过分。

皇帝和公主又都看着李敢，霍去病却冷冷地盯着我，我对他皱了皱眉头，这个傻子！我有什么机会能和李敢熟稔到听他讲笑话？

李敢呆了一瞬后，微笑着向皇帝和公主行了一礼：“臣就献丑了。有一个书呆子，邻居家着火，邻居大嫂央求他赶紧去通知正在和别人下棋的夫君。书呆子去后静静地立在一旁看着两人下棋，半日后，一盘棋下完，邻居才看到书呆子，忙问道：‘兄弟找我何事？’‘哦！小弟有一事相告——仁兄家中失火。’邻居又惊又气：‘你怎么不早说？’书呆子作了一个揖，慢条斯理地说：‘仁兄息怒，岂不闻古语云观棋不语真君子吗？’”

皇帝浅浅一笑：“最义正词严者往往都是以君子之名行小人之事，这笑话有些意思，对世人讥讽得够辛辣。”

公主听到最后一句却笑出了声：“真有这样的人吗？”

李敢道：“世上为了成全一己私心而置他人死活于不顾的人肯定不少。臣讲得不好，金玉姑娘讲起来才神形兼备，真正逗人发笑。”

我有些恼，这个李敢明嘲暗讽，居然句句不离我。李敢说话时，李妍一直留心着李敢的袖口，脸色有些不好看，她哀求地看向我，我微微颔了下首，她方面色稍缓。

皇帝关切地问李妍：“哪里不舒服？”

李妍道：“大概是站得有些久了。”

平阳公主忙道：“到前面亭子休息一会儿吧！”

估计李妍本想和皇帝先离开，没想到公主先开了口，只得点下头：“多谢阿姊。”

皇帝扶着李妍，两人在前慢行，我们在后面亦步亦趋。公主笑问着霍去病话，李敢不敢与公主并行，刻意落后几步。我也慢下步子，走到李敢身侧，他却寒着脸避开我，霍去病侧头狠盯了我一眼，我皱了皱眉，没有理会他。

眼看着亭子渐近，李敢却不给我任何机会说话。我心一横，脚下一个轻滑落在李敢身旁，悄悄抓住他的袍袖。他反应也极是机敏，立即身子向一侧跃去，想要避开我，却不料我已经料到他的动作，与他恰好反方向各自跃开，我手上刻意加了力气，两人又都是习武之人，“哧”的一声，李敢的袍袖口已被我撕下一片。前面行走的四人闻声都转头看向我和李敢，霍去病的脸色已经难看得不能再难看。

李敢一脸恼怒，手指着我，我赶紧跑到他身前，满脸不安地给他赔礼道歉，又假装惊慌失措中把手中的袖片掉落在地，自己在上面无意地踩来踩去，硬是把一个银丝线绣的“李”字踩到再也辨别不出来。

霍去病突然呵斥道：“你们有完没完？这里是你们拉拉扯扯的地方吗？”

李敢现在已经反应过来我为什么刻意把他的袖子扯落，视线在李妍面上一转，向着皇帝跪倒：“臣知罪！”

我也赶忙在李敢身侧跪了下来。

李妍刚欲求情，刘彻却摇头大笑起来，对着公主道：“阿姊还记得我年少时的荒唐事情吗？”

公主笑道：“哪个人年少时没做过一两件荒唐事，没争风斗气过？看着他们，我倒像又回到未出阁的日子。”

刘彻笑着从霍去病脸上看到我和李敢脸上：“都起来。李敢，你衣冠不整就先退下吧！”

李敢磕了个头，起身时顺手把地上的袖片捡起，匆匆转身离去。

平阳公主笑着对刘彻说：“陛下太偏帮去病了，这么快就把李敢轰走，让我们少了很多乐子。”

刘彻笑看着神色冷然的霍去病：“不赶李敢走，还等着他们待会儿打起来？到时候罚也不是，不罚也不是，朕这个皇帝颜面何存？”

平阳公主笑着点头：“倒是，去病的脾气做得出来。”

一场可能化作大祸的风波总算化解，我有些累，想要告退，却没合适的借口，低头蔫蔫地坐在下首。李妍神情也有些萎靡，刘彻看到李妍的神色，着实担心，忙吩咐人去传太医，带着李妍先行回宫。我们这才各自散去。

·——·——·——·——·

霍去病人走在我身侧，却一句话也不和我说。我心里想着和李妍的一番谈话，有些说不清楚的郁悒烦恼，也是木着一张脸。

两人出了上林苑，我向他默默行了一礼就要离开，他压着怒气说："我送你回去。"

我摇了下头："不用了，我现在不回去，我还要去趟别的地方。"

"上来！"霍去病跳上马车，盯着我蹦了两个字。神色冷然，绝不允许我反驳。

我无奈地笑了笑，跳上马车："你可别朝我发火，我要去李将军府。"

他瞪了会儿我，吩咐车夫去李将军府。我看着他，将心比心，胸中酸涩，柔声解释道："我和李敢可不熟，上次你带我去军营时是第一次见他，今日是我们第二次见面。"

霍去病脸色稍缓，语气依旧是冷的："第二次见面就如此？"

我道："事出有因，李敢于我而言不过是一个小瓜子，眼神不好时，找都不容易找到。"

霍去病的嘴角微露了一丝笑意："我于你而言呢？"

我犹豫了下，嬉笑着说："你像个大倭瓜，可满意？"

他没有笑，紧接着问了句："那孟九呢？"

我脸上的笑容有些僵，扭转了头，挑起帘子，看向窗外，刻意忽略脑后两道灼烫的视线。

到李将军府时，我还想着如何能让李敢肯见我，霍去病已经大摇大摆地走进将军府。守门人显然早已习惯，只赶着给霍去病行礼。

我快走了几步追上他："是我要去见李敢，你怎么也跟来？"

霍去病道："现在好像是你跟着我，而非我跟着你。如果你不想跟着我，我们就各走各的，你可以去门口请奴仆为你通传。"

我瞪了他一眼，不再说话，静静地跟在他身后。霍去病问了一个奴仆，回说李敢正在武场练箭。他对李将军府倒是熟悉，也不要人带路，七拐八绕地走了会儿，已经到了武场。

李敢一身紧身短打扮，正在场子中射箭，每一箭都力道惊人，直透箭靶。我小声嘀咕了句："好箭术，箭无虚发，不愧是飞将军家的子弟。"李敢看到我，瞳孔一缩，把手中的箭骤然对准了我。

那一瞬间，我知道李敢不是在吓唬我，他脸色森冷，眼中的恨意真实无比，他确有杀我之心。我身子僵硬，一动不敢动，一句话也不敢说，唯恐一个不慎激怒了他，那支箭就向我飞来，而天下闻名的飞将军家的箭术，我躲开的机会几乎没有。

霍去病一个箭步，闪身挡在我的前面，姿态冷淡，和李敢静静地对峙着。

李敢的手抖了下，猛然把弓扭向箭靶，"嗖"的一声，那支箭已正中红心，整支箭都穿透而过，箭靶上只剩下白羽在轻颤。

我一直憋在胸口的那口气终于呼了出来，身子发软。我身份卑贱，对这些显贵子弟而言就如蝼蚁，捏死我都不用多想。我一直用智计周旋，可忘了我的生命只需一支箭就可以轻易结束，所谓的智计在绝对的权势面前能管什么用？

今日幸亏霍去病跟了来，否则，否则……刚才在生死瞬间，我没有怕，反倒现在才开始后怕。李妍究竟和李敢说过什么？她有没有预料到李敢的反应？她这是给我的一个警告吗？或者她压根儿就是想让我死？世上还有比死人更能严守秘密的吗？

我越想越心惊，霍去病转身扶我，我第一次主动地握住他的手。我的手仍在哆嗦，他的双手紧紧握着我的手。因常年骑马练武，他的手掌茧结密布，摸着有粗糙的感觉，充满令人心安的力量，我的心慢慢安定下来，手不再哆嗦。

他看我恢复如常，摇头笑起来："看你以后还敢不敢再来找李三。"

我想笑却笑不出来，声音涩涩地说："为什么不敢？不过……不过要你陪着来。"

李敢走到我们身侧，若无其事地对霍去病作了一揖："刚才多有冒犯，不过你好端端地突然走到我的箭前，把我也吓出了一身冷汗。"

霍去病冷冷地说："三哥，我们在军营中一起跌爬滚打，我很小时，李大哥还曾指点过我箭术，我们的交情一直不错，我不想以后因为误会反目，所以今日我郑重地告诉你一声，以后你若敢再这么对她，我的箭术可不比你差。"

我惊诧地看向霍去病，心中滋味难辨，他竟然这样毫不避忌地护着我。

李敢也是一惊，继而似明白了几分，很是震惊地看了我一眼，苦笑着摇摇头："今日情绪有些失控，以后不会如此了，我想金姑娘能体谅我。”

我扯了扯嘴角，我能体谅？下次我在你脖子上架把匕首，看你能不能体谅？嘴里却只淡淡道：“我来是为了说几句私话。”

霍去病现在倒很是大方，一言不发地走到远处。

我看着李敢问：“李夫人是从我园子中出去的，我所做的也都是为了护着她，我想这一点，经过今天的事情，你应该相信我。我知道你喜欢她，可她知道你的心思吗？”

李敢沉默了好一会儿，摇摇头：“她不知道，她已经是娘娘，我在她眼中和其他臣子没什么区别，我也不想让她知道，我的这些心思不过就是自己的一点儿念心儿而已，希望你也保密，我不想给她徒增烦恼，只要能时不时看到她，我就心满意足了。”

果然如我所想，李妍是装得自己一无所知，把一切坏事都推给了我。我一边想着，一边说：“我向你保证，一定不会告诉李夫人。”

李敢冷哼一声：“你当年就把一些本该告诉她的事情隐瞒了下来，我对你这方面的品德绝对相信。明明是我先于陛下遇见的她，却被你弄得晚了一步，晚一步就是一生的错过，你可明白？”他的语气悲凉中又带着怨愤。

我不敢接他的话茬儿：“我既然已经瞒过了你，那你后来是如何知道李夫人就是那个你要找的女子？”

李敢眼中又是痛苦，又是喜悦：“有一次进宫时，我恰好撞见她用一块类似的帕子，颜色虽不同，可那个状似藤蔓的‘李’字却是一模一样。我当时如五雷轰顶，看着她怔怔不能语，这才知道自己有多傻。这世间除了她，还会再有第二个姓李的女子有她那般的风姿吗？其实在我看到她像水中仙子一般的舞蹈时，听到她和陛下聪明机智的笑语时，我已经深为她折服，只是当时……只是当时我不敢面对自己的心，直到看到那块帕子，我才明白我错过了什么，而这一切都是你造成的。金玉姑娘，你为什么要故意骗我？老天既然要让我再看见那个‘李’字，可为什么那么晚？金坊主，你说我该不该憎恶你？”

我身子有些寒。当年我不告诉他真相，就是不想他有今天的烦恼。若是一般的美貌女子，能遇见李敢这样的世家子弟，才貌双全，一片痴心，不知道比去那朝不保夕的皇宫强多少倍，但李妍并不是一个只想寻觅良人的普通女子，她绝对不会选李敢。可事情绕了一圈，竟然又诡秘地回到了命运原本的轨迹。

我再不敢看他的神色，低着头道：“事已至此，一切已无可挽回，但我求你，请不要伤害李夫人，你可知道你今天袖子里的一个‘李’字能闯出多大的祸？这个‘李’字十分特殊，只要见过的人就不会忘记，你不能把一无所知的李夫人置于这么大的危险中。”

李敢的声音艰涩：“我不会伤害她的。今日是我大意，穿错了衣服，我待会儿就去把所有绣了这个‘李’字的衣服物品全部烧掉，从此后这个字只会刻在我心中。”

我向他匆匆行了个礼，快步跑向霍去病。

霍去病问：“你们两个的脸色一个比一个难看，你究竟怎么得罪了李敢？”

我勉强地笑了下：“一些误会，现在算是解释清楚了。”

霍去病看着我，不置一言，漆黑瞳孔中，光影流转，不知道在想些什么。

第十五章

相约

李妍顺利诞下一个男孩，刘彻赐名髆，又重重赏赐了平阳公主、李延年和李广利兄弟。

在太子之位仍旧虚悬的情形下，朝中有心人免不了开始猜测究竟是卫皇后所生的长子刘据更有可能入主东宫，还是这个集万千宠爱于一身的刘髆。

有的认为卫氏一族在朝中势力雄厚，刘据显然更有优势，有的却不以为然，既然卫氏是靠着卫子夫得宠后，渐渐发展到今日，那李氏将来又何尝不可能？何况皇长子刘据和刘彻性格截然不同，刘彻现在虽然还算喜欢，但日子长了，只怕不会欣赏。

朝中暗流涌动，卫氏一族一直保持着缄默，一切如常，卫青大将军甚至亲自进宫进献礼物给李妍，祝贺刘髆的诞生。以李蔡、李敢等高门世家为首的朝中臣子也一言不发，只纷纷上奏折恭贺刘髆诞生。

在一派纷纷扰扰中，当刘髆未满一个月时，刘彻召集重臣，诏告天下，立皇长子刘据为太子。事出意外，却又合乎情理。毕竟如今和匈奴的决定性战役一触即发，一个卫青，一个公孙贺，一个霍去病，如果刘据不是太子，刘彻凭什么真正相信他们会死心塌地地效忠？

册立太子的诏书刚公布，生完孩子未久、身体还在休养中的李妍，突然调理失当，一场大病来势汹汹，人昏迷了三日三夜后，才在太医的救护下苏醒。

李妍重病时，刘彻病急乱投医，竟然把我也召进了宫中，让我试着在李妍耳畔叫李妍的名字。当人处，我只细细叫着“娘娘”，可背人时，我只在她耳边说一句话：“李妍，你怎么舍得刚出生的儿子？你还有机会，难道这就放弃了吗？”

李妍幽幽醒转时，刘彻一脸狂喜，和之前的焦虑对比鲜明，那样毫不掩饰的担心和喜悦。我想，这个男子，这个拥有全天下的男子是真正从心里爱着李妍，恐惧着失去她。

李妍望着刘彻，也又是笑，又是泪，居然毫不避讳我们，在刘彻手上轻印了一吻，依恋地偎着刘彻的手，喃喃道：“我好怕再见不到你。”那一瞬，刘彻身子巨震，只能呆呆地看着李妍，眼中有心疼，有怜惜，竟然还有愧疚。

我身子陡然一寒，盯向李妍，你……你是真病，还是自己让自己病了？

·——·——·——·——·

人回到园子，疲惫得只想立即躺倒。没料到，李敢正在屋中等候，一旁作陪的红姑无奈地说：“李三郎已经等了你整整一日。”

我点点头，使了个眼色，示意她离开。

李敢看她出了院门，立即问道：“她醒了吗？她可还好？她……”李敢的声音微微颤着，难以成言。

我忙道：“醒了，你放心，太医说只要细心调养，两个月左右身子就能恢复。”

李敢的一脸焦急慢慢褪去，却显了心酸之色。她那边生命垂危，他这边却只能坐在这里，苦苦等候一个消息。

天色转暗，屋里慢慢地黑沉。他一直静静坐着，不言不动，我也只能强撑着精神相陪。很久后，黑暗中响起一句喃喃自语，很轻，却十分坚定：“如果这是她的愿望，我愿意全力帮她实现愿望，只要她能不再生病。”

李敢是李广将军唯一的儿子，在李氏家族中地位举足轻重，他的决定势必影响着整个家族的政治取向。我身子后仰，靠在垫子上，默默无语。李妍，如果这场病是巧合，那么只能说老天似乎在怜惜你，竟然一场病，让一个在某些方面近乎铁石心肠的男子心含愧疚，让另一个男子正式决定为你夺嫡效忠。可如果这不是巧合，那你的行事手段实在让我心惊，一个刚做了母亲的人，竟然就可以用性命作为赌注。一个连对自己都如此心狠的人？我心中开始隐隐地害怕。

我和李敢犹沉浸在各自思绪中，院子门忽地被推开，我和李敢一惊后，都急急站起。霍去病脸色不善地盯着我们。我和李敢孤男寡女共处一室，这倒还罢了，可我们居然灯也不点，彼此默默在黑暗中相对，的确有些说不清、道不明。

李敢看着霍去病的脸色，无限黯然中也透出了几分笑意，对我笑着摇摇头，向霍去病抱拳作礼后，一言不发地径自向外行去。

霍去病强控制着自己的情绪问："你们何时变得如此要好了？你在宫里累了那么久，竟然连休息都顾不上？"

两日两夜没有合眼，我早已累得不行，刚才碍于李敢，一味撑着，此时再不管其他，身子往后一倒，随手扯了条毯子盖在身上："我好困，先让我睡一会儿，回头要打要罚都随你。"

霍去病愣了一瞬，面上渐渐带了一丝笑意，走到榻旁坐下。我迷迷糊糊中，听到他在耳旁低声道："这么放心我？可我有些不放心自己，万一控制不住，也许……也许就要……了你……"他的气息在脸上若有若无地轻拂过，唇似乎贴在了我的脸颊上，我却困得直往黑甜梦乡里沉去，什么都想不了。

一觉醒来时，已经正午，还眯着眼睛打盹儿，心头忽地掠过昨日似真似假的低语，惊得猛地从榻上坐起。一低头，身上却还是穿戴得整整齐齐，只鞋子被脱去放在了榻前。

我愣愣地坐着，榻旁早空，究竟是不是梦？

·——·——·——·——·

鸳鸯藤不负我望，一架金银，泼泼洒洒，绚烂得让花匠都吃惊，不明白我是怎么养的。其实很简单，我每天都对着它们求呀求，草木知人性，也许被我所感，连它们都渴盼着那个男子的光临，希望我的愿望成真。

九爷推着轮椅，我在他身侧缓步相伴。步子虽慢，心却跳得就要蹦出来。

"玉姐姐！"随在身后的小风大叫。

我"啊"的一声，扭头看向小风："要死了，我长着耳朵呢！"

"那九爷问你话，你干吗不回答？"小风振振有词。

我心中有鬼，再不敢和小风斗嘴，不好意思地看向九爷："刚才没有听到，你问我什么？”

九爷好笑地问：“想什么呢？我问你和天照他们什么时候那么要好了。你一个人说话，三个人帮腔，似乎我不随你来园子逛一趟就要犯了众怒。”

“谁知道他们三个干吗要帮我？也许落个人情，等着将来讹诈我。”

说着话，已经到了我住的院子。我回头看向石风，石风朝我做个鬼脸，对九爷说：“九爷，以前到玉姐姐这里都没有仔细逛过，今日我想去别的地方逛一圈，看看这长安城中贵得离谱的歌舞坊究竟什么样子。”

九爷笑说：“你去吧！”

石风朝我比了个钱的手势后，跑着离去。

一院花香，刚推开门，九爷已低问了句：“你种了金银花？”我朝他紧张地一笑，没有回答。

一架枝繁叶茂花盛的鸳鸯藤。夏日阳光下，灿如金，白如银，绿如玉，微光流动，互为映衬，美得惊心动魄。

九爷仔细看了会儿：“难为你还有工夫打理它们，能长这么好可要花不少心血。”

我盯着架上的花，持续几天的紧张慢慢褪去，心绪反倒宁静下来：“金银花还有一个别的名字，你可知道？”

九爷沉默了好一会儿：“因为冬天时它仍旧是绿的，所以又叫它‘忍冬’。”

我苦笑起来，扶着他的轮椅，缓缓蹲下，凝视着他：“你在躲避什么？为什么不说出另一个名字？因为它们花蒂并生，状若鸳鸯对舞，所以人们也叫它‘鸳鸯藤’。”

九爷笑道：“我一时忘记了，只想到入药时的名字。你今天请我来园子不是只为看花吧？我记得你们湖边的柳树长得甚好，我们去湖边走走。”

我握住他欲转动轮椅的手：“我真的只是请你来看花，我不管你是否会笑我不知羞耻，我今天就是要把自己的心事告诉你。这些鸳鸯藤是我特地为你种的，前年秋天种下，已经快两年。九爷，我……我喜欢你，我想嫁给你，我想以后能和你一起看这些花，而不是我独自一人看它们鸳鸯共舞。”

九爷的手微微颤着，手指冷如冰，他盯着我的双眼中，痛苦、怜惜甚至害怕，诸般情绪，错杂在一起，我看不懂。我握着他的手开始变冷。我祈求地看着他：我把我的心给了你，请你珍惜它，请——珍——惜——它。

九爷猛然用力抽出了自己的手，他避开我的视线，直直盯着前面的鸳鸯藤，一字一字地说着，缓慢而艰难，似乎每吐出一个字，都要用尽全身的力气："我不习惯陪别人一起看花，我想你总会找到一个陪你看花的人。"

那颗心砰然坠地，刹那粉碎。我的手依旧在空中固执地伸着，想要抓住什么，手中却空落落的，一个古怪的姿势。

他伸手去推轮椅，似乎手上根本没有力气，推了几次，轮椅都纹丝不动。

我抓住他的袖子："为什么？难道一直以来都是我自作多情？你竟然对我一点儿感觉都没有？你怕什么？是你的腿吗？我根本不在乎这些。九爷，一个人这一辈子可以走多远不是由他的腿决定，而是由他的心决定。"

九爷扭过了头，不肯看我，一点点把我手中的袖子里抽出，嘴里只重复道："玉儿，你这么好，肯定会有一个人愿意陪着你看花。"

我看着衣袖一点点从我手中消失，却一点儿挽留的办法都没有。原来有些人真比浮云更难挽住。

门外传来冷冷的声音："的确有人愿意陪她看花。"

我一动不动，只是盯着自己的手。他怎么能这么狠心地推开它？一次又一次。原来最大的悲伤不是心痛，而是没顶而至的绝望。

霍去病走到九爷身前："石舫孟九？"姿态高傲，脸色却发白。

九爷向他揖了一下手，神色极其复杂地看了他一瞬，面色越发惨白，侧头对我说："玉儿，你有朋友来，我先行一步。"推着轮椅就要离去。

霍去病道："我叫霍去病。"

九爷轮椅停了一瞬，依旧向前行去，嘴里说着："早闻大名，今日幸会，不胜荣幸。"人却头都未回。

"人已走了。"霍去病淡淡说。

我依旧没有动，他伸手来拉我。我甩脱他的手，怒吼道："我的事情不要你管，谁让你随便进我的屋子？你出去！"

霍去病的手猛然握成拳，砸在了鸳鸯藤架上："你不要忘了你也请过我来赏花，鸳鸯藤？你只肯告诉我它叫金银花。”

几根竹竿折断，眼前的鸳鸯藤架忽悠忽悠晃了几下，倾金山，倒玉柱，一声巨响后，一架金银流动的花全部倾倒在地。

我难以置信地摇着头，怎么会倒了？两年的悉心呵护，怎么这么容易，一场梦就散了？

我恨恨地瞪向霍去病，他似乎也有些吃惊，怔怔凝视着满地藤蔓，眼中些许迷惑："玉儿，你看这一地纠缠不休、理也理不清的藤蔓，像不像人生？"

·——·——·——·——·

虽然让种花师傅尽全力救回金银花，可伤了主藤，花儿还是一朵朵萎谢，叶子一片片变黄。我看着它们在我眼前一日日死去，感觉心内一直坚信的一些东西也在一点点消逝。

红姑看我只顾着看花，半晌都没有答她的话，低低地唤了我一声。我面无表情地说："让他们回，我不想见客。"

红姑为难地说："已经来了三趟，这次连身子不好的吴爷都一起来了。玉儿，你就算给我个薄面，见他们一见。"

我从水缸里舀了水，用手撩着细心地洒到鸳鸯藤上。对不起，我们人之间的纷争却要让无辜的你们遭罪。

红姑蹲在我身侧："吴爷于我有恩，石舫是我的老主子，如今石舫的三个主事人在门外候了一日，长安城中还从未有这样的事情。玉儿，我求求你，你就见见他们。"

看来我若不答应，红姑定会一直哀求下去。

"请他们过来。"我把最后的水洒进土里。

我向谨言、慎行和天照行了一礼，谨言刚想说话，慎行看了他一眼，他立即闭上了嘴巴。

天照道："小玉，你这是打算和我们石舫划清界限，从此再不往来吗？"

我很想能笑着、若无其事地回答他，可我没有办法云淡风轻。我深吸了口气，声音干涩："九爷不惜放弃手头的生意也要立即凑够钱把借我的钱如数归还，好像是石舫要和我划清界限。”

天照嘴唇动了动，却无法解释。谨言嚷道：“小玉，你和九爷怎么了？九爷来时好好的呀？怎么回去时却面色苍白，竟像突然得了大病，把自己关在书房中已经多日，只吩咐我们立即还钱给你。”

我紧紧攥着拳，用指甲狠狠掐着自己。

天照看了我好一会儿，和慎行交换了个眼色：“小玉，难为你了。”

一向不爱说话的慎行突然道：“小玉，再给九爷一些时间，很多心结不是一夕之间可以解开的。”

我摇头苦笑起来：“我试探再试探，他躲避再躲避，我尽力想走近他，他却总是在我感觉离他很近时又猛然推开我。我一遍遍问他为什么，可他的表情我永远看不懂。事情不是你们想得那么简单，如果是因为他的腿，我已经明白告诉他我的想法，可他仍旧选择的是推开我。我一个女子，今日毫不顾忌地把这些告诉你们，只想问问，你们从小和他一起长大，你们可知道为什么？”

三人都一脸沉默，最后慎行看着我，非常严肃地说：“小玉，我们给不了你答案，也许……”他顿了顿，却没有继续说，“但我们知道九爷对你与众不同，我们和他一块儿长大，这些还能看得出来，九爷真的对你很不一样，只求你再给九爷一些时间，再给他一次机会。”

我笑了再笑，当一个人不能哭时似乎只能选择笑，一种比哭还难看的笑：“三位请回吧！我现在很累，需要休息。”说完不再理会他们，转身进了屋子。

·——·——·——·——·

去年秋天收获了不少金银花果，今年秋天却只是一架已经枯死的藤蔓。

霍去病看我拿镰刀把枯萎的枝条一点点切掉：“已经死了，干吗还这样？”

“花匠说把根护好，明年春天也许还能发芽。”

“我那天不该拿它们出气。”

我诧异地抬头看向他，讥讽道：“你这是向它们赔礼道歉？霍大少也会做错事情？这要传出去，整个长安城还不震惊死？”

霍去病有些恼怒：“你整日板着张脸，摆明就是认为我做错了。”

我又埋下头，继续砍枯死的枝条：“太阳都打西边出来了，我倒是不好不受。”

“玉儿！”霍去病叫了我一声后，半晌再没说话，我搁下手中的镰刀，立起看着他。

“明年随我去草原吧，你既然在长安城待得不开心，不如随我去草原大漠转一圈。”

他双眼幽冥晦暗，仿佛无边黑夜，多少心事都不可知，竟压得我有些心酸，只是不知是为自己还是为他。快要三年没见狼兄，他还好吗？去看看狼兄也好。是我静心想想该何去何从的时候了。悲伤不管有没有尽头，可这一生还得继续。

“我现在不能答应你，我手头还有些事情，如果一切料理妥当，我也许会离开长安。”

霍去病笑着点了下头：“比去年的一口回绝总算多了几分希望。”

·——·——·——·——·

屋内的夫子讲得真是好，观点新颖，论述详细，每个问题都让学生思考着战争之理，最难得的是鼓励学生各抒己见，不强求学生的观点一定要与自己一致。

“白起究竟该不该活埋赵国的四十万兵士？”夫子问完后，一面笑品着茶，一面环顾着底下的学生。

“白起身为秦国大将，一军主帅，却言而无信，答应给赵国兵士一条生路，却在诱降后出尔反尔，坑杀四十万士卒，言行令人齿冷。所谓‘军令如山，军中无戏言’，白起却在大军前违背自己的诺言，将来何以服众？此其一。其二，白起此等作为让秦国后来的战争变得更加惨烈，因为没有人敢再投降，怕投降后等待的又是坑杀，所以宁可死战，白起等于把秦国的征服变得更加艰难，让每一场战争都成了生死之斗。”

“学生倒觉得白起埋得对，如果没有白起坑杀四十万正值青壮年的男丁，赵国人口遽降，国中连耕作农田的劳力都匮乏，令赵国再无争霸天下的能力，秦国能否一统天下还是未知，或者七国争霸天下的大战要持续更久时间，死更多的人，受苦的只是平民。从长远看，白起虽然坑杀了四十万人，但以杀止杀，也许救了更多人。就从当时看，白起如果不灭赵国，那将来死的就是秦国人，他是秦国的大将，护卫秦国平民本就是他的职责。”

“荒唐！如此残忍行径，居然会有人支持，学生认为……”

我看着趴在长案上睡得正香的李广利无奈地摇摇头，夫子显然早已放弃他，目光转到他面前时径直跳过。不过，这几个精心挑选的伴学少年的确没有让我失望，卫青大将军的传奇人生让这些出身贫贱的少年也做着王侯梦，紧紧抓着我提供的机会。

细碎的脚步声传来，我回头看去，方茹拎着一个装食物的竹筒进了院子，看见我有些不好意思地行了个礼。我笑道："你这个嫂子做得可真尽责。"方茹的脸霎时通红。

屋内的学生散了课，闹哄哄地嚷着，还在为白起争辩不休。我笑着说："快进去吧，饭菜该凉了。"方茹低着头从我身边匆匆走过。

几个伴学的少年郎看见我，都笑着拥了出来。

"玉姐姐。"

"玉姐姐好久没来看我们了。"

"玉姐姐，我娘让我问问您，给您纳的鞋子，您穿着可合脚？说是等农活闲了，再给您做一双。"

他们一人一句，吵得我头晕。我笑道："看你们学得辛苦，今日特地吩咐厨房给你们炖了鸡，待会儿多吃一些。小五，我让厨房特地分出来一些，下学后带给你娘；常青，你嫂子在坐月子，你也带一份回去。"

刚才为白起争辩时，个个都一副大人样，这会儿听到有鸡吃，却又露了少年心性，一下子都跳了起来。

李广利捋了捋袖子，嚷道："明日我请你们去一品居吃鸡，那个滋味，管保让你们连舌头都想吞下去。"

几个少年都拍掌鼓噪起来："多谢李二哥。"

李广利得意扬扬地看向我，我笑看着他，这人虽然不肯往肚子里装东西，但为人疏爽，爱笑爱闹，羡慕权贵却并不嫌弃贫贱，已是难得，如果不是碰上李妍这么个妹子，也许可以过得更随意自在。

方茹静静地从我们身边经过，我打发他们赶紧去吃饭，转身去追方茹，两人并肩默默地走。

我感叹道："时间过得真快，转眼间我们已经认识三年了。"

方茹婉转一笑："我是个没多大出息的人，不过是一日日混日子而已。三年的时间，小玉却是与当时大不相同，从孤身弱女子到如今在长安城呼风唤雨，难得的是你心一直好，知道体恤人。”

我笑着摇摇头：“你可别把我想得那么好，我这个人性子懒，无利的事情是懒得做的。你是我在长安城结识的第一个朋友，有些话也许不是好话，但我今日想和你谈谈。”

方茹看向我：“请讲。”

我沉默了会儿：“你想嫁给李延年吗？”

方茹低下头，神情羞涩，虽一字未回答我，可意思已很明白。

我长叹了口气：“李延年是个好人，你嫁给她是好事一件，可惜的是，他如今有一个尊贵的妹子。”

“李大哥不是这样的人，他不会嫌弃我。”方茹急急辩解道。

我轻柔地说：“我知道他不会嫌弃你，我说的是……说的是……李夫人已经有一个皇子。从太祖以来，吕氏外戚曾权倾天下，窦氏外戚也曾贵极一时，之后王氏外戚又风光了一段日子，可他们的下场都是什么？阿茹，我不想你陷进这个没有刀光却杀人不流血的世界，再多的我说不了，你明白我的话吗？”

方茹摇头笑道：“小玉，你多虑了。李大哥没有那么高的心，他不会去争权夺利，不会有那么复杂的事情。”

“阿茹，你好歹也认得些字，居然说出这么荒唐的话？李延年没有并不代表别人没有，同气连枝，一荣俱荣，一损俱损，若真有事情，李延年怎么躲得过？”

方茹停了脚步，默默想了会儿，握住我的手，凝视着我，郑重地说：“多谢你，是我想得太简单，我现在约略明白几分你的意思了，但是，小玉，我愿意，我不在乎前面是什么，我只知道我愿意和他一起。”

我笑起来：“其实我已经知道答案，以你这不撞南墙不回头的性格，只要是自己想要的，无论如何都值得。我该说的都说了，也算对得起你我相交一场。”

方茹笑着说：“我很感激你，感激遇见你，感激你骂醒我，感激你请了李大哥到园子，也感激你今日的一番话，因为这些话，我会更珍惜我和李大哥现在所有的，以后不管怎么样，我都没有遗憾。”

我点头笑道：“那我可就去暗示李延年来提亲了，这礼金可不能太少。”

方茹又喜又羞：“你这个人，好好说不了两句，就又来捉弄我们。”

· —— · —— · —— · —— ·

“你说什么？”我心痛得厉害，不知在想什么，嘴里傻傻地又问了一遍。

小风怒吼道：“我说九爷病了，九爷病了，你到底要我说几遍？”

“哦！九爷病了，九爷病了那应该请郎中，你们请了吗？干吗要特意告诉我？”

小风翻了个白眼，仰天大叫了一声：“玉姐姐，你是真傻还是假傻？反正我话已经带到，怎么办你自个儿掂量吧！”说完，他“咚咚”地使劲踏着地板飞奔离开。

怎么办？这个问题我一直在问自己。自那一架鸳鸯藤倒后一直问到现在。

拍过门环后，开门的不是石伯，而是天照。我面无表情地说：“听说九爷病了，我来看看他，不知道他可愿见我？”

天照赔笑道：“肯定愿意见，你都几个月没有踏进石府了，竹馆变得格外冷清。”

“什么病？”

“说是风寒，九爷自己开的药方。我们抓药时问过坐堂大夫，说辞和九爷倒不太一样。说看用药都是理气的，感觉病症应该是郁结于心，嘀嘀咕咕还说了一堆‘心者，脉之合也。脉不通则血不流，血不流则什么什么的’。反正我们听不大懂，只知道坐堂大夫的意思是，九爷的心似乎出了点儿毛病。”

天照一路絮絮叨叨，我一路沉默，到竹馆时，天照停了脚步：“你自个儿进去吧！”不等我说话，他就提着灯笼转身而去。

我在院门口站了好一会儿，苦笑着喃喃自问：“你有什么好怕的？难道还会比现在更坏？”

幽暗的大屋，家具很少，白日看觉得空旷，晚上看却只觉冷清。窗户半开，冷风阵阵，吹得月白的纱幔荡起又落下，落下又荡起，榻上的人却一无动静。我在窗口站了许久，他一点儿响动都没有发出，好似睡得十分沉。

我把窗户推开跳进屋，又轻轻关好窗户。以我的身手，根本没有发出任何声音，原本以为在榻上睡得很沉的人却立即叫道：“玉儿？”极其疲惫的声音。

被寒风一直吹着，整个屋子冷如冰窖。我沉默地跪坐到榻前，探手进被子一角摸了下，幸好榻还捂得暖和，被子里倒不冷。

他把一枚镂空银薰球推出被子，我伸手推进了被子：“我不冷。”

他听而不闻，固执地又推了出来，我只好双手捧起放在散开的裙下，倒的确管用，不一会儿原本沁着凉意的地板已经变得暖和起来。

黑暗中，我们各自沉默着。许久，许久，久得似乎能一直到天荒地老。如果真能就这样到天荒地老，其实也很好。

“九爷，我有些话要告诉你。你别说话，我怕你一开口，我就没有勇气说完。不管你是否愿意听，但求你，求你让我把这些话说出来，说完我就走。”

九爷沉默地躺着，一动未动。我松了口气，他总算没有拒绝我这个请求。

“我不知道我什么时候开始喜欢你的，也许是看到你灯下温暖的身姿，也许是你替我擦耳朵时，也许是你嘴边笑着眉头却依旧蹙着时，我只知道我很想和你在一起，我小心地试探你是否喜欢我。九爷，我总是告诉你，一时我嗓子不舒服，一时肩膀不舒服，一时又吃不下饭了，反正三天两头我总会有小毛病。”

我低头把银薰球挪了个位置：“其实那些都是骗你的，我从来没有得过这些病，我身体好得不得了。我只是想让你每天都有一会儿想着我，你会思索‘给玉儿开什么方子好呢’。其实我也不怕吃黄连，我根本不怕苦味，可我就是想让你为难，为难地想‘玉儿竟然怕苦，该如何是好’。我觉得你每天想啊想的，然后我就偷偷在你心里落了根。”

说着，我自己侧着头抿嘴笑起来：“我是不是很奸猾？”

“九爷，你还记得我上次在你书房翻书的事情吗？我其实是想看看你究竟都读了些什么书。一个人什么样的脾性就会爱读什么样的书，我知道你爱老庄和墨子，喜欢墨子，大概是因为《墨子》中讲了很多器械制作，很实用，‘君子善假于物’，另外一个原因我猜是墨子对战争的主张，对大国与小国之间交往的主张。”

我犹豫了一瞬，下面的话我该讲吗？

“九爷，你们驯养了很多信鸽。去年大汉对匈奴用兵时，西域又恰逢天灾，你就急需大笔钱。你懂那么多西域国家的语言，又对《墨子》的观点十分赞同。我想，这些应该都和生意无关，你也许是西域人，你所做的只是在帮助自己的国家。”

我说话时一直尽量不去看九爷，此时却没有忍住，偷偷看了他一眼。他双眼盯着帐顶，脸色如水，清澹退静。

“你还很喜欢读老子和庄子的书，我仔细听过夫子讲他们的书。我有些琢磨不透你对将来有何打算，墨子是用一生心血去尽力而为的主张，老庄却是若大势不可违逆时，人应学会顺其自然。九爷，这些我都不在乎，我不管你是西域人还是大汉人，你就是你，如果你要自由，我愿意陪你离开长安，大漠间任你我遨游。如果你要……如果你要阻挡大汉之势，夺取江山，我做不到，但我可以帮你，让他们在你我有生之年都无西扩之力。”

九爷脸微侧，看向我，眸子中带着震惊，但更多的是心痛与温暖。我依旧看不懂他的心，我心中轻叹，低下了头。

“玉儿，你是不是暗中做了什么？你的娼妓坊生意是为了搜集消息，掌握朝中大臣的账目和把柄吗？”

我咬着唇点点头，九爷一脸心疼和苦涩：“傻玉儿，赶紧把这些都关了。石舫在长安城已近百年，各行各业都有涉足。朝中大臣暗地里的勾当，钱物往来，污迹把柄，我若想要并不费力。”他的脸色蓦地一变，“你有没有答应过李夫人什么条件？”

我想着所发的毒誓，这个应该不算吧？摇摇头。

他神色释然：“这就好，千万不要介入皇家的夺嫡之争，和他们打交道，比与虎谋皮更凶险。”

我低着头无意识地捋着微皱的裙子，几缕发丝垂在额前。他凝视着我，微不可闻地轻叹一声，手探了探，似乎想帮我理一下额前的碎发，刚伸出手，却又缩了回去：“玉儿，我的祖父的确是西域人，说来和你还有几分渊源。”

我瞪大眼睛，诧异地看向他。他今天晚上，第一次露了一丝笑：“祖父也可以说受过狼的抚育之恩。他本是依耐国的王子，但刚出生就发生了宫变，父王母妃双双毙命，一个侍卫带着他和玉玺逃离宫廷，隐入大漠。当时找不到乳母，侍卫捉了一只还在哺乳的狼，用狼奶养活了祖父。祖父行事捉摸不定，他长大后没有联络朝中旧部、凭借玉玺去夺回王位，反倒靠着出众的相貌在西域各国和各国公主卿卿我我，引得各国都想追杀他。据说一个月黑风高的夜晚，他突然厌倦了温柔乡，大摇大摆地闯进依耐国宫廷，把他的小叔父从睡梦中揪起来，用一把三尺长的大刀把国王的头剃成光头，又命厨子备饭大吃一顿，对他的小王叔说了句‘你做国王做得比我父王好’，就扔下玉玺，大摇大摆地扬长而去，跑回沙漠做了强盗。”

这个故事的开头原本血光淋淋，可后来居然变得几分滑稽。我听得入神，不禁赶着问：“那后来，老爷子怎么又到长安来了？”

九爷笑道：“祖父做强盗做得风生水起，整个西域的强盗都渐渐归附于他，因为他幼时喝狼奶长大，所以祖父率领的沙盗又被人尊称为狼盗，这个称呼后来渐渐变成沙盗的另一个别称。祖父为了销赃，又做了生意，可没想到居然很有经商天分，误打误撞，慢慢地竟成了西域最大的玉石商人。一时间，祖父在整个西域黑白两道都风光无限。结果用祖父的话来说，老天看不得他太得意，但又实在疼爱他，就给了他最甜蜜的惩罚，他抢劫一个汉人商队时，遇见了我的祖母……"

原来狼盗的称呼如此而来，我笑接道："老爷子对祖母一见钟情，为了做汉人的女婿，就只好到长安城安家落户做生意了。"

九爷笑着摇摇头："前半句对了，后半句错了。祖母当时已经嫁人，是那个商人不受宠的小妾，祖父是一路追到长安城来抢人的，结果人抢到后，他觉得长安也挺好玩，又一时性起留在了长安。"

这简直比酒楼茶坊间的故事还跌宕起伏，我听得目瞪口呆，这个老爷子活得可真是……嗯……够精彩！

九爷温和地说："现在你明白我身世的来龙去脉了。祖父一直在暗中资助西域，当年汉朝积弱，西域和汉朝之间没什么大矛盾，祖父帮助西域各国对付匈奴人。现在对西域各国而言，日渐强盛的汉朝逐渐变得可怕，可我的祖母是汉人，母亲是汉人，我不可能如祖父的旧部石伯他们那样立场坚定地帮助西域对付汉朝，但我又不能不管祖父遍布西域和渗透在长安各行各业的势力。祖父的势力和西域各国都有交集，如果他们集体作乱，不管对西域还是汉朝都是大祸。匈奴很有可能借机一举扭转颓势，而以陛下的性格，定会发兵西域泄愤。"

"你渐渐削弱石舫在汉朝的势力，不仅仅是因为汉朝皇帝而韬光养晦，还是因为要牵制石伯他们的野心？"

九爷淡淡地笑着点了下头。

我一直以为自己所猜测到的状况已经很复杂，没有想到实际状况更复杂凶险。九爷一面要应付刘彻，保全石舫内无辜人的性命，一面要帮助西域各国百姓，让他们少受兵祸之苦；一面要考虑匈奴的威胁，一面还要弹压底下来自西域的势力，特别是这些势力背后还有西域诸国的影响。现在想来，石舫每一次的势力削弱肯定都要经过内部势力的激烈斗争和妥协，匈奴在远方虎视眈眈，西域诸国在一旁心怀叵测，刘彻又在高处用警惕猜忌的目光盯着，一个不慎就会满盘皆乱。九爷以稚龄扛起一切，这一路走来的艰辛可想而知，他却只把它们都化作了一个云淡风轻的笑。

想到此处，心里的希望渐渐腾起，他能把这些隐秘的事情都告诉我，是不是代表了他现在已十分信赖我？那他是否有可能接受我？

九爷看我定定地凝视着他，原本的轻松温和慢慢褪去，眼中又带了晦暗，匆匆移开视线，不再看我。

两人之间又沉默下来，我低头咬着唇，心跳一时快一时慢，好半晌后，我低声道："我的心思你已明白，我想再问你一次。你不要现在告诉我答案，我承受不起你亲口说出残忍的答案，再过几日就是新年，你曾说那是一个好日子，我们在那天重逢，现在又是我的生日，我会在园子里等你，如果你不来，我就一切都明白了，可……"我抬头凝视着他，他的眼眶中有些湿润，"可我盼着你来。"

我对着他粲然一笑，留恋地看了他一会儿后站起身："我走了，不要再开着窗户睡觉。"

正要拉门，九爷的声音从背后传来："等一下，不要回头，回答我一个问题。"他的声音干涩，"玉儿，你想要一个家吗？"

我扶着门闩道："想要，想要一个热热闹闹的家。我走在街上时会很羡慕那些抱着孩子吵吵闹闹的夫妻，我听到你小时候的故事也很羡慕，爷爷，父亲，母亲，还有偶尔会闹矛盾的兄弟，一大家人多幸福！你呢？"

身后半晌都没有任何声音，我有些诧异地正要回头，九爷压抑的声音在寂静中响起，似乎极力抑制着很多不能言语的情绪："我也是。"

这是今晚我听到的最好听的话，我侧头微笑起来。

他突然又问："玉儿，霍……霍去病，他对你很好吗？"

我沉默了一瞬，对于这点我再不愿正视，可都不得不承认，轻轻点了下头。

好一会儿后，他的声音传来："你回去吧！路上小心。"

我"嗯"了一声，拉门而出。转身关门的刹那，对上他的漆黑双瞳，里面眷恋不舍、悲伤痛苦各种情绪翻滚，看得我的心也骤起波澜。他没有回避我的视线，两人的目光刹那胶凝在一起，那一瞬风起云涌，惊涛骇浪。

我关门的手无力地垂落在身侧，但门依旧借着起先的力，悠长、缓慢，一点一点地在我眼前合上。他的面容慢慢隐去，他第一次毫不顾忌地与我纠缠在一起的视线终被隔开。

短短一瞬，我的力量就好似燃烧殆尽。我无力地靠在墙上，良久后，才再有力气提步离去。

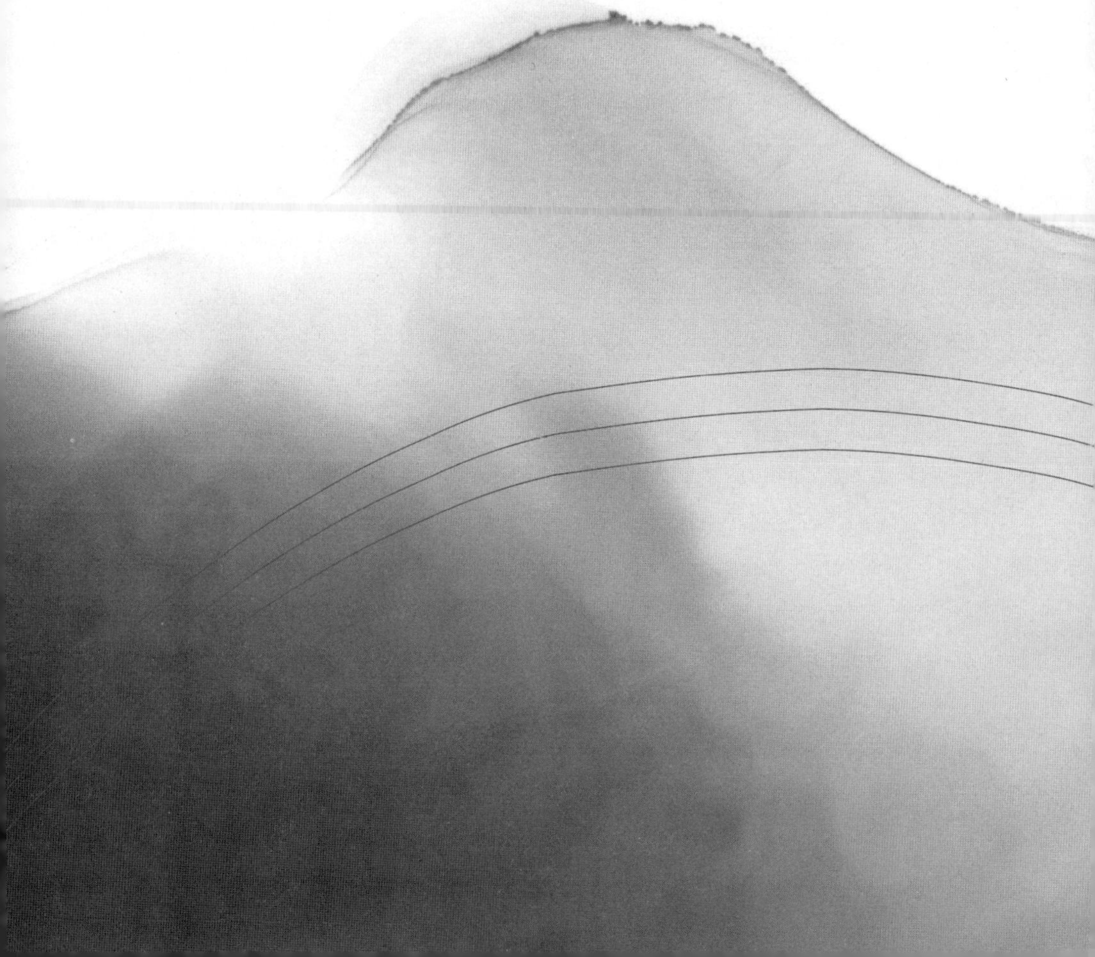

第十六章

离去。

“让茹姐给我们唱首曲子，不过内容可得是讲她和李师傅的。”

“还茹姐呢？该改口叫李夫人了。”

众人七嘴八舌地商量如何闹方茹的洞房，我面上带着丝浅笑，思绪在听与不听之间游走。红姑有些遗憾地说：“为什么要让李师傅搬出去呢？就算娶了方茹，仍旧可以住在园子中呀！”

“让他们两人清清静静地过自己的小日子去吧！你请李乐师作曲词，难道他会因为已经把方茹娶到手就拒绝？影响不了歌舞坊的生意。”我漫不经心地说。

红姑盯着我看了好一会儿，问道：“小玉，你这段日子怎么了？我怎么觉得你和我们疏远起来？”

我摇了下头：“李乐师身份今非昔比，宴席上肯定有庙堂上来恭贺的人，宫里只怕也会有人来贺喜，你待会儿仔细叮嘱下园子里的姐妹，不要闹过了。”

红姑忙应承，我有些疲惫地站了起来：“我已经事先和方茹说过，就不送她出门了，一切有劳红姑。”

红姑有些担心地看着我，我拍了下她的肩膀，示意她放心，人悄悄走出了屋子。

方茹正被几个妇人服侍着上妆，玄色的嫁衣摊在榻上，逼人的喜气。我在窗外听着屋子中时不时响起的笑声：“方姑娘真是会拣日子，选在新年，普天同庆姑娘的大喜呢！”

老妪双手的拇指和食指一张一合，正用丝线给方茹绞脸。方茹硬着身子一动不敢动，服侍她的婢女笑道：“日子是坊主挑的。”

“这嫁衣做得可真好！是李娘娘赏赐的吗？皇家的东西毕竟气派不一般。”整理嫁衣和首饰的妇人奉承道。

方茹的脸刚绞干净，正对着镜子细看，闻言回头笑道：“是小玉置办的，娘娘本来是有赏赐的意思，可听说了小玉置办的嫁衣，说是也不能再好了。”

妇人口中“啧啧”称叹。

我转身出了院门，缓步向自己的屋子行去。今天真是个好日子，云淡风轻，日光融和，园子中处处张灯结彩，弥漫在空气中的喜气浓得化不开。

进了自己的院子，关好门，我翻出了蓝色的楼兰衣裙，捧在怀中好一会儿，方摊开放在了榻上。

舀水净脸后，打散了头发，用篦子一下下把头发刮得松软，只把两侧的头发编了两根辫子，在脑后又合成一束。肤色已经够白皙，倒是可以省去敷粉。用毛笔蘸了些许粉黛，轻扫几下，没有画如今流行的长眉，勾了个远山眉。拿出胭脂蚕丝片，滴了两滴清水，水迹缓缓晕开，蚕丝片的红色变得生动，仿佛附着在上的花魂复活，趁着颜色最重时，先抿唇，然后在两颊拍匀。

窗外的鼓乐声忽然大响，看来迎亲的人到了。侧耳细听，心神微荡，铺天盖地的喜悦。这也许是女子最想听到的音乐，一首只为自己而奏的音乐。

穿好裙子，戴好头饰，看着镜中的自己，想起大漠中的狼兄，忍不住在屋子里转了几个圈，裙裾鼓胀如风中怒放的花，心情变得轻快了许多。

最折磨人的是等待，心在半空悬着，上不得，落不下，漏壶细微的水滴声一声声都敲在心上。凝视久了，觉得那水似乎怎么都不肯往下滴，越来越慢。我摇了摇头，强迫自己移开了紧盯漏壶的视线。

得给自己找点儿事情，把心神引开，满屋子寻着打发时间的物品，最后手里握着一根彩色丝绳。我闭着眼睛胡乱地打着一个个死结，然后睁开眼睛开始全神贯注地解绳结。打结，解结，反复重复中，屋内已是昏暗。

我扔了绳子，走到院子中，凝视着院门。

天光一点点消失，黑暗压了下来。

也许他不愿意见外人，所以不肯天亮时来，过会儿他肯定会来的。

从面对门而站到背对门而站，从盼望到祈求。

众人都去喝方茹的喜酒，园子里出奇的宁静。

太安静了，静得我能听到自己的心沉落的声音，不觉得痛，只是感觉越来越黑，深幽幽的洞，一点点沉没，不知何时会砸在坚冷的地上。

几点冰凉落在脸上，不大会儿工夫，一片片晶莹剔透的素色飞旋而下。雪并不大，落得也不急，随风轻舞，欲落还休，竟带着说不出的温柔缠绵，可那苍茫茫的白又罩出一天冷冽，直透人心。

“吱呀”，门被推开的声音。心在刹那腾起，一瞬间我竟然心酸得无法回头，原来幸福来得太艰辛，快乐也是带着痛苦的。

我静静站了会儿，方笑着回身。

笑容还凝结在脸上，心中却是绝望。我不能相信地闭上了眼睛，再睁开眼睛，还是霍去病。

“第一次见你，你就穿的这套衣裙，在银色的月光下，一头银色的狼身旁，长裙翩飞，青丝飘扬，轻盈得没有半丝人间气象，从没有细看过女子的我，也不禁一味盯着你看，想看出你来自何方，又去向何方。”霍去病含着丝浅笑。

我双手捧头，缓缓地蹲在了地上。

霍去病惊诧地伸手欲扶我。

“不要管我，不要管我……”我无意识地自语，一遍又一遍，他缓缓收回了手。

霍去病不顾地上尘雪、身上锦衣，一言未发地席地坐在了我身旁，似乎不管我蹲多久，他都打算就这么默默地陪着我。

雪花慢慢积在两人身上，他犹豫了下，还是伸手替我拍落发上、身上的雪。我一动不动，宛若冰雕。

他蓦地起身进屋，不一会儿拿着把竹伞出来，静静地坐到我身旁，撑开了伞。雪花细碎无声地轻舞着，他淡淡地望着一天素白。

小谦、小淘一前一后飞进院子，小谦一收翅膀落在了我面前，小淘却直扑向我的头。霍去病袖子一挥，打慢了小淘的扑势，小淘看这次欺负不到我，忙空中打了个转，落在了小谦身旁。

霍去病去抓小淘，小淘赶着躲开，小谦却有些怒气地想啄霍去病，霍去病避开，顺手在小谦脑袋上敲了下：“我是要拿小淘腿上的信，可没打算欺负它。”

我忙抬头看向小淘，它腿上果然束着一指绢条。

我犹豫了半晌，打开绢条：

对不起

三个字歪歪扭扭、笔迹零乱地横在绢条上。

对不起？对不起！

我要的不是你的对不起。我心中苦不胜情，紧咬着嘴唇，一丝腥甜慢慢在口中漫开。欲把绢条扯碎，手却只是不停颤抖，绢条又小，不好着力，扯了几次都未扯断。

我跳起冲进屋子里，一手揪着绢条，一手见什么扔什么。霍去病静立在门口，面色沉静地看着我发疯般地在屋子中乱翻。

剪刀，剪刀在哪里？扫落了半屋子东西，仍没有找到剪刀，眼光扫到一把平日削水果的小刀，忙抓在了手里。霍去病猛地叫了声“玉儿”，人已经落在了我面前，正要劈手去夺我手中的小刀，却看见我只是狠狠用刀在割绢条，他静静地退后几步，看着我划裂绢条。

我随手扔了刀，一把扯下头上连着丝巾的珍珠发箍，双手用力，珍珠刹那散开，叮咚作响地敲落在地面，丝巾碎成一只只蓝色蝴蝶，翩翩飘舞在风中。

我盯着地上的片片蓝色，心中那一股支撑着自己站得笔直的怨气忽消，身子一软跪倒在地上，眼睛瞪得大大地看着前面，其实却一无所见。

霍去病一撩长袍坐在了门槛上，双手抱膝，下巴抵在膝头，垂目盯着地面。安静得宛若受了伤的狼，静静卧于一角，独自舔舐伤口。

不知道跪了多久，听着隐隐有人语笑声传来，闹洞房的人已经归来。我蓦然惊醒，跳起身，一面笑着，一面语气欢快地说：“我就早上吃了点儿东西，现在饿了，我要给自己煮点儿好吃的，今天是我的生日，我应该开开心心。我要换一身衣服，你……”

他转身背对着我，我脱下楼兰衣裙，特意拣了件火红的裙衫穿上。我不伤心，我偏不伤心，我不为不喜欢我的人伤心！轻握着蓝色衣裙，嘴里喃喃自语，可本以为痛到极处的心居然又是一阵刀绞剑刺。

月牙泉旁初相见，一幕幕犹在眼前，人却好像已经隔了几世，我笑着，笑着，笑得整个身子都在颤抖，手下用力，“哧”的一声，裙子裂为两半。

霍去病闻声回头看我，轻叹一声：“何苦……这衣裙是他送你的？”

我扔了衣裙，径直走出门。霍去病撑起伞，默默地走在我的身侧。

心比雪更冷，又怎么会畏惧这一天清寒？我快走了两步：“我想在雪里走走。”

他一言不发地随手扔了伞，也陪着我冒雪而行。

我不愿意碰见人，刻意地拣幽暗处行走，他忽地问：“你会做饭吗？”

我怔了下，回道：“不会。”

他道：“我府中的厨房晚上灶火也笼着，也有人守夜，正经大菜拿不出来，做点儿好吃的小食倒还可以。”

红姑在吃穿用度上管得很严，用过晚饭后，园子中的厨房都要灭掉火，就是有火，今儿晚上也不知道到哪里去找厨子。我点了下头，随在霍去病身后，两人携出园子，去了他的宅邸。

霍去病吩咐了仆役一声，没有多久，两个婢女就端着热气腾腾的饭菜走了进来。

当她们掀开盖子时，竟然是一碗香气扑鼻的羊肉汤煮饼。

我低头凝视着碗中的羊肉汤，刚喝了一口，人还倔强地笑着和霍去病说话，眼泪猝不及防地掉了下来，落在汤上，一个接一个小小的涟漪荡开。我慌忙端起碗，半遮着脸，拼命地大口吃起来。

霍去病假装没有看见，自顾说着不相干的话。

我强抑着鼻音问：“有酒吗？”

他起身拎了两壶酒过来。随着酒壶一并递过来的是一块面巾，他一眼都没有看我，望着窗外的沉沉夜色、漫天雪花，捧着酒壶一口口喝着酒。

我举起酒壶，咕咚咕咚地大口喝着，不一会儿，烈酒像火一般在腹脏内烧了起来。

·——·——·——·——·

半醒时，只觉鼻端一直萦绕着一股清淡温和的香，待清醒时，才发觉香气来自帐顶上吊着的两个鎏金双蜂团花纹镂空银薰球。流云蝙蝠紫霞帐，蓝田青碧暖玉枕，富贵气象非一般人家，一瞬后明白过来是醉倒在霍府了。

怔怔地看着头顶的银薰球，突然极其想念狼兄，觉得此时唯有搂着他的脖子才能化解些许心中的千分疼痛和万丈疲惫。

婢女在外细声试探道："姑娘醒了吗？"我大睁着双眼没有理会。

又过了半日，听到霍去病在外面问："还没有起来吗？"

"奴婢轻叫了几声，里面都没有动静。"

霍去病吩咐道："练武之人哪里来的那么多觉？准备洗漱用具吧！"说完自己推门而进，"别赖在榻上，这都过了晌午，再躺下去，今天晚上就不用睡了。"

我躺着未动，他坐在榻旁问："头疼吗？"

我摸了摸头，有些纳闷地说："不疼，往日喝了酒，头都有些疼，今日倒是奇怪，昨日夜里喝的什么酒？"

"哪里是酒特别？是你头顶的薰球里添了药草，昨天晚上特意让大夫配的方子。"

婢女们捧着盆帕妆盒鱼贯而入，雁字排开，屏息静气地候着。看来不起是不行了，日子总是不管你愿意不愿意都仍旧继续，想躲避都无处躲避。我叹了口气："我要起来了，你是不是该回避一下？"

霍去病起身笑道："懒猫，手脚麻利些，我肚子已经饿了，晚了就只能给你留一碗剩饭。"

·——·——·——·——·

未央宫，昭阳殿。

我伸出一根手指逗着乳母怀中的刘髆，小孩子柔软的小手刚刚能握着我的手指，他一面动着，一面呵呵笑着，梨子般大小的脸，粉嫩嫩的。我看得心头一乐，凑近他笑问："笑什么呢？告诉姨娘。"看到乳母脸上诧异的神色，才惊觉自己一时大意居然说错了话。小孩子虽然连话都还不会说，可身份容不得我自称姨娘。我有些讪讪地把手抽回来，坐正了身子。

李妍吩咐乳母把孩子抱走，笑道：“要能真有你这样一个姨娘，髆儿可真是好命，让髆儿认你做姨娘吧！”

我欠了下身子道：“天家皇子，实在不敢。”

李妍浅浅一笑，未再多说，她端详了我半晌后问：“你这是怎么了？眉宇间这么重的愁思？”

我轻摇了下头道：“你身子养得可好？”

“那么多人伺候着，恢复得很好。你和石舫舫主有了波折？”李妍试探地问。

我岔开了她的话题，对她笑道：“恭喜你了。”

“恭喜我？喜从何来？”

“李广将军的弟弟、李敢的叔叔安乐侯李蔡升为丞相呀！百官之首，金印紫绶，掌丞天子，日理万机。”

李妍的面色一无变化，随意地道：“归根结底还是要多谢你。”

我笑了笑：“不敢居功，娘娘召我进宫来拜见小皇子，人已见过，我该出宫了。”我向李妍行礼请退。

李妍却没有准我告退，沉默地注视了会儿我，一字字道：“金玉，帮我。”

我摇了摇头：“从送你进宫的那日起，我已说过，我对你进宫后的事情无能为力。”

“你说的是假话，你所做的一切，心中定有所图，只是我直到现在仍旧看不透你究竟意欲何为。”

我沉默着没有说话，本来就有些图错了，现在更是彻底没有所图。

李妍等了半晌，忽地轻叹口气：“金玉，你的性格表面看着圆通，其实固执无比，我强求不了你，但是求你不要和我作对。”她带着几分苦笑，“人人都说卫青有个好姐姐，可我觉得真正幸运的是卫皇后，老天赐了她一个如卫将军这般沉稳如山的弟弟后，居然又给了她一个苍鹰般的外甥，而我一切都只能靠自己。我真希望你是我的亲姊妹，但凡有你这样一个姊妹，我也不会走得这么辛苦。”

我凝视着她，郑重地说：“你放心，从今日起，我和你的事情一无瓜葛，绝不会阻你的路。”

李妍点了下头，有些疲倦地说：“你要永远记住你现在说的话，你去吧！”

我起身后，静静地站了会儿，这一别恐怕再不会相见了，对这个和自己身世有几分相像的女子，我总是怀着同情和怜悯，不禁真诚地叮咛道："李妍，照顾好自己，有时间看看医家典籍，学一些调理护养方法，呼吸吐纳对延年益寿很有好处。陛下精于此道，你不妨也跟着学一些，越是孤单，才越要珍惜自己。"

李妍感受到我语气中的真诚，眼中也有融融暖意："我记住了，我还有一个儿子要照顾，肯定会爱惜自己。"

我笑向她欠了欠身子："我走了。"

李妍笑点了下头。

刚出李妍所居的宫殿未久，就看见霍去病迎面而来。我向霍去病行礼，他看着我来时的方向问："你来见李夫人？"

我点了下头，看着他来时的路径问："你去拜见皇后娘娘了？"

霍去病颔了下首。

我落后霍去病两三步，走在他的侧后方，霍去病道："你在宫里连走路都这么谨慎小心？"

"你我身份不同，在这宫里被人看到并肩而行，不会有好话的。"我看他神色颇为不屑，忙补道："你当然是不怕，如今也没几个人敢挫你锋头。得意时无论怎么样都过得去，失意时却事事都能挑出错，如今小心一些，为自己留着点儿后路总是没有错的。"

霍去病冷哼了一声道："我看你这束手束脚的样子，烦得慌！你以后能少进宫就少进。"

我笑问："你最近很忙吗？自新年别后，两个多月没有见你了。"

他精神一振，神采飞扬地说："这次要玩大的，当然要操练好。对了，你究竟想不想回大漠草原？"

我犹豫了会儿："我不知道。"

"你不知道？人家都这样了，你还……你……你……"霍去病霎时顿住脚步，满面怒色，气指着我。

我神色黯然地静静看着他，他忽地一摇头，大步快走，仿佛要把一切不愉快都甩在身后："我看你是个贱骨头，欠打！可我他娘的居然比你更是个贱骨头，更欠打！"

·——·——·——·——·

花匠在土里翻弄了会儿，摇摇头对我说："到现在还没有发芽，看来是死透了，我给您重新种几株吧！"

"不用了。"

花匠站起道："可这花圃没个花草的，光秃着也难看，要不我挑几株芙蓉种上？"

"不用费那个心思，光秃着就光秃着吧！"

我站在花圃前，怔怔发呆，花匠何时离去的也没有留意。

日影西斜时，红姑在院子门口叫道："小玉，有贵客来拜访你。"

我侧头看去，竟然是霍去病的管家陈叔。

他快走了几步，笑着向我行礼，我闪身避开："陈叔，我可受不起您这一礼。"

他笑道："怎么会受不起？要不是你，我哪有命站在这里给你行礼？"

"有什么事吗？竟要麻烦您亲自跑一趟？"

陈叔看向还立在院门口的红姑，红姑忙向陈叔行了个礼后匆匆离去。

"主人从开春后就日日忙碌，回府的时间都少，实在不得抽身，所以命我给你带句话，明日黎明时分他离开长安赶赴陇西。"

我向陈叔行礼作谢："麻烦您了。"

陈叔笑看着我，满眼慈祥，我被他看得浑身不自在，一会儿后，他终于告辞离去。

用晚饭时，红姑忍了半晌没有忍住，说道："霍府的这个管家也不是一般人，听说是个挥刀能战、提笔能文的人，他虽没有一官半职，可就是朝廷中的官员见了他也客客气气的。我看霍大少脾气虽然有些难伺候，可对你倒不错……"

"红姑，吃饭吧！"

红姑用筷子使劲扎了一块肉，嘟囔道："不听老人言吃亏在眼前，年纪看着也渐大了，难道要学我孤老终身？"

用过晚饭后，回到自己屋子。

一个人在黑黢黢的屋里坐了很久，摸索着点亮灯，寻出平日烹茶的炉子，架了炭火。

从衣柜里捧出竹箱，看着满满一箱按照日期搁好的绢帕，忽然笑起来。

快乐是心上凭空开出的花，美丽妖娆，低回婉转处甘香沁人。人的记忆会骗人，我怕有一日我会记不清楚今日的快乐，所以我要把以后发生的事情都记下来，等有一日我老的时候，老得走也走不动的时候，我就坐在榻上看这些绢帕，看自己的快乐，也许还有偶尔的悲伤，不管快乐悲伤都是我活过的痕迹，不过我会努力快乐的……

原以为抛开过往，以后的日子就只会有偶尔的悲伤，可原来你再努力、再用心，落得的仍是痛彻心扉的悲伤。也原来有很多记忆，人会情愿永远抹掉它，没有忆，则没有痛。

我手一扬，把长安城中第一场的喜悦丢进了炭火中，炭火骤然变得红艳，喜悦地吞噬着绢帕。

九爷，这几日我一直在打听石舫的事情，如果没有猜错的话，石舫是因为窦氏的没落遭到波及。当年陛下为了限制窦氏和王氏外戚的势力，刻意提拔卫氏。如今随着卫氏外戚势力的逐渐壮大，以陛下一贯对外戚的忌惮，肯定会倾向于抑制卫氏的势力，扶助其他势力，如果选择好时机，选择对人，石舫肯定可以恢复昔日在长安城的荣耀……

彼时的我思绪还那么单纯，看问题也是那么简单，做事情的手段更是直接得近乎赤裸，如今想来不无后怕。我摇摇头，一场一厢情愿、自以为是的笑话，手轻抬，又丢进了炭火中。

我以为我很聪明，猜对了你的心思，可是我没有。你点青灯，盼的是我去吗？

我听到你说“灯火爆，喜事到”，很想知道我的到来是你的喜事吗？我很希望是，可我现在对猜测你的心事不再自信满满，说不定我又一次猜错了，骗得自己空欢喜一场。不过有一日我会把这些给你看，你要告诉我昨日夜里你点灯等的是我吗？

……

我刚把绢帕丢进炭火中，心念电转间，又立即抢出来，拍灭了火星。幸亏只是烧了一角，帕子变得有些发乌，内容倒大致还能看。

将涉及李妍身世的几篇挑出来烧掉，盯着其余的只是发呆。

好一会儿后拿定了主意。当日心心念念都是渴盼着有一日能和他同在灯下看这些女儿心情，如今虽然不可能再有那灯下共笑的光景，可这些东西既然是为他写的，索性给了他，也算了结了这段情缘。

手中拿着碧玉镶金耳坠，细看了一会儿，用绢帕包好搁在竹箱中。

漫漫黄沙，月牙泉旁初见，我手捧罗裳离去时，无论如何都想不到有一日自己会亲手撕裂它。

拿着湘妃竹笛，凑到唇边轻吹了几下，环顾屋子，我已经把你的东西都清理干净了。如果人的心也可以和打扫屋子一样，轻易地就能取掉一些东西，也许就会少很多烦恼。

在石府外徘徊了一会儿，想着已过半夜，还是不惊扰石伯了。翻身从墙头跳下，人还未落地，已经有人攻来，我忙道："在下落玉坊金玉，来见九爷。"进攻的人一个转身复消失在黑暗中，只留下几声隐隐的笑声。

他人眼中是人约半夜、旖旎情天，却不知道当事人早已肝肠寸断。

竹馆一片黑暗，我把竹箱轻轻搁在门前。默立良久，拿起竹笛吹了起来：

皑如山上雪，皎若云间月。
闻君有两意，故来相决绝。
今日斗酒会，明旦沟水头。
躞蹀御沟上，沟水东西流。
凄凄复凄凄，嫁娶不须啼。
愿得一心人，白头不相离。

屋内灯亮，门被轻轻打开。九爷拄着拐杖立在门口，暗夜中，脸是触目惊心地煞白。

今日斗酒会，明旦沟水头。

躞蹀御沟上，沟水东西流。

凄凄复凄凄，嫁娶不须啼。

愿得一心人，白头不相离。

……

不管你我是否曾经把酒笑谈，曲乐相合，从此后，你我东西别，各自流。

连吹了三遍后，心中激荡的怨意才略平。

“你曾说过，我的心意和《白头吟》的曲意不合，所以转折处难以为继，今日我的曲意和心意相通，应该吹得很好，但我宁可永远吹不好这首曲子，永远不懂它的曲意。”说到后来，即使极力克制，声音依旧微微颤着。

双手用力，一声脆响，手中竹笛折断，断裂的竹笛还未落地，我已经飘上了墙头，身子微顿了顿，身后还是一片沉默。

我摇摇头，终于死心，跃下了墙头，再不回头地离去。

·——·——·——·——·

红姑：

我走了。你看到这封信时肯定很生气，别生气，你看你眉毛都竖起来了，这么多皱纹，你可说过女人经不得气的，赶快把眉眼放平了。

长安城所有在我名下的歌舞坊和娼妓坊都交托给你。

有两件事情你一定要谨记：一、歌舞伎本就是悉心调教后的女子，待人接物自有规矩，娼妓坊的女子却有些散漫无规，厚待娼妓坊的娼妓，什么都可以不懂，但一定要学会，做这行，第一要做的是管好自己的嘴；二、最好把娼妓坊都关掉，或者至少都不要再扩张，守拙方是长存之道。

这封信看完后烧掉，我另有一张尺素写明生意全部交给你。

我知道，我这样做很是任性。自从进了长安城，我一直在很努力地学习做一个长安城人，进退言语我都在拿捏分寸，但我累了，很想念在大漠草原上横冲直撞的生活。

我走了，也许有一日会回来，但更可能我再不会回来。所以，红姑，勿牵念我。

最后，麻烦你件事情，过十天半个月后，帮我把封好的锦帕送到霍府管家手中。

玉儿

小霍：

我回草原了。但对不起，不是陪你一起走。我拜托了红姑转交此信，当你看到这方锦帕，应该已经是几个月后，得胜回朝时，而我也许正在和狼兄追逐一只悬羊，也许什么都不做，只是看残阳西落。你问过我，那一地纠缠不休的藤蔓可像人生？我在想，人生也许真的像金银花藤，但不是纠缠不休。花开花落，金银相逢间，偶遇和别离，直面和转身，缘聚和缘散，一藤花演绎着人生的悲欢离合。这次我选择的是转身离去。此一别也许再无相见之期，唯祝你一切安好。

小玉

番外 盼。双。星。

暗夜中，她一身红衣，如烈火一般燃烧着。

孟九知道她的心情不好，因为她平常并不喜穿艳色，可心情不好时，却总会倔强地选择浓烈的色彩，像是用色彩告诉他人，我很好，我一切都很好，把委屈和软弱都藏在华美的颜色下。

她的眼中也有两簇小小的火焰燃烧着，寂寞清冷的竹馆因此而变得温暖，他多么渴望能把这样的温暖留在身边，可他不能。

这样的女子，来去如风，灿烂似火，生命璀璨若朝霞，他希望她永远明丽地活着，能拥有最完美的幸福，生命中不要有一丝荫翳。

他问她“想要一个家吗”，她回答他“想要，想要一个热热闹闹的家”，他也想要，可是他给不了她。

她眼中炽热的火焰，不知是恨是爱，她扭断竹笛的刹那，他的心也咔嚓碎裂，她望着他的沉默，眼中的一切都熄灭死寂。

她恨他一句话都不肯说吗?

可她是否知道，他怕只要一开口，就会选择自私地留住她，不计后果地留住她。

红影冉冉消失在墙头，他用尽全力克制着自己不要张口。

心痛至极，喉头一股腥甜涌出，他低头咳嗽起来，点点殷红的鲜血溅落。落在他的白衣上，仿佛白雪红梅，落在门侧的一只竹箱上，好似绿竹红花。

本就重病在身，此时又痛彻心扉，他的体力再难以支撑，索性扔了拐杖，靠着门框坐下。

捧过竹箱，用衣袖一寸寸仔细地擦拭干净刚才溅落的鲜血，却毫不在意自己唇角仍有的血迹。

一方方绢帕，一日日情思。

她比他所知道的、所想的，做得更多，走得更远。

一字字读下去，他的心若火一般烧着，他的身子仿佛置身于冰窖。他究竟拥有过怎样的幸福？

天边已经初露鱼肚白，新的一天即将开始，他却一无所觉，心仍旧沉浸在黑暗和绝望的幸福中。

……脸有些烧，连人还没有嫁，竟然就想孩子的问题。如果我这一生都不能有孩子呢？想了许久，都没有定论，但看到屋外已经只剩绿色的鸳鸯藤时，我想我明白了，生命很多时候在过程，不是每一朵花都会结子，但活过，怒放过，迎过朝阳，送过晚霞，与风嬉戏过，和雨打闹过，生命已是丰足，我想它们没有遗憾……

他的身子蓦地颤颤发抖，急速地咳嗽起来。脸上却一扫刚才的暗淡绝望，眉目间竟罕有地光彩飞扬。

一直病着的身体忽然间充满了力量，他拽过拐杖站起，一面急急向外走着，一面大叫：“来人，立即备马车。”

东边的红日半吐，半天火红的朝霞，绚烂夺目，宛如她的笑颜。

他望着朝霞，又是喜又是心疼。玉儿，玉儿，我终究还是看低了你，伤你已深，但我会用一生来弥补过往之错，从此后，我一定不会再让你有半点儿伤心。

马车还未到落玉坊，就已经听到乱哄哄的声音。

红姑立在园子前大骂守门的人：“一个个全是笨蛋，你们都是死人呀！居然什么都没有看到？”

天照跳下马车，挑起帘子。

红姑望见天照立即收了声，上前恭敬地给天照行礼。

天照笑让她起身：“这位是家主，石舫舫主，想要见玉坊主。”

这个皓月清风、芝兰玉树般的少年居然就是名震长安的石舫舫主？

红姑愣愣地望着车内的孟九，太过震惊，竟然忘了行礼。

天之骄子的霍去病好似骄阳霓虹、寒梅青松，本以为和玉儿已是人间绝配，不承想人间还有这般人物，皓月比骄阳，芝兰较寒梅，竟难分轩轾。

一贯温和的孟九此次却有些急不可待，不等天照点醒红姑，就问道：“我想先进去见玉儿。”

红姑眼中带了泪意，恨恨地道：“我也想见她，想把她找出来骂一顿、打一顿才解恨。她已经趁夜离开长安，还说什么再不回来。”

孟九心中剧痛，又剧烈咳嗽起来，好一会儿仍不见停。玉儿，见了帕才真明白你的心思，真懂了之后，才知道自己伤你有多深。

天照赶着问红姑：“她留什么话给你了吗？说去哪里？”

“给我的信里只说回西域了。她还有一封信留给霍将军，本来让我晚十天半个月才送到霍府，我一怒之下今天一大早就送过去了。不知道那封信里是否具体说回了哪里。”

天照听完，挥手让红姑退下。

孟九想说话，可刚张口，又是一阵咳嗽。

天照知他心意，忙道：“小玉不会骑马，她若回西域必定要雇车，我立即命人追查长安城的车马行，放鸽子通知西域的苍狼印和沙盗都帮忙寻找，石伯可以知会他以前的杀手组织帮忙寻人。九爷，小玉既然回了草原，我们还能有找不到的道理？现在最要紧的事情是你先养好病，否则这个样子让小玉见了，她心里肯定又要难受。”

孟九垂目思量了一瞬，淡淡道：“知会西域各国的王宫，让西域各国出兵寻找。”

天照心中震惊，九爷虽然帮助过很多西域国家，可一直尽力避免牵扯太深，对方一意结交，他却常拒对方于千里之外。西域各国巴不得能卖九爷人情，不说九爷手中通过生意遍布大汉的情报网络以及西域的庞大势力，单是九爷设计出的杀伤力极大的兵器就让西域各国渴求不已。九爷如此直接的要求，西域各国定不会拒绝，看来九爷这次对小玉是志在必得，只是如此一来，微妙均衡的局面被打破，欠下的人情日后又需要付出什么样的代价？

·——·——·——·——·

天仍暗着，霍去病已穿好戎衣，整装待发。

“你告诉她今日我要出征的消息了吗？”

“老奴亲自去落玉坊转告的玉姑娘。”

霍去病立在府门口，默站了良久。东边刚露一线鱼肚白时，他心中暗叹一声，看来她还是宁愿留在长安。

收起百种心绪，翻身上马，清脆的马蹄声刹那响彻长安大街。

儿女情暂搁一旁，现在的首要任务是专心打赢这场满朝上下都冷眼看着的战役。

上次他以八百骑突入匈奴腹地，大获全胜。可朝中诸人并不心服，认为不过侥幸得胜，就连皇帝也心存疑虑，不敢真正让他带大军作战。

李广辗转沙场一生都未真有建树，不能封侯，而他一次战役就名满天下，十八岁就封侯，让太多人嫉恨和不服气。

此次给他一万兵马，皇帝既想验证他的实力，也是为日后带重兵作铺垫。只有胜利才能堵住朝中文武大臣的反对声音，即使皇帝也不得不顾忌朝中众人的意见。

霍去病心里早已认定自己的胜利，或者更准确地说，“失败”二字从未在他的脑海里出现过。

只要他想做的事情，就一定能做到，除了……

想起那个狡慧固执的女子，霍去病不禁蹙了蹙眉头，瞟了眼落玉坊的方向，原本冷凝的脸上忽露了一丝笑意。

不，没有除了！霍去病的生命中没有不可能的事情，更何况是她？

一日疾行，晚间刚要休息时，八百里加急信件送到。

不是军务，却是陈管家派人送来的信件。霍去病心中一动，急急拔开竹筒。

……当你看到这方锦帕，应该已经是几个月后，得胜回朝时……花开花落，金银相逢间，偶遇和别离，直面和转身，缘聚和缘散，一藤花演绎着人生的悲欢聚合。这次我选择的是转身离去。此一别也许再无相见之期，唯祝你一切安好……

他眼中风云突起，暴怒心痛都会聚在心头。玉儿，你又一次骗了我。

他身子一动不动地盯着锦帕，嘴角缓缓地勾了一抹冷意澹澹的笑。这是她给他的第一封信，但绝对不会是最后一封。

他蓦地站起，对着帐篷外的侍从吩咐：“让军营中最快的两匹马从今晚起好好休息，随时待命。”

玉儿，你会比狡诈迅疾的匈奴人更难追逐吗？

图书在版编目（CIP）数据

大漠谣．上 / 桐华著．-- 南京：江苏凤凰文艺出版社，2020.6
ISBN 978-7-5594-4183-6

Ⅰ．①大… Ⅱ．①桐… Ⅲ．①长篇小说－中国－当代
Ⅳ．① I247.5

中国版本图书馆 CIP 数据核字 (2019) 第 241224 号

大漠谣．上

桐华　著

责任编辑　李龙姣　张倩
特约编辑　陈阿孟
装帧设计　@_ 叁囍
出版发行　江苏凤凰文艺出版社
　　　　　南京市中央路 165 号，邮编：210009
网　　址　http://www.jswenyi.com
印　　刷　三河市冀华印务有限公司
开　　本　700mm×980mm　1/16
印　　张　16.5
字　　数　283 千
版　　次　2020 年 6 月第 1 版　2020 年 6 月第 1 次印刷
书　　号　ISBN 978-7-5594-4183-6
定　　价　45.00 元